흘짜들이 떴다!

제2회 블루픽션상 수상작 양호문 장편소설

🌸비룡소

| 차례 |

달밤의 탈주

소음이었다. 규칙적으로 들려오는 소음이 자꾸 귓속을 파고 들었다. 엄마의 잔소리 같기도 했고, 아버지의 호통 같기도 했다. 간혹 천둥소리처럼도 들렸다. 그 소리에 괴롭게 몸을 뒤척이던 재웅이는 순간 눈을 번쩍 떴다. 캄캄한 어둠, 아무것도 보이지 않았다. 몇 번 눈을 껌벅거려도 마찬가지. 이번엔 모든 신경을 귀에 집중시켰다. 아랫방이었다. 분명 아랫방에서 들려오는 소리였다. 양 대리가 분명했다. 녀석이 코를 골고 있었다. 하기는 이곳에 온 뒤, 연닷새 동안 녀석보다 먼저 잠이 들고 늦게일어났으니, 그가 코를 곤다는 사실을 알 수가 없었다.

그러고 보니 자신이 있는 윗방에서도 묘한 소음이 연이어 새어 나오고 있었다. 신음 소리였다. 기준이, 호철이, 성민이가 잠결에 마치 돌림노래라도 하듯 앓는 소리를 내뱉고 있었다. 자신도 분명 같은 소리를 냈을 거라고 생각하며 재웅이는 가만히 상체를 일으켰다. 하지만 몰매라도 맞은 것처럼 허리, 어깨, 팔다리가 쑤시고 아파 제대로 움직일 수가 없었다. 통증을 참고 억지로 몸 뒤틀기를 서너 차례, 겨우 일어나 벽에 등을 기대고 앉았다.

어제, 서산으로 해가 떨어진 뒤 파김치처럼 늘어져 숙소로 돌아왔던 게 생각났다. 그리고 저녁을 먹는 둥 마는 둥 께적거리다 미처 양치질도 하지 못한 채 그대로 쓰러져 잠이 들었다. 다른 아이들도 마찬가지였다. 다들 기진맥진해서 서로 말 한마디 나눠 보지 못하고 그 자리에 누워 곯아떨어지고 만 것이었다. 그나저나 대체 몇 시쯤이나 되었을까. 안채에 불이 꺼져 있고 아무 인기척이 없는 걸로 보아 족히 12시는 넘은 것 같았다. 밤이 깊어 낮의 땡볕 더위는 없었으나 좁은 방에 넷이 잠들어 있으니 후텁지근한 열기는 여전했다. 창문이 열려 있는데도 시원한 기운을 별반 느낄 수 없었다. 게다가 누가 뿌렸는지 모기약 냄새가 콧구멍을 찔러 댔고 땀 냄새마저 짙게 풍겨 머리가 지끈지끈 아팠다.

'그렇지!'

재웅이는 친구들을 내려다보았다. 어두컴컴한 방 안, 형체만 흐릿하게 잡힐 뿐 누가 누군지 잘 알 수가 없었다. 기억대로라면 기준이, 성민이, 호철이 순일 텐데……. 하지만 그게 중요한 게 아니었다. 얼른 깨워서 빠져나가는 게 급선무였다.

"야! 야! 일어나! 일어나!"

한껏 목소리를 낮춰 우선 가장 가까이에 있는 녀석을 흔들었다. 하지만 녀석은 뒤척이기만 할 뿐 좀체 일어나지 않았다.

"야, 빨리 일어나!"

귀에 입을 바짝 대고 몇 번을 말한 뒤에야 녀석이 잠을 깨 고개를 들었다.

"어, 왜 그래?"

기준이었다.

"쉿! 일단 일어나 봐!"

다시 다음 녀석, 또 다음 녀석을 거세게 흔들자 잠시 후 녀석들이 차례로 눈을 떴다.

"무슨 일이야?"

가장 늦게 일어난 호철이가 하품을 오지게 한 뒤 물었다. 잠이 덜 깬 목소리였다.

"모두 조용히! 소리 낮춰!"

"왜 그러는데?"

"도망가자!"

"도, 도망?"

기준이, 호철이, 성민이가 거의 동시에 되물었다.

"그래, 우리 도망가자!"

"양 대린?"

"그 새낀 지금 깊이 잠들었어. 아주 좋은 기회야!"

방 안에 무거운 침묵이 흘렀다. 얼마 동안 누구도 입을 열지 않았다. 가타부타 아무 대답이 없자 재웅이가 말을 이었다.

"여기서 다 죽을 거야?"

"맞아! 가자! 여기 있다가 우리 정말 죽을지도 몰라."

기준이가 재웅이의 제안에 동의를 하고 나서자 호철이도 뒤를 따랐다.

"사실 나는 첫날부터 도망갈 생각을 하고 있었어."

이제 남은 건 성민이뿐. 재웅이는 성민이에게 바짝 다가앉으며 다그치듯 물었다.

"성민이 넌?"

"나? 음…… 그, 그래!"

"자, 그럼 빨리 가자! 양 대리 깨기 전에."

재웅이가 먼저 밖으로 나가 안채를 살폈다. 별다른 인기척이 없었다. 화장실 옆 외양간에서 새끼 밴 암소의 거친 숨소리만 간헐적으로 들려올 뿐, 집 안은 쥐 죽은 듯 고요했다.

"나와!"

황급히 손짓을 하자 녀석들이 차례대로 나와 뒤를 따랐다.

살금살금 마당을 가로질러 대문을 통과했다. 그러자마자 고추밭을 끼고 돌아 마을 회관 쪽으로 방향을 잡았다. 그 길이 다리를 건너 마을을 벗어날 수 있는 최단거리였기 때문이었다. 눈은 곧 어둠에 익숙해졌고 흐릿하나마 달빛도 있어서 길을 찾기는 어렵지 않았다. 다행히 고샅길을 다 내려갈 때까지 아무도 마주치지 않았다. 혹 마을 사람들 중에 양 대리와 한통속인 사람이 있을지도 모르는 일이었다.

"자, 이제 마을 회관이야. 발소리 더 죽이고 몸도 더 낮춰!"

재웅이가 걸음을 멈추고 뒤따라오는 친구들에게 주의를 주었다. 재웅이는 주변을 꼼꼼히 살펴보았다. 사방이 산으로 둘러싸인 조그마한 산골 마을 추동리는 어둠에 묻혀 깊이 잠들어 있었다.

"혹시 구판장에 누가 있지 않을까?"

기준이가 속삭였다.

"새벽 1시에 누가?"

호철이가 휴대폰을 열어 시간을 확인하며 말했다. 휴대폰 액정화면 불빛에 비친 호철이의 얼굴이 푸르스름해서 괴기스러웠다.

"그래도 누가 술이라도 사러 왔을지도……."

"아무튼 빨리 가야 해! 여길 통과해서 저 다리만 건너면 일단 안심이야."

마을 회관 앞 공터를 지나 구판장을 막 지나려 할 때였다. 발소리가 나지 않게 조심을 했지만 어떻게 들었는지 구판장 집 늙은 개가 평상 밑에서 기어 나와 으르렁거렸다. 그러더니 두어 번 컹컹 짖어 댔다. 큰북을 치는 것 같은 굵고도 낮은 소리가 밤하늘에 길게 울려 퍼졌다. 그러자 마을 이곳저곳에서 화답이라도 하듯 개 짖는 소리가 연이어 들려왔다. 그 소리에 마음이 급해진 아이들은 자신도 모르게 걸음을 서둘렀다. 뛰듯이 다리를 건너 마을에서 점점 멀어지자 개 짖는 소리가 뜸해지더니 이내

그치고 말았다.

"휴, 이제 마을을 벗어났으니 좀 천천히 가자."

"안 돼! 조금이라도 빨리 가야 해."

"맞아! 한참을 걸어야 할 텐데 서둘러야 해."

하지만 발걸음은 좀체 빨라지지 않고 오히려 점점 더 느려지기만 했다. 양 대리의 손아귀에서 벗어났다는 안도감 때문이었다. 긴장이 풀려서 몸 곳곳에 다시 통증이 일어 모두 절룩거리며 걸어야 했다.

"찻길까지 몇 킬로나 될까?"

"글쎄? 한 4, 5킬로?"

"그러면 두 시간도 더 걸리겠네?"

호철이가 제 나름대로 추측을 했다. 그러나 아무도 그 거리를 걸어 본 적이 없었기에 정확하지는 않았다. 추동리로 들어오던 첫날의 기억을 되살려 재웅이가 조목조목 따져 보았다.

"두 시간이 뭐야? 밤인 데다 산길이고, 모두 다리에 알이 뱄으니, 세 시간? 아니 네 시간?"

"아이씨, 네 시간을 어떻게 가나?"

"그러니까 빨리 걸어야지, 새꺄!"

기준이의 불평에 재웅이가 목소리를 높였다. 그러고는 두어 걸음 앞서 나갔다.

마을의 들판 길을 거의 벗어나 막 산길로 접어들기 전이었다.

"아이구, 다리가 아파 이제 도저히 더 못 걷겠다!"

갑자기 호철이가 길가 바위에 털썩 주저앉았다. 그러더니 장딴지를 주물러 대며 죽는 소리를 토했다.

"그래, 조금 쉬었다 가자! 마을도 멀리 벗어났으니."

기준이도 호철이 옆에 앉으며 거친 숨을 내뱉었다. 사실 재웅이도 다리가 아파 더 이상 걷지 못할 지경이었다. 발을 뻗을 때마다 대퇴근이 땅기고 아프더니 급기야는 골반 뼈까지 쑤셔 대기 시작했다.

"좋아! 그럼 잠시만."

결국 재웅이도 기준이 옆에 붙어 앉았다. 그리고 주먹으로 양쪽 허벅지를 가볍게 두드리며 근육을 풀었다. 맨 뒤에 따라오던 성민이만 엉거주춤한 자세로 서 있었다.

"성민아, 거기 서서 뭔 생각을 하는 거야? 너도 여기 좀 앉아!"

"응? 응."

호철이가 자기 옆자리를 가리키자 성민이가 느릿느릿 다가와 호철이 옆에 앉았다. 네 명은 잡초가 무성한 길가 바위에 나란히 걸터앉아 뭉친 근육을 푸느라 한동안 말이 없었다. 인기척을 느꼈는지 풀벌레 소리도 그치고, 마치 영화 속의 회상 장면처럼 무채색으로 펼쳐진 논밭에는 흐릿한 달빛만 포슬포슬 떨어져 내리고 있었다.

대략 10여 미터 앞쯤 될까. 콩밭과 이어진 들깨밭 밭머리에 커다란 고목이 한 그루 서 있었다. 그리고 뚜렷하지는 않지만

집도 한 채 있었다. 고목 아래 엎드린 듯 누워 있는 조그마한 일
자형 집이었다. 마을과 멀리 떨어진 외진 곳에 덩그마니 놓인
집 한 채. 그 위치도 위치려니와 달빛을 받는 집의 거무스름한
몰골이 꼭 웅크린 산짐승의 그림자 같아서 섬뜩함을 자아냈다.

"누가 버리고 간 집이겠지. 동네에 버려진 집도 몇 있던 것
같던데."

"꼭 귀신이라도 나올 것 같다."

"귀신은 무슨?"

재웅이는 기준이의 말에 반문을 하며 코웃음을 쳤지만, 사실
자신도 등골이 오싹하고 팔뚝에 콩알만 한 소름이 우툴두툴 돋
아났다.

"이제 빨리 가자!"

재웅이는 무섬증을 떨치려고 벌떡 일어나 다시 앞장섰다. 그
러자 기준이와 호철이가 바짝 뒤를 따랐고 성민이는 서너 걸음
뒤에 처졌다.

콩밭 모퉁이를 돌자 논과 밭 사이로 난 들판 길이 끝나고 자
갈투성이인 산길이 시작되었다. 산길 양쪽의 빽빽한 숲이 가면
갈수록 점점 더 울창해졌다. 가뜩이나 무서운데 숲 속에서 정체
를 알 수 없는 산새 소리까지 들려와 머리카락을 솟구치게 했
다. 기준이와 호철이도 그 소리를 들었는지 재웅이에게 바짝 다
가와 붙었다.

"난 이런 으스스한 산길은 처음 걸어 봐."

"누구는 안 그래?"

컴컴한 숲 속에서 뼈다귀 손이라도 불쑥 나올 것 같아 등골이 오싹해지기를 몇 차례, 갑자기 오른편으로 숲이 뚝 그치고 계곡 물이 흐르는 낭떠러지가 나타났다. 오른쪽 시야가 트여 걷기가 한결 나아지고 무섬증도 가라앉는 듯했다. 그러나 왼편에는 여전히 숲이 계속되며 간혹 너댓 기씩 무리를 이룬 무덤들이 불쑥불쑥 나타나 심장을 오그라들게 했다. 특히 무덤마다 양옆에 세워 놓은 양주석은 마치 사람이 서 있는 형상을 닮아 간까지 떨어뜨렸다.

재웅이가 걸음 속도를 높이자 기준이와 호철이도 속도를 높이며 따랐다. 그러나 그것도 잠시뿐, 도로 조금 전의 속도로 되돌아가고 말았다. 곳곳이 움푹움푹 파여 노면이 울퉁불퉁한 데다 큼지막한 돌맹이들까지 널려 있어서 속도를 높이기가 쉽지 않았다.

"야, 이렇게 걷다가는 열 시간도 더 걸리겠다."

호철이의 말에 아까보다 더한 짜증기가 섞여 있었다.

"열 시간이 아니라 백 시간이 걸리더라도 가야지. 저 지옥에서 그대로 죽고 싶냐?"

재웅이가 핀잔을 줬다.

"가긴 가는데, 이렇게 걸어서는 좀⋯⋯."

"그럼? 달리 좋은 방법이 있어?"

재웅이가 걸음을 멈추고 신경질적인 목소리로 호철이에게

되물었다. 짜증이 나기는 매한가지라 자기도 모르게 툭 튀어나온 말이었다.

"찻길까지 나가면 버스가 다닐까?"

분위기가 험악해지려 하자 기준이가 눈치를 채고 끼어들었다.

"시골이라 한 7시나 8시는 돼야 다닐걸."

"아무 차나 얻어 타야지!"

재웅이가 다시 몸을 돌려 앞장서며 퉁명스레 대답했다. 찻길까지만 나가면 어떻게든 살아 돌아갈 희망이 있어서였다. 일분일초가 아까운 시간이었다.

"근데 우리 어디로 가냐?"

"어디긴? 횡성으로 나가서 춘천 가는 버쓸 타야지."

"우리 옷가방, 원주에 있잖아?"

"야, 지금 그까짓 옷가방이 문제냐?"

또다시 재웅이가 목소리를 높여 면박을 주었다. 그러자 분위기가 급격히 썰렁해지면서 살얼음이 덮였다. 모두 어색한 침묵속으로 빠져들고 한참 동안 땅바닥에 끌리는 발소리만 엇박자의 화음을 이루며 피어오를 뿐이었다.

"집에 가면 뭐라 그러냐?"

그때 몇 걸음 뒤에서 쫓아오던 성민이가 오랜만에 입을 열었다. 좀체 입을 열지 않는 성민이였다. 그런데 이 판에 기껏 한다는 말이 집에 가서 뭐라 그러느냐니? 재웅이가 걸음을 뚝 멈추고 뒤를 휙 돌아다보았다.

"지금 죽느냐 사느냐 하는 판에, 넌 그게 걱정이냐?"

얼굴을 잔뜩 찡그리며 성민이 쪽으로 한 발 더 다가갔다. 여차하면 욕설이라도 퍼부을 듯 말투가 뻣뻣하니 거칠었다.

"와 보니까 학교에서 말한 것과 다르다고 하면 되지! 완전 사기 당했다고 해!"

"그래, 아주 생지옥이라고!"

기준이가 끼어들어 싸늘해진 분위기를 바꾸려고 애를 썼다. 재웅이도 똑같은 처지끼리 이래서는 안 되겠다 싶었다.

"끔찍하다, 끔찍해!"

화를 꾹 눌러 참으며 한 말이었지만, 정말 생각할수록 끔찍했다. 기가 막혔다.

"참, 이런 산속에서 사람이 어떻게 사냐? 피시방이 있나, 편의점이 있나, 수돗물도 없고. 호철이 너, 화장실 가 봤지? 휴, 냄새!"

"그래, 동네가 온통 똥냄새야. 소똥에 개똥에 거름 냄새, 골치가 지끈거린다."

"그뿐이냐? 늙은이들만 빠글빠글, 개 새끼들까지도 죄다 늙었더라, 야!"

기준이의 익살스러운 표현에 모두들 큭 하고 웃었다. 그것을 계기로 분위기가 한결 훈훈해지며 살얼음이 녹았다. 그러자 저마다 속에 품고 있던 불평을 줄줄이 끄집어냈다.

"먹는 건 또 어떻고? 그게 사람이 먹는 음식이야? 된장찌개에 김치 쪼가리가 전부니."

"어제저녁엔 배추된장국에 또 더덕무침이었지?"

"더덕장아찌도 있었어."

"그래, 그 시커먼 거."

담근 지 오륙 년은 족히 됐음직한 더덕장아찌는 냄새는 고사하고 색깔부터가 거무튀튀해서 보기조차 께름칙했다. 마치 거름 더미에 나뒹구는 개똥 덩이를 보는 것 같아 시장기에 밀려 밥 한 술 뜨려던 마음마저 싹 가시게 했다.

"아주 더덕 시리즈야, 더덕 시리즈!"

"아, 양념통닭이 눈앞에서 빙빙 돈다."

"나는 피자, 불고기 피자! 아니면 킹사이즈 햄버거!"

불평을 늘어놓으며 걸으니 무섬증이 어느 정도 줄어들었고 다리 통증도 완화되는 듯했다. 분위기 또한 괜찮아졌다.

그렇게 불평불만을 모조리 꺼내 산길에 뿌리면서 걷기를 얼마간, 어느새 첫째 고개 밑에 이르렀다. 높지는 않지만 구불구불 한참을 돌아 올라가야 하는 긴 고개였다. 길을 따라 방향을 바꾸자 오른 쪽으로 이어지던 계곡 낭떠러지가 끝나고 다시 울창한 숲이 시작되었다.

"야, 휴대폰으로 택시 부르면 안 될까?"

"그래! 그럼 되겠다!"

호철이의 아이디어에 기준이가 손뼉을 치며 맞장구를 쳤다. 재웅이는 미처 그 생각을 못한 자신이 바보 같았다.

"휴대폰이 될까? 택시 부르면 돈도 많이 들 텐데? 올지 안 올지도 모르고."

"난 달랑 오만육천 원밖에 없는데……."

"나도 그 정도는 돼."

횡성읍까지 거리가 얼마나 되는지 모르지만 그만하면 택시비는 충분할 것 같았다. 그러나 문제는 과연 택시가 이 깊은 산골까지 들어와 주겠느냐는 거였다.

"잠깐!"

그때였다. 서너 걸음 떨어져서 묵묵히 따라오던 성민이가 갑자기 큰소리로 외쳤다. 모두 걸음을 멈추고 성민이를 바라보았다.

"왜?"

"나, 지갑을 두고 왔어."

"지갑? 그냥 가. 몇 푼이나 들었다고."

호철이의 말을 성민이는 단호하게 거부했다.

"안 돼!"

"안 되면?"

재웅이가 이맛살을 찡그리며 물었다. 어이가 없었다. 그 생지옥 속으로 돌아가겠다는 것인가?

"너희 먼저 가고 있어. 내, 빨리 뛰어가서 가지고 올게!"

말을 마치자마자 성민이는 뒤돌아 뛰기 시작했다. 미처 잡을 새도 없었다.

"야, 그럼 조심해서 빨리 갔다 와!"

"그래, 걱정 마!"

호철이의 당부에 성민이는 큰 소리로 대답하고 금세 어둠 속으로 사라져 버렸다. 마을까지 되돌아갔다가 오려면 아무리 적게 잡아도 삼사십 분은 족히 걸릴 터였다. 그러잖아도 시간이 늦어져 신경이 쓰이던 참이라 재웅이는 불만이 가득한 말투로 호철이에게 물었다.

"성민이, 저 자식 좀 이상해. 무뚝뚝하니 말도 없고. 호철아, 너 쟤랑 친하니?"

"아니. 나, 쟤 잘 몰라. 학교에서도 별로 말 안 해."

"하성민이 아니라 무뚝민이야, 무뚝민. 저 자식 공부는 잘해?"

"쿡! 여기 공부 잘하는 애 누가 있냐?"

기준이의 말에 재웅이는 머쓱해져서 말머리를 돌렸다. 본전도 못 뽑은 질문에 괜히 자존심만 상하고 말았다.

"저 자식, 저거 돌아갔다가 양 대리한테 잡히면 어떻게 하냐? 아까 코 고는 걸 보니 아주 깊이 잠든 것 같기는 했지만……."

"조심하겠지."

"혹시 오줌 갈기러 일어나기라도 하면……. 야, 그놈, 생긴 꼬라지하고 눈빛 좀 봐라. 완전 저승사자야, 저승사자!"

"응. 양 대리 그놈, 잘못 보이면 아주 사람 죽이겠더라!"

"맞아. 그놈, 체육 선생 티라노보다 더 성질 더럽게 생겼잖아!"

"그 티라노사우루스? 나, 그놈한테 작년에 야구방망이로 다섯 대나 맞았다. 체육복 안 입고 나왔다고. 흐흐!"

그 일이 머릿속에 떠오르는지 호철이가 신음에 가까운 웃음을 흘렸다. 셋은 티라노에게 맞았던 경험담을 이야기하며 천천히 고갯길을 올랐다.

두어 굽이 돌아 고개 중턱에 이르자 숨이 차오르고 등줄기로 땀이 흘렀다. 발목도 시큰거려 누가 먼저랄 것도 없이 길가에 아무렇게나 퍼질러 앉았다. 그러고는 숨을 고르고 이마의 땀을 닦으며 방금 전 자신들이 걸어 올라왔던 고갯길을 보았다. 괴괴한 새벽, 구불구불한 고갯길에 살포시 달빛이 떨어져 내리고 있었다. 머리를 드니 창호지 색깔에 작업복 단추만 한 새벽달이 웅장한 태기산 어깨 위에 초라하게 붙어 있었다.

"야! 담배나 있으면 하나 줘 봐!"

"나 없는데. 어제 그게 마지막이었어."

재웅이는 급하게 나오느라 방 윗목에 놓아둔 담배를 챙기지 않은 게 몹시 후회되었다. 고1 때부터 피우기 시작한 담배는 벌써 인이 박였는지 이제 하루에 한 갑은 꼭 피워야 직성이 풀렸다. 그렇지 않으면 똥을 누고 뒤를 닦지 않은 것 같은 찜찜함이 입가에 오랫동안 맴돌았다.

"야, 호철아, 콜택시나 빨랑 불러 봐!"

"맞아, 택시! 근데 전화번호를 알아야지!"

"우선 114에 걸어서 물어보면 되지!"

하지만 아무리 시도해도 전화가 연결되지 않았다. 재웅이와 기준이 휴대폰 역시 마찬가지였다. 간혹 될 듯하다가도 자꾸 끊어져 버렸다.

"밧데리가 약해서 그런 것 아냐?"

"그런가? 어, 잠깐! 이거 무슨 소리야?"

휴대폰을 살피던 기준이가 고개를 마을 쪽으로 돌리며 소리쳤다. 재웅이와 호철이도 동작을 멈추고 함께 귀를 기울였다.

"경운기 소리 아냐?"

"아니야, 양수기 돌리는 소리 같은데?"

"이 새벽에?"

"새벽이라도 물이 고이면 퍼 올리겠지. 지금 물 때문에 난린데."

하기는 낮이면 계곡 물웅덩이마다 양수기 돌아가는 소리가 요란했다. 도대체 몇 시부터 돌리는 건지 온종일 그 소리가 그치지 않았다.

"저거 차 같은데……. 일찍 읍내 나가는 사람이 있나 봐."

"그래? 그럼 잘됐네. 큰길까지 태워 달래자!"

"성민이가 간 지 꽤 됐지? 그럼 저거 얻어 타고 나오는지도 몰라!"

구불구불한 길과 나무 때문에 불빛이 보였다 안 보였다 했다. 전조등 불빛의 밝기와 퍼져 나가는 형상으로 보아 차가 확실했다. 아이들은 자리에서 일어나 차가 가까이 다가오기를 기다렸다. 한동안 불빛이 없어지고 엔진 소리만 점점 크게 들렸다. 그러다가 갑자기 강렬한 전조등 불빛이 비쳐 눈이 부셨다. 차가 고개를 오르는 게 힘에 겨운지 엔진에서는 금방이라도 숨이 넘어갈 듯 헐떡거리는 소리가 났다. 어디서 들어 본 것도 같은 소리였다.

"야, 튀어! 양 대리야!"

차가 30여 미터 앞까지 다가왔을 때 재웅이가 크게 소리쳤다. 셋은 거의 동시에 위쪽으로 뛰었다. 하지만 차를 따돌릴 수는 없었다. 다리가 아픈 데다 고갯길이니 뻔한 결과였다. 겨우 20여 미터 도망갔을까. 차가 급하게 앞지르기를 하며 찢어지는 듯한 브레이크 소리를 냈다. 그러자 흙먼지가 뽀얗게 일어 한 치 앞도 분간할 수가 없었다. 흙먼지가 콧구멍을 타고 목구멍 깊숙이 들어왔다. 기침이 연달아 터져 나왔다.

그때 양 대리가 거칠게 차문을 열고 나오며 고함을 내질렀다.

"거기 꼼짝 말고 서, 이 시끼들아!"

그 소리는 산길을 따라 쩌렁쩌렁 울려 퍼졌다. 귀가 다 먹먹했다. 한걸음에 다가온 양 대리는 주먹을 번쩍 들어 올려 위협적인 자세를 취했다.

"이 시끼들, 이거 그냥 확⋯⋯. 누구 밥줄 끊으려고 환장했어?"

모두 아무 대답 없이 고개만 숙이고 있었다. 마치 늑대에게 잡힌 새끼 양 꼴이었다. 숨도 제대로 쉬지 못했다.

"어떤 놈이야? 응? 주동한 놈이 누구냐고?"

양 대리가 침을 튀기며 몇 번을 연거푸 물었다. 재웅이는 자기가 그랬노라고 실토하려 했으나 입을 뗄 수가 없었다. 길길이 날뛰는 양 대리의 모습을 보니 도저히 용기가 나지 않았다. 양 대리는 주먹을 들었다 내렸다 하며 금방이라도 후려칠 기세였다. 새끼 밴 암소가 내뱉던 것보다도 더 큰 콧김이 양 대리의 콧구멍에서 계속 뿜어져 나왔다.

"빨리 타, 이 시끼들아!"

한참을 씩씩거리던 양 대리가 차를 가리키며 명령했다. 그 생지옥으로 다시 들어가게 되다니……. 재웅이는 앞이 캄캄해졌다. 현기증이 일었다. 그러나 어쩔 도리가 없었다. 그저 자기를 추천한 '그리고'가 너무도 원망스러울 뿐이었다.

"빨리 못 타? 그냥 콱……."

양 대리의 다그침에 호철이가 머뭇거리다 차 안으로 들어갔다. 기준이도 주춤주춤 뒤를 따르자 재웅이 역시 차에 오르고 말았다. 생각 같아서는 그대로 줄행랑을 치고 싶었다. 하지만 알이 밴 다리로 뛰어 봤자 몇 미터 가지도 못하고 붙잡힐 게 분명했다. 그러면 오히려 미운털이 박혀 더욱 구박을 하고 괴롭힐 테니, 다리 근육이 풀릴 때를 기다려 다음 기회를 노리는 게 훨씬 현명하리라는 판단이 섰기 때문이었다. 양 대리는 좁은 산길에서 차를 돌리려고 십여 분이나 전진과 후진을 반복했다. 그

바람에 열을 받은 양 대리는 더욱 신경질을 부리며 마구 욕설을 퍼부었다.

"아, 씨발! 니놈 시끼들 때문에 이거 잠도 못 자고 새벽에……, 썅!"

재웅이는 양 대리에게서 시선을 돌려 차창 밖 밤하늘을 올려다보았다. 흐릿한 새벽달 속에 지난 사연이 또렷하게 떠올랐다.

해방이다!

"너도 이제 곧 어른이야, 어른!"

"어른이라면서 왜 자꾸 잔소리하고 간섭하고 난리야?"

"걱정이 돼서 그렇지, 걱정이! 좋든 싫든 내년에는 사회에 나갈 텐데. 너, 세상이 얼마나 무서운 줄 알아? 정신 똑바로 못 차리면 금방 남의 먹잇감이 돼! 그러니 엄마가 걱정이 안 되니?"

이미 학교에서 선생들에게 귀에 딱지가 앉을 만큼 듣던 말이었다. 지겨웠다.

"걱정하지 마! 내가 다 알아서 할 테니까!"

재웅이는 고함을 버럭 내질렀다. 곧 어른이라면서 사사건건 잔소리를 퍼부어 대는 엄마가 오늘따라 더욱 짜증스러웠다. 어른이 우리와 뭐가 달라? 시도 때도 없이 잔소리를 퍼붓는 거? 솔직히 그것 외에는 없는 것 같았다.

재웅이는 자리를 박차고 일어나 손을 앞으로 쭉 내뻗었다.

"용돈이나 빨랑 줘, 씨!"

"용돈? 너 그저께 머리 깎는다고 가져간 돈 어디다 썼어? 머리도 안 깎고."

엄마는 요즘 매월 주기로 약속한 용돈도 주지 않고 있었다. 이런저런 거짓말을 해서 가져가는 돈이 용돈의 두 배가 넘는다는 게 그 이유였다.

"너, 그 머리 깎기 전에는 안 줘! 사내 새끼가 머리가 그게 뭐야? 거지 새끼마냥."

"이게 뭐 어때서? 내 친구들은 다 이렇게 길거든!"

사실 다른 친구들에 비하면 긴 것도 아니었다. 괜히 용돈을 주기 싫어 둘러대는 엄마의 핑계에 불과한 것 같았다. 재웅이는 손을 더 길게 내밀며 더욱 언성을 높였다.

"줘, 빨랑!"

"엄마한테 돈 찍어 내는 기계라도 있는 줄 아니? 땅을 파 봐, 이놈아! 십 원짜리 하나 나오나!"

엄마의 정해진 순서였다. 이제 누나 얘기가 나올 차례였다.

"네 누나는 고등학교 때 오만 원밖에 안 줬는데도 찍소리 안 했어! 공부하느라 돈 쓸 시간도 없댔어, 이놈아! 너는 육만 원이나 주는데도 더 달래? 학생놈이 공부는 안 하고 돈이나 쓰러 다니고. 너, 대체 양심이 있는 놈이야?"

"아, 잔소리! 그만 해, 씨!"

"뭘 잘했다고 소리를 질러? 너, 저번에 아버지한테 그렇게 혼이 나고도 아직도 정신 못 차렸니? 응?"

재웅이는 신발을 신는 둥 마는 둥 하고는 현관문을 열고 나와 있는 힘껏 문을 닫았다. 폭탄이라도 터진 듯한 문소리가 아파트 계단에 길게 메아리치며 창문을 와르르 떨게 했다.

3학년이 되자 엄마의 잔소리는 날로 심해져 갔고 매사에 트집을 잡으며 못마땅해했다. 양말은 왜 아무 데나 벗어던져 놓니? 설거지나 좀 해 놓으면 고추가 떨어지니? 치약은 끝을 눌러 쓰라고 했지? 네 방은 네가 청소해야 되는 거 아니야? 나이를 그만큼 먹었으면 이제 철 좀 들어라, 철 좀! 다른 애들은 벌써 다 실습을 나갔다는데, 너는 그게 뭐니? 그래, 대체 넌 뭘 할 거냐? 난 너만 보면 앞이 캄캄하다, 캄캄해! 등등. 엄마의 뱃속에 잔소리를 뽑아내는 기계라도 들어 있는지 줄줄이 잔소리가 이어져 나왔다. 재웅이는 이제 만성이 되어 그저 그러려니 했지만, 사실 앞이 캄캄한 건 엄마뿐만이 아니었다. 재웅이 자신도 앞날을 생각할 때마다 도무지 길이 보이지 않았다. 공부. 그 빌어먹을 공부 때문이었다. 공부만 잘하면 엄마의 잔소리도, 선생님의 무관심도, 앞이 캄캄한 일도 순식간에 다 사라지고 말 것이다. 하지만 그게 어디 가능한 일인가? 세상에서 가장 어려운 일이 공부니……. 공부 빼고는 다른 건 웬만큼 자신 있는데……. 한숨이 메아리보다도 길게 새어 나왔다. 문이 열리자마자 재웅이는 엘리베이터에서 나와 빠른 걸음으로 아파트 입구를 나섰다. 그러고는 화단으로 침을 힘껏 내뱉었다.

아파트 단지를 빠져나온 재웅이는 걸음을 잠시 멈췄다. 어차피 늦기도 했지만 막상 학교에 가 봐야 할 일도 없었다. 방향을 후평동 로터리 쪽으로 돌리며 휴대폰을 꺼내들었다. 우선 친구들의 위치부터 파악하려는 의도였다. 피시방이나 오락실에 있을 것이 뻔했으나 혹 시내 영화관에 갔을지도 모르는 일이었다. 휴대폰을 열어 보니 이미 문자메시지가 몇 통 와 있었다.

— 플레이 존으로 와. 담배 한 갑 사서.

— 꾼 돈 빨리 갚아, 인마!

— 저녁에 별장 닭갈비 가기로 했는데, 생각 있음 연락해. 술 가능. 회비 만 원.

후평동 로터리 하나 병원 옆에 있는 플레이 존으로 올라가니 기준이가 컴퓨터 앞에 앉아 있었다. 구부정한 자세로 스타크래프트 게임에 열중하느라 가까이 다가가도 몰랐다. 재웅이는 손바닥으로 기준이의 뒤통수를 갈기며 물었다.

"야, 조빵아, 너 혼자 있는 거야?"

"응. 담배 사 왔어?"

"나 땡전 한 푼 없어, 새꺄!"

"에이, 왜 그래?"

기준이가 믿지 못하겠다는 눈으로 재웅이의 교복 주머니를 바라보았다.

"진짜야, 그저께 머리 깎는다고 오천 원 탄 거, 어제 너랑 다

썼잖아, 새꺄! 꾼 돈도 갚아야 하는데."

"나, 십 원짜리 하나 없는데. 엄마가 돈 한 푼 안 줘서 매일 조빵이 친다."

"나도 그래. 나, 또 싸우고 나왔잖냐. 우리 엄마, 정말 짜증 나 죽겠다. 어른들 열나 싫어!"

남은 시간이 다 되어 재웅이와 기준이는 피시방에서 나왔다. 하지만 갈 곳도 없고 돈도 없었다. 하루 이틀 겪는 일이 아니라고 해도 오늘따라 자신들의 처지가 더욱 처량하게 느껴졌다.

"야, 우리 어디 가냐? 돈도 없이! 아까 건축과 홍석이한테 문자왔던데."

"뭐라고?"

"저녁에 닭갈비 먹으러 가자고. 회비 만 원이래. 거긴 술도 준대."

"그래? 근데 돈을 어디서 구해? 그냥 무작정 가서 꼽사리 껴?"

"안 돼! 먼젓번마냥 두고두고 욕 얻어먹어, 새꺄! 그 자식 여자 친구도 올 텐데, 회비 안 내고 빌붙으면 너나 나나 쪽 다 깐다."

아무래도 회비 없이 간다는 건 썩 내키지가 않았다. 솔직히 가고는 싶었다. 가서 비슷한 애들끼리 어울려 떠들다 보면 그럭저럭 하루를 보낼 수 있기에 구미가 당겼다. 더욱이 홍석이의 여자 친구가 온다면 다른 여자애들도 올 가능성이 컸다. 그렇지만 돈을 구하는 게 우선이었다. 기준이도 그걸 모를 리가 없었다.

"아휴! 이 나이에 돈 만 원도 못 구하니 살아서 뭐하냐?"

"그러게 말이다. 어딜 가나 구박만 당하고. 후! 세상이 싫다, 싫어!"

한숨이 푹푹 새어 나왔다.

"아! 내가 대기업 사장 아들로 태어났더라면……."

"그래! 누구마냥 취직 걱정도 안 하고, 돈 걱정도 안 하고, 재산도 수백억씩 물려받고……."

"평생 스포츠카 몰고 여행이나 다니고 골프나 치며 놀고먹을 수 있을 텐데!"

둘이서 위로 삼아 허황된 말을 주거니 받거니 해 보아도 어깨만 더욱 처질 뿐이었다.

한참 동안 갈 곳을 정하지 못하고 피시방 건물 입구에 서 있었다. 좀 더운 듯했지만 바람이 알맞게 불어 은행나무 가로수 잎들을 살랑살랑 흔들어 댔다. 어딘가로 소풍이라도 가고 싶은 날씨였다.

"아이씨, 어디서 구하지?"

머릿속에 이런저런 생각이 마구 떠오르기는 했으나, 뭐 하나 제대로 된 것은 없었다. 아침부터 엄마한테 잔소리만 배 터지게 얻어먹고 나왔으니, 오늘 하루도 기분 좋게 보내긴 아예 그를 것 같았다.

"일단 학교 가서 점심이나 먹자. 그리고 아이들한테 꾸든지 해야지, 뭐!"

터덜터덜 학교에 가니 운동장에는 1학년들이 축구를 하고 있었다. 몇몇 아이들은 시멘트 벤치에 두 발을 올리고 양손으로 땅바닥을 짚은 자세로 체육 선생 티라노한테 벌을 받는 중이었다. 티라노의 손에는 으레 야구방망이가 들려 있었다.

"저것들 신나게 조뺑이 치네! 그래도 저 때가 좋았는데……."

"글쎄 말이다. 우린 이제 완전 늙어서 여기저기 눈치나 보고……."

"갈 데도 없고, 오라는 데도 없고, 돈도 없고……."

뒷문으로 살그머니 들어갔으나 예상대로 교실에는 아이들이 별로 없었다. 다 합쳐 봐야 열두어 명 정도였다. 게다가 다른 반 아이도 서너 명 섞여 있었다. 칠판에는 '자습'이라는 글자가 크게 쓰여 있을 뿐 담임도 보이지 않았다. 아이들은 두셋씩 몰려 앉아 휴대폰으로 게임을 하거나 야한 일본 만화를 돌려 보며 무료한 시간을 보내고 있었다. 책상에 엎드려 잠을 자는 녀석들도 몇 보였다.

뒤에 앉아 반에 남은 아이들을 보니까 재웅이는 공연히 화가 나 얼굴이 일그러졌다. 기능사 자격증 하나 따 놓지 못한 게 후회스러웠다. 엄마의 잔소리가 또 귓속에서 땅벌처럼 윙윙거렸다. 기업체 파견 실습은 성적과 자격증 소지 여부로 추천해 주는 것이라 언제 자기 차례가 올지 몰랐다. 아무래도 실습을 나간다는 건 이미 물 건너간 일인 것 같았다. 빈둥거리는 것도 하루 이틀이지 허구한 날 반복되니 하루하루가 죽을 맛이었다.

점심 급식 종이 울리려면 아직 삼십 분 정도 남았다. 재웅이는 돈이 있을 만한 친구들을 찾기 위해 앞쪽에 몰려 있는 아이들을 차례차례 살폈다.

"어? 아, 저 새끼가 왜 우리 반에 와 있냐? 씨발!"

"누구?"

그곳에 학교에서 3짱으로 통하는 상훈이 놈이 앉아 일본 만화를 보고 있었다. 아이들에 둘러싸여 있어서 아까는 알아채지 못한 것이었다. 1짱과 2짱 패거리들이 아예 학교에 나오지 않자, 자기가 1짱 행세를 하고 다니며 담뱃값이나 피시방 요금, 오토바이 기름값을 뜯어내는 악명 높은 놈이었다. 녀석도 시내 여기저기를 배회하다가 밥 먹으러 학교에 온 모양이었다.

"에잇, 나가자!"

둘은 교정으로 나가 나무 밑 벤치에 앉아 운동장을 바라보았다. 이왕에 온 거 점심이나 먹고 가려는 속셈이었다. 오늘 급식은 또 뭐가 나올지. 결국 밥이나 얻어먹으려고 학교에 오는 것 같아 거지가 된 기분이었다. 한숨이 절로 나왔다.

"이렇게 살아서 뭐하냐? 어른이 되어도 뭐 별 볼일 있겠냐! 야, 조뺑아, 우리 확 죽어 버릴까?"

"휴, 그건 그래! 아, 정말 나도 요즘은 콱 죽고만 싶다."

막연한 불안감이 스멀스멀 기어들었다. 내년에 졸업을 하고 나이를 더 먹어 어른이 되면 이 불안감은 스르르 없어지는 것일까? 한편으론 빨리 어른이 되고 싶기도 하고, 다른 한편으론 어른이 되는 게 두렵기도 하고, 묘한 감정이 또 가슴을 짓눌렀다. 잠시 후 고개를 들고 이리저리 시선을 돌리며 상훈이 놈의 파란색 오토바이를 찾았다. 산 건지 훔친 건지, 올 학기 초부터 뻐기면서 타고 다니는 꼴이 아주 못마땅했다. 그놈의 오토바이 바퀴에 펑크라도 내서 우울한 기분을 좀 풀어 보려는 속셈이었다. 그러나 녀석의 오토바이는 눈에 띄지 않고 교무실 앞에 세워 둔 체육 선생 티라노의 지프차가 시야에 잡혔다. 티라노가 아이들에게 축구를 시켜 놓고 수시로 와서 닦아 대는 것이라 번쩍번쩍 광채가 대단했다.

"저 차라도 훔쳐 타고 한번 신나게 달려 보고 싶다. 그러다 그냥 낭떠러지로 점프를 하든지, 바닷속으로 돌진을 하든지. 답답하고 짜증 나고 미치겠다."

"나도 이하동문이다."

재웅이는 작년 8월 15일에 오토바이 사고로 죽은 자동차과 김문규가 부러웠다. 녀석은 퇴계대로에서 중앙고속도로 입구를 거쳐 잼버리 도로까지 광복절 기념 폭주를 마치고 폭주족 일당과 헤어져 여자 친구를 태우고 배후령 꼭대기까지 올라간 뒤, 그 꼬불꼬불한 찻길을 시속 백 킬로 속력으로 달려 내려오다가 그대로 낭떠러지로 추락했다. 한동안 아이들 사이에는 사고가 아니라 계획된 동반 자살이라는 소문까지 떠돌았다. 장례식에

참석했던 재웅이는 내내 코를 찔러 대던 향냄새, 끊임없이 이어
지던 유족들의 흐느낌, 숨이 막힐 듯 무겁게 짓누르던 침묵 등
학곡리 장례식장의 엄숙하면서도 음산한 분위기가 떠올라 자기
도 모르게 얼굴 표정이 굳어졌다.

"야, 걘 여자 친구라도 있었지. 우리는 이거 참! 아, 인생 드
럽다, 드러워!"

"내가 조뺑이, 너 같은 놈을 친구로 둬서 그래! 자식, 생긴 거
하고는……."

"생긴 게 뭐가 어때서, 짜샤? 너는 짜샤, 그래서 여자 친구 하
나 없냐?"

"없는 거냐? 안 사귀는 거지. 히히!"

"우헤헤! 그래 맞아. 안 사귀는 거지, 안 사귀는 거!"

서로의 얼굴을 바라보며 멋쩍은 웃음을 주고받고 있는 데 부
르는 소리가 들려 돌아보았다.

"너희, 손재웅, 오기준, 이리 와!"

담임이었다. 둘은 엉거주춤 일어나서 되물었다.

"예? 왜요?"

재웅이와 기준이는 속이 뜨끔했다. 담임이 찾을 이유가 전혀
없기 때문이었다.

"오라면 와, 자식들아!"

"집에 일이 있어서 늦었어요."

"저는 엄마 심부름 때문에 늦었는데요."

"허허! 나 원, 그게 아니고. 교무실로 들어와 봐!"

둘은 교무실에 들어가 담임 책상 옆에 나란히 섰다. 맞은편 책상 옆에서는 학생회장 나윤호와 2반 반장 신하균이 은여우의 설명을 듣고 있었다. 영어를 못하면 미래가 없다면서 수업 시간 내내 영어 예찬론만 펼치다 나가는 노처녀 영어 선생 은지향. 그리고 전교 상위 1퍼센트 이내라는 저 두 놈. 서울 소재 4년제 대학에도 진학이 가능하다고 선생들의 칭찬이 자자한 놈들. 아마도 도서관에서 EBS 인터넷 강의를 듣다가 질문할 게 있어서 내려온 모양이었다. 재수가 없으려니 오나가나 보기 싫은 것들 천지였다. 녀석들은 무표정한 얼굴로 재웅이와 기준이를 힐끔 쳐다보고는 이내 시선을 거두었다. 여전히 사람을 무시하는 눈빛이었다. 거들먹거리긴, 건방진 자식들! 지들이나 우리나 인문고가 아닌 실업고에 다니는 건 마찬가지인데! 재웅이는 눈꼴이 시렸다.

"에 그리고, 원주 여기서 추천 의뢰가 들어왔는데, 너희 갈래?"

담임이 무슨 서류를 들고 살피더니 물었다. 재웅이는 자기 귀를 의심했다. 아, 쥐구멍에도 볕 들 날이 있다더니! 너무 기뻐서 얼른 대답도 못했다.

"좀 전에 교실에 올라갔더니 해당되는 놈들이 없더라. 다른 놈들은 안 간다고 그러고. 너희도 뭐 크게 해당되지는 않지만, 그래도 노는 것보단 낫잖아?"

"……"

"왜 대답 안 해? 너희, 졸업하고 사회에 나가서 하는 일 없이 놀고먹거나, 남에게 피해나 주는 조폭이나 될래? 기생충 같은 놈들 말야!"

"조폭이 뭐 어때서요? 멋있잖아요?"

"뭐? 멋있어?"

재웅이의 말에 담임이 눈을 동그랗게 뜨고 쳐다보았다.

"왜요? 사나이들의 끈끈한 우정과 변치 않는 의리. 좋잖아요?"

"시끄러워! 그런 건 의리가 아냐! 에 그리고, 일단 가 봐! 가서 열심히 배워! 나중에 다 도움이 될 거야, 자식들아!"

"얼마 준다는데요?"

기준이가 물었다.

"구십만 원이랜다."

"겨우 구십만 원?"

기준이가 맥 빠진 소리로 되물었다.

"왜, 그게 적어? 야, 자식아! 먹여 주고 재워 주고 구십이면 괜찮은 거야. 에 그리고, 정식 직원도 아니고 실습생인데. 가서 잘만 하면 졸업 후에 정식으로 채용될 거고."

재웅이는 듣자마자 벌써 결심을 했다. 구십만 원이 아니라 구만 원이라도 상관없었다. 답답하고 숨 막히는 집에서 나갈 수만 있으면 된다. 가능한 한 멀리 가면 더 좋다. 더욱이 실습을 나가면 지긋지긋한 기말 시험을 안 봐도 되는 것이다.

"춘천이나 서울 쪽은 없어요?"

기준이 녀석은 마음에 들지 않는지 다시 물었다.

"없어! 야, 너희가 지금 찬밥 더운밥 가릴 처지냐, 자식들아!
갈 거야, 말 거야? 빨리 결정해. 아니면 다른 애들 찾아보게."

"아, 아니요! 가, 가야죠!"

재웅이가 나서서 말하며 팔꿈치로 기준이의 옆구리를 툭 쳤다.

"저, 저도요!"

"에 그리고, 그럼 내일모레 오후 2시까지 원주 가서 여길 찾
아가. 내가 너희 서류를 팩스로 보내 놓을 테니. 2반 용호철하
고 하성민하고 넷이서. 알았지?"

"네, 선생님. 감사합니다! 감사합니다, 선생님!"

교무실 밖으로 나오자마자 재웅이는 얼른 급료 계산을
해 보았다.

"구십만 원씩 오 개월이면, 합이 사백오십만 원이네! 야, 우
리 그걸로 뭐 하지? 오토바이 한 대 살까? 컴퓨터를 최신형으로
바꿔?"

"야, 세창정밀로 나간 장호하고 근태는 백이십만 원씩 받는
데. 우진건업에 간 애들도 백만 원 넘고."

"걔네들은 공부 잘하는 애들이잖아. 자격증도 있고. 주제 파
악해, 새꺄!"

"그래도 자존심 상하잖아."

기준이는 입술을 삐죽 내밀며 못마땅해했다. 재웅이는 기준이를 발로 차는 시늉을 하며 다시 물었다.

"짜식! 속으론 좋으면서, 그치?"

"나쁘진 않지, 뭐! 우헤헤!"

그러자 기준이는 특유의 간사스러운 웃음을 웃었다. 다소 과장된 웃음이었다.

"답답한 집, 골치 아픈 학교, 지긋지긋한 엄마 아버지의 잔소리. 이젠 다 끝이다, 끝! 야호!"

"야, 해방이다! 자유다!"

"대한독립만세다! 만세!"

재웅이를 따라 기준이도 두 손을 위로 높이 치켜 올리며 만세를 외쳤다. 춘천여고와 유봉여고 학생들도 온다기에 자진해서 참가했던 지난 삼일절 기념식 행사에서 만세를 외치던 일이 떠올라 서로 쳐다보며 히죽히죽 웃었다.

재웅이는 기준이와 헤어져 가벼운 발걸음으로 집으로 향했다. 빨리 가서, 성적표가 나올 때마다 아예 친구들과 꼴찌클럽을 만들라며 구둣주걱으로 머리를 내리쳤던 아버지에게 자랑할 속셈이었다. 가슴이 뿌듯했다. 입가에 미소가 절로 지어졌다. 계속 빌빌거리며 하루하루를 보내다가 떠밀리듯이 졸업하나 보다 생각했는데, 뜻밖의 행운이 찾아온 것이다.

원주에 도착한 다음 날, 네 아이들은 큰길가 편의점에서 컵라면과 김밥으로 아침을 먹은 후 다시 공장으로 돌아왔다. 아까 김 과장이 숙직실로 찾아와 만 원을 건네주며 구내식당은 점심부터 시작하니까 앞에 나가 간단히 사 먹고 오라고 했다. 그는 어젯밤에도 먼 길 오느라 수고했다며 과자와 음료수는 물론 피자까지 사 주는 친절을 베풀었다. 부드러운 외모에 정감 있는 목소리. 은근히 호감이 갔다.

본관 1층에 있는 총무과 사무실로 들어가자 김 과장이 반갑게 맞았다.

"그럼 이제 공장 구경이나 마저 하고 있어. 곧 양 대리가 올 거니까."

아이들은 어제 미처 둘러보지 못했던 공장을 다시 천천히 구경했다. 형강을 자르는 절단기 소리, 절단된 형강에 구멍을 뚫는 천공기 소리, 그리고 형강을 다듬는 그라인더 소리 등 공장은 각종 기계 소음으로 가득 차 귀가 아플 지경이었다.

"공장이 생각보다 꽤 큰데!"

"저쪽에 가서 앉자. 다리 아프다."

공장 뒤쪽에 있는 테니스장을 구경하고 나오면서 기준이가 앞쪽을 가리켰다. 담장을 따라 길쭉하게 지어진 식당 건물 끝에 차양을 덧대 지붕을 만들고 자판기와 파라솔을 서너 개 놓은 간이 휴게소인 것 같았다. 아이들은 콜라를 뽑아 파라솔 탁자에 빙 둘러앉았다.

"야, 우린 저쪽 정밀기계 쪽에 배치되겠지?"

"그럴걸. 기계과니까 뻔하지 뭐!"

"아, 나는 기계는 싫고, 품질 검사 쪽에 배치됐으면 좋겠다."

"나는 자재 관리가 제일 편한 것 같다."

재웅이는 급료 얘기를 꺼냈다.

"구십만 원이라고 그랬지? 나는 엄마한테 육십만 원이라고 했어, 히히!"

"삼십만 원씩 삥땅치게?"

"그렇지 않으면 울 엄마가 다 뺏어 간다. 울 엄만 돈 냄새 맡는 덴 귀신이야, 귀신! 울 아버지 봐라. 뼈 빠지게 일해서 돈 다 갖다 주고 용돈 타서 쓴다. 한 달에 십만 원씩. 불쌍하더라, 불쌍해! 같은 남자로서 참!"

재웅이의 말에 모두들 고개를 끄덕거렸다.

"나는 내가 다 갖는다고 그랬어. 내가 번 돈인데 왜 엄마를 주나?"

호철이의 말을 듣고 기준이가 호철이를 부러운 눈으로 쳐다 보며 자기 얘기를 했다.

"나는 반반으로 합의 봤다. 모아서 장가 밑천 만들어 준댄 다."

으쓱해진 호철이가 다시 뒷말을 이었다.

"우선 오토바이 한 대 뽑고, 휴대폰 최신형으로 바꾸고. 생각만 해도 째진다, 째져!"

"우리 아버지는 오토바이는 죽어도 안 된대. 그래도 몰래 한 대 사야지, 뭐!"

재웅이는 다짐이라도 하듯 어제 했던 얘기를 반복했다. 반면에 성민이는 아무 말 없이 앉아 콜라만 홀짝일 뿐이었다.

"성민아, 넌 뭐 할 거야?"

호철이의 물음에 성민이는 그냥 씨익 웃기만 했다.

휴게실 벽에 걸린 원형 시계가 10시 30분을 가리킬 때였다. 보통 키에 바짝 마른 사내가 공장 앞마당 쪽에서 곧장 걸어왔다. 시커먼 얼굴에 머리에 흙먼지를 잔뜩 뒤집어쓰고 있어서 아프리카 흑인을 연상케 했다. 게다가 이마에 잔주름이 가득해 김 과장이라는 사람보다 나이가 서너 살은 더 많은 것 같았다. 사내는 가까이 다가와 말없이 아이들을 노려보았다. 날카로운 눈빛이었다. 아이들은 반사적으로 자세를 고쳐 앉았다.

"너희냐?"

사내가 범죄자라도 추궁하듯 이맛살을 찌푸리며 물었다.

"예?"

넷이 동시에 되물었다.

"너희가 춘천공고에서 온 실습생들이냐고?"

"예, 예!"

"시끼들, 꼬라지 하고는. 따라와!"

김 과장이 말한 양 대리라는 사람이 분명했다. 모두 겁먹은 표정으로 그의 뒤를 따랐다.

그가 간 곳은 숙직실 뒤쪽의 허름한 컨테이너 박스였다. 쓰레기장 옆이라 악취가 풀풀 풍기고 파리 떼가 난무했다. 그곳에는 잡동사니가 쌓여 있었다.

"자, 여기서 아무거나 골라 입어. 신발도 적당한 걸로 골라 신고. 빨리! 이 시끼들이 뭐 여기 소풍 온 줄 알아? 청바지에 남 방셔츠라니? 게다가 구두까지. 뭐 해? 빨리 고르지 않고!"

성민이가 먼저 작업복과 작업화를 고르자 다른 아이들도 마지못해 골라잡았다. 서둘러 옷을 갈아입자마자 양 대리가 다시 명령조로 말했다.

"그 옷이나 갔다 두고 빨리 와. 시간 없어!"

아이들이 숙직실로 뛰어가 옷을 두고 지갑과 휴대폰만 챙겨서 공장 앞마당으로 나가니 흙먼지가 뿌옇게 내려앉은 소형 승용차가 사무실 앞에 서 있었다. 곳곳이 긁히고 찌그러져 제대로 굴러갈지조차 의심스러운 구형 엘란트라였다.

"뭐 해? 타지 않고."

재웅이가 조수석에 타고 기준이, 호철이, 성민이가 뒷좌석에 탔다. 곧 차가 급히 출발해 공장을 빠져나와 점점 빠른 속력으로 내달렸다. 다른 곳에 공장이 또 있는 모양이었다.

"어제는 몇 시에 왔어?"

"오후 2시 좀 넘어서요."

"잠은?"

"김 과장님이 숙직실에서 하룻밤 자라고 해서 거기서 잤어요."

그 대답을 들은 양 대리가 딱딱한 얼굴로 입술을 씰룩였다.

"서류는 작성했고?"

"예, 어제 오자마자 사무실에서 작성하고 사인까지 했습니다."

차는 고층 아파트 공사장 옆을 지나 시 외곽으로 빠져나갔다. 그리고 사십 분쯤 달려 조그마한 소읍을 통과하고도 계속 달려 삼거리를 지나 얼마 더 가서야 속도가 줄었다. 길옆에 추동리라고 쓰인 찌그러진 양철 팻말이 있는 곳에서였다. 그곳에서 차는 방향을 구십 도 꺾어 비포장 길로 들어섰다. 꽤 높은 산이 보이는 골짜기 길이었다.

"창문 다 닫아라. 에어컨 틀어야겠다."

양 대리의 지시에 따라 차창을 닫자 그가 에어컨을 틀었다. 하지만 차 안은 좀체 시원해지지 않았다. 오히려 점점 더 뜨거워지는 것 같았다. 울퉁불퉁한 산길에 노폭마저도 좁아 속도를 낼 수 없었기 때문이었다. 하지만 양 대리는 꽤 빠른 속도로 거칠게 차를 몰았다. 길 바로 옆으로 높이가 20여 미터나 되는 벼랑이 이어져 있는데도 아랑곳하지 않았다. 가뜩이나 온몸이 땀으로 범벅이 된 판에 손바닥까지 땀에 절게 했다. 그런 길을 한참이나 달렸지만 공장은커녕 조막만 한 시골집 하나 나타나지 않았다. 분명히 뭔가 이상했다. 하지만 입을 열어 감히 물어볼 용기가 나지 않았다. 양 대리의 시커먼 얼굴, 부리부리한 눈, 고압적인 목소리에 기가 죽어 그를 똑바로 쳐다보는 것조차도 힘이 들었다.

기온은 점점 올라 완전 숯불 속이었다. 고장이 났는지 에어컨은 시원한 바람은커녕 요란한 소음과 함께 후텁지근한 열기만 내뱉을 뿐이었다. 차라리 바깥바람이 나을 성싶어 재웅이는 앞 창문을 내렸다. 뒷좌석에 타고 있던 친구들도 서둘러 창문을 내리고 바깥공기를 들이마셨다. 하지만 바깥도 이미 시뻘겋게 달궈진 프라이팬과 마찬가지였다. 워낙에 험한 비포장 산길이라 차는 점점 속도가 느려졌다. 이따금 움푹 파인 곳에서는 급정거까지 해야 했다. 바람 한 점 들어오지 않고 흙먼지만 잔뜩 날아들어 와 창문을 도로 닫고 말았다.

"거봐! 창문 닫고 에어컨 트는 게 낫다니까."

"근데 도대체 어디로 가는 거예요?"

"가 보면 알아. 거의 다 왔어!"

세 번째 고개를 오른 후 구불구불 한참을 돌아 내려가자 시야가 조금씩 트이며 계곡 아래 농지가 나타났다. 그리고 농경지 뒤편으로 시골집들도 드문드문 보이기 시작했다. 계곡 물웅덩이에는 칡넝쿨처럼 사방팔방으로 뻗어 나간 고무호스가 길게 이어져 있었다. 사람들이 더러 못자리 논에 물을 길어다 붓는 모습도 보였다.

"아, 씨발!"

양 대리가 갑자기 차를 세우며 외쳤다. 그러고는 앞쪽을 바라보며 잔뜩 인상을 썼다. 경운기였다. 앞쪽에서 경운기가 나타나 천천히 다가오고 있었다. 길이 좁아 서로 비껴갈 마땅한 공간이 없었기에 양 대리가 차를 길옆으로 바짝 대고 경운기가 지나가기를 기다렸다. 그나마 큰 차가 아니라서 다행이었다. 혹 버스나 트럭을 만나면 비켜 줄 공간을 찾아 뒤로 수십 미터를 물러나야 할 것 같았다. 경운기도 더위에 지쳤는지 거북이 걸음이었다. 소리만 요란할 뿐 다가오는 것인지 그냥 서 있는 것인지 분별이 잘 가지 않았다. 기다리기가 지루해진 양 대리가 짜증을 냈다.

"아, 또 저 재수 없는 이장······. 카악 퉤!"

경운기는 여전히 거북이 걸음으로 기어 오고 있었다. 이쪽에서 기다리고 있는 줄 뻔히 알면서도 속력을 높이지 않고 오히려 더욱 느릿느릿 다가오는 것 같았다. 양 대리가 경적을 두어 번 울려 신호를 보냈으나 마찬가지였다.

"아 씨, 저 이장 놈! 빨리 안 오고 뭐 해? 바빠 죽겠는데!"

양 대리는 씩씩거리면서 신경질적으로 경적을 울려 댔다. 재웅이는 인상을 찌푸리고 목덜미로 흘러내리는 땀을 손등으로 훔쳐내며 빠르게 손부채질을 했다. 하늘도 땅도 점점 더 뜨거워지고 있었다. 그대로 있다가는 정말 통닭구이가 될 판이었다.

"앞으로 서너 달, 비 오지 마라, 씨발!"

한참 만에 가까이 다가온 경운기를 노려보며 양 대리가 혼잣말을 내뱉었다. '씨발'에 유난히 힘을 줘 길게 발음했다. 재웅이 자신도 무의식중에 늘 쓰던 말인데 듣기 좋지 않았다. 경운기에는 빛바랜 새마을 모자를 쓴 초로의 사내와 챙 넓은 꽃무늬 모자를 눌러쓴 아주머니가 타고 있었다. 둘 다 얼굴이 까무잡잡했고 굵은 주름살 서너 개가 이마에 보였다. 물을 구하러 가는 듯 짐칸에는 양수기와 굵은 호스 타래, 삽 등이 가득 실려 있었다.

"차를 저리로 좀 더 바짝 대야지."

사내가 경운기를 멈추고는 건조한 목소리로 말을 건넸다. 사내의 눈빛이 왠지 싸늘해 보였다. 그러자 양 대리가 신경질적으로 대꾸했다.

"그리로 가면 되잖아요?"

"이리 어떻게? 낭떠러진데?"

잠시 서로 한 치의 양보도 없이 서 있다가 결국 양 대리가 조금씩 조금씩 옆으로 비키기 시작했다. 그러다가 그만 한쪽 앞바퀴가 길 가장자리 배수로에 빠지고 말았다.

"아, 이런 씨…… 또 빠졌잖아!"

경운기가 요란한 소리를 내며 겨우 옆으로 비껴갔다. 경운기가 지나자마자 양 대리는 엑셀을 힘껏 밟았다. 다행히 차는 어렵지 않게 빠져나왔다.

좌측으로 계곡을 끼고 산모퉁이를 서너 번 돌자 저만치 언덕길 아래로 조그마한 마을이 나타났다.

"추동리야. 보다시피 좋은 곳이 못 돼."

완만한 언덕길을 내려가자 길 양쪽으로 논들이 나타났다. 마을 길이 시작되는 곳이었다. 그래서 그런지 산길보다 한결 평평

했고 다소 넓기도 했다. 모내기를 끝낸 논들도 있었으나 가뭄으로 인해 대부분 벌겋게 타들어 가고 있었다. 더러 바닥이 쩍쩍 갈라진 논들도 보였다. 심지어 경작을 포기한 듯 잡초만 무성한 논밭도 있었다.

차가 마을 가까이 다다가자 우측에 우뚝 솟은 특이한 집이 맨 먼저 눈에 띄었다. 여느 집들과는 달리 교회처럼 삐죽이 솟은 그 모양새가 눈길을 사로잡았다. 양 대리는 마을 입구의 자그마한 시멘트 다리를 건너 '추동리 마을 회관' 이라고 쓰인 그 건물 앞마당에 차를 세웠다. 곳곳에 금이 가고 곰팡이가 피어, 지은 지 족히 이십 년은 넘어 보였다. 양 대리는 차에서 내려 마을 회관 옆에 있는 구판장으로 들어갔다. 출입문 위쪽에 '새마을 종합 구판장' 이라 쓰인 글씨는 빛이 바랬고 페인트가 부분부분 떨어져 내려 '새마을' 글씨는 희미했고 '종합 구판장' 글씨는 뚜렷했다. 출입문 앞쪽에는 판자때기로 대충 짜서 만든 평상이 놓여 있었고, 그 밑에는 늙은 개가 누워 혀를 길게 내밀고 의심스러운 눈초리로 아이들을 힐끗힐끗 쳐다봤다.

종합 구판장이라고 해야 세 평 남짓한 곳에 라면과 소주, 과자나부랭이가 전부라 도시의 구멍가게만도 못해 보였다. 양 대리가 들어가자 몸피가 조그맣고 머리가 허연 할아버지가 안쪽에서 나타났다. 양 대리가 담배와 막걸리를 골라서 건네니 긴 셔츠를 입은 할아버지가 부자연스러운 손동작으로 받아 비닐봉지에 담았다.

"야, 저기 봐!"

갑자기 호철이가 마을 회관 옥상으로 올라가는 계단을 가리키며 외쳤다. 모두 그쪽으로 시선을 돌렸다.

꼬부랑 할머니였다. 자그마한 할머니가 계단 밑의 그늘에 쪼그리고 앉아 있었다. 산발이 된 흰머리에 검버섯이 가득 핀 쪼글쪼글한 얼굴. 꼭 한 마리 늙은 원숭이가 앉아 있는 것 같았다. 할머니는 막대사탕을 맛있게 핥아먹으며 어린아이처럼 흐뭇한 표정을 지었다. 하지만 놀라운 건 옷차림새였다. 헐렁한 웃옷은 단추가 풀어져 축 늘어진 젖가슴이 고스란히 드러났고 치마 역시 헐렁해 허벅지가 훤히 보였다.

"좀 어떻게 된 할머닌가 보다."

"그러게. 근데 기준이 넌 어딜 보냐, 인마? 키키키!"

호철이가 기준이의 뒤통수를 후려치며 키득거렸다.

"아냐, 짜샤! 거길 본 게 아니야!"

"아니긴? 짜식, 침까지 곌곌 흘리고. 이거 완전 변태네!"

장난삼아 서로 가볍게 치며 티격태격하고 있는 사이 양 대리가 돌아와 차를 타고 다시 계곡 상류 쪽으로 오르기 시작했다.

"아직도 더 가야 해요?"

"저기 저 모퉁이만 돌면 돼."

논 대부분이 아직 모내기를 못하고 있었다. 이미 했다 하더라도 논바닥이 바짝 말라 드문드문 벼 포기가 타들어 가고 있었다. 쇠꼬챙이처럼 말라비틀어진 모습이 금방이라도 죽어 버릴 것 같았다. 논들은 마을 앞쪽과 계곡을 따라 얼마간 이어져 있을 뿐 대부분은 옥수수밭이나 감자밭이었다. 계곡 개울가 풀밭에 매어 놓은 두어 마리 소도 보였고, 삼십여 호쯤 되는 마을 집들 중에 버려진 집들도 몇 채 눈에 띄었다. 울타리 나무가 울창한 폐교 같은 곳을 지나 다시 오 분쯤 올라 모퉁이를 돌자 저만치 앞쪽 감자밭 머리에 소형 트럭이 보였다. 양 대리는 그 옆으로 다가가 아카시아 나무 밑 그늘에 차를 세웠다.

"자, 내려!"

십오 리나 되는 구불구불한 산골길을 덜컹거리며 올라오느라 차도 힘이 드는지 헐떡거리는 숨소리가 아주 거칠었다.

"여기서 조금 기다리고 있어라. 어차피 점심 먹고 시작해야 하니까."

양 대리가 감자밭을 지나 산등성으로 올라가자 아이들이 사방을 휘휘 둘러보며 투덜거렸다.

"여기 완전 거기다. 그 왜 영화에 나오는 도, 동막골! 웰컴투 동막골!"

"그러게! 근데 여기서 뭔 일을 한다는 거야? 혹시 논에다 물 퍼 나르는 일?"

"양수기 고치는 일 하는 거 아냐?"

"맞아, 그럴지도! 아까 올라오면서 봤잖아? 곳곳에 양수기며 경운기로 물 퍼 올리느라 난리치는 거."

얼마 후 양 대리가 산에서 사람들을 데리고 내려왔다. 머리칼이 희끗희끗하고 이마에 굵은 주름이 서너 개씩 잡힌 오십 대 중, 후반으로 보이는 세 명이었다. 모두 손에 조그마한 가방을 하나씩 들고 있었고 땀으로 작업복이 흠뻑 젖어 있었다.

"야, 너네 여기 인사 드려. 앞으로 함께 일할 기초반원들이시다."

아이들이 한꺼번에 엉거주춤한 자세로 고개 숙여 인사를 했다.

"이분이 임 반장님이고, 이분은 염 씨 아저씨, 이분은 장 씨 아저씨야."

"오, 그래. 열심히들 해."

"아, 야들이 갸들이군 그랴."

"아따, 이제 우리가 쪼깨 편허것구만이라, 이?"

인사가 끝나자 양 대리가 땀으로 번들번들한 기초반원들의 구릿빛 얼굴을 바라보며 물었다.

"벌써 점심 드셨어요?"

"그럼. 오전 새참도 없고 해서 배가 쉬 고프더군."

"제가 집에 일이 있어서 늦게 출발했습니다. 저쪽 그늘로 가서 막걸리나 한잔하시지요!"

"암만! 막걸리 한 잔 짝 혀서, 에너지 보충을 해야 쓰제, 이!"

양 대리가 차에서 생수병과 함께 검은 비닐봉지 두 개를 꺼내 들고 나무 그늘로 가서 자리를 잡고 앉았다.

"담배하고 막걸리입니다. 나눠 드세요. 너희들은 이거 먹어라. 원주서 사 온 건데, 하나가 남을 테니 배고프면 더 먹어."

김밥 도시락이었다. 기준이가 김밥을 받고 시큰둥한 표정을 지었다.

아이들이 점심을 먹는 사이, 기초반원들과 양 대리는 옆에서 막걸리를 나눠 마시며 이야기를 나눴다.

"오늘도 꽤 덥지요?"

"에이 뭐, 이제 몸에 배서 견딜 만해!"

때에 절어서 누렇게 변한 수건으로 이마를 닦으며 임 반장이 대수롭지 않다는 듯 대답했다.

"오늘 중으로 터다지기까지 가능하죠? 여기서 벌써 나흘이나 지체돼서 말이에요."

"아니야, 접근로 내기도 빠듯할 거야. 경사가 급하고 나무도 많고, 수월치 않아."

"아따, 걱정 말드라고! 접근로만 마치면 금방잉께!"

"김 씨허고 이 씨가 아파트 공사장으로 내빼는 바람에 늦어졌지, 그렇잖음 벌써 끝내고 다음 것 허고 있었을 거여!"

누군가가 다른 곳으로 빠져나가서 일손이 부족하고, 그 때문에 공사 기일이 지체되고 있다는 내용이었다.

"이저 이 아그들이 도와주면 곧 계획대로 될 꺼구마. 내 봉깨로 힘깨나 쓰것는디! 다들 키두 크구 팔뚝두 굵으니 말이시!"

"너희들은 임 반장님 지시대로 하고 있어. 나는 마을로 내려가 너희들 숙식처를 알아보고 올 테니까."

"숙식처요?"

재웅이가 물었으나 양 대리는 대답도 않고 서둘러 내려갔다.

"아저씨, 이거 무슨 공사예요?"

재웅이는 다시 임 반장에게 물었다. 그가 그래도 인상이 가장 좋고 친절해 보였기 때문이었다.

"고압 송전 철탑 공사인데, 우린 기초 작업반이야. 철탑을 세울 터를 미리미리 닦아 놓는 일 말이야."

재웅이는 김밥을 씹다가 멈췄다. 어이가 없었다. 기가 막힐 뿐이었다.

"우린 막노동 못하는데요!"

"말도 안 돼요!"

호철이와 기준이가 언성을 높였다. 성민이도 놀란 표정이었다.

"이놈들아, 젊었을 땐 이런 일 저런 일 다 해 보는 게 좋아!"

"아그들아, 누가 돈을 거져 준다드냐, 이?"

"땀 맛을 알아야 나중에 크게 되는 겨!"

입맛이 뚝 떨어진 재웅이는 김밥을 반이나 남기고 근심스러운 표정으로 앉아 있었다. 그리고 얼마 후 양 대리가 올라오자 벌떡 일어나 그에게 다가서며 말했다.

"우린 이런 일 못하는데요!"

"예! 우리 이런 일 한 번도 안 해 봤어요!"

기준이와 호철이, 성민이도 일어섰다.

"뭐야? 지금 장난하는 거야? 니네 어제 서류 작성했다며?"

양 대리가 무서운 얼굴로 호통을 쳤다. 부릅뜬 눈에서 번갯불이 다 번쩍였다.

"그, 그건 그냥 과장님이 사인하라고 해서…….''

"그게 회사에서 시키는 대로 한다는 계약서야, 시끼들아!"

"아니, 우리 기계과가 이런 일을 어떻게 해요?"

"우리 회사에선 누구나 다 거치는 일이야. 그러니까 아무 소리 말고 해! 그렇게 어려운 일도 아니야. 그리고 나중에 정식으로 취직이 되면, 그때 너희가 원하는 부서에 배치될 수 있어!"

양 대리는 험악한 표정을 지으며 협박을 하는가 하면 간간히 부드러운 어투로 회유를 하기도 했다. 게다가 기초반원들이 옆에서 거들어 판단력을 흐리게 했다.

"어차피 여기까지 왔잖아? 일단 해 봐! 차차 몸에 배면 힘들지도 않아."

"아그들아, 노가다라고 무시하면 못 쓰제! 이 일도 중요헌 일잉께 말이시!"

"나, 지금 마을을 집집마다 뒤져서 겨우 너희 방 얻어 놓고 오는 거야! 그게 한두 푼인 줄 알아? 그러니 맘 단단히 먹고 한 달만이라도 해 봐! 알았지?"

그렇게 해서 재웅이와 아이들은 전혀 상상하지도 못했던 곳에서 상상하지도 못했던 일을 하게 되고 말았다.

삼겹살 파티

양 대리에게 이끌려 숙소 방으로 들어가 보니 성민이가 윗목에서 무릎을 꿇고 있었다. 지갑을 가지러 돌아왔다가 양 대리에게 들킨 게 확실했다. 모두 성민이를 흘겨보며 얼굴을 찡그렸다. 성민이는 고개를 숙이고 방바닥만 내려다볼 뿐 눈을 마주치지 않으려 했다.

"무릎 꿇어!"

양 대리의 싸늘한 명령이 떨어졌다. 아이들은 성민이 옆으로 가서 나란히 무릎을 꿇었다.

"이 쌍느무 시끼들아, 이게 뭐 애들 장난하는 건 줄 알아, 응? 하기 싫다고 안 하고, 하고 싶다고 더 하고. 엿장수 맘대로냐고?"

양 대리가 너무 크게 소리치는 바람에 문창호지가 파르르 떨었다.

"시끼들아, 계약을 위반하면 급료는커녕 배상금을 물어야 돼! 너희들 원주 사무실에서 계약서에 사인했댔지?"

"저, 자, 잘 안 읽어 보고……."

기준이가 더듬더듬 말했다. 단지 형식적인 절차일 뿐이라며 빨리 사인하라는 김 과장의 다그침에 내용도 읽어 보지 않고 서둘러 사인을 하고 말았다.

"읽었든 안 읽었든 사인했으면 끝이야, 시끼들아! 불만이 있으면 나한테 말을 해야지, 응? 남자 시끼들이 오 일도 못 버티고 비겁하게 왜 도망간 거야?"

"……!"

"응? 말해 봐! 이 비겁한 시끼들아!"

양 대리는 유달리 비겁하다는 말을 반복했다. 그러면서 파리채를 들어 손잡이로 배를 쿡쿡 찔러 댔다.

"너, 너무 힘이……."

"이런 일 처, 처음이라……."

기준이와 호철이가 모기 소리로 대답했다. 하지만 재웅이는 입을 굳게 다물고 있었다. 그러자 양 대리가 파리채로 재웅이를 가리키며 다그쳤다.

"너도 솔직히 말해 봐, 어서!"

파리채 손잡이가 정확하게 재웅이의 명치를 세 번 찔렀다. 헉! 숨이 막혔다. 그제야 재웅이는 양 대리를 노려보며 입을 열었다.

"우리는 기, 기계 실습인 줄 알고 왔는데……."

"왔는데, 그게 아니라 노가다만 시킨다 이거지?"

양 대리는 자기가 대답을 다 하고 재웅이의 표정을 살폈다. 재웅이가 이맛살을 잔뜩 찡그린 채 고개를 끄덕였다.

"그래도 그렇지, 이 비겁한 시끼들아! 음! 음!"

마른기침을 두어 번 내뱉은 양 대리가 목청을 가다듬더니 곧 훈시를 늘어놓기 시작했다. 조금 전과는 달리 목소리는 낮고 부드러운 설득조로 변했으나 얼굴 표정은 여전히 딱딱했다. 눈에는 노기도 사라지지 않았다. 재웅이 역시 양 대리에 대한 불신과 분노가 풀리지 않아 날카로운 눈빛으로 그를 노려보았다.

"힘든 건 나도 알아. 처음이니까 힘들겠지. 하지만 그 정도도 못 참아서 나중에 군대나 사회 나가서 어떡할래, 응?"

어른들이 하는 훈시야 안 들어도 뻔했다. 이미 집에서 엄마 아버지한테, 학교에서 선생들에게 귀 아프도록 들어온 얘기였다. 귓구멍을 틀어막고 싶은 심정이었다.

양 대리의 지루한 훈시는 언제 끝날지 몰랐다. 발이 저리고, 허리가 결리고, 온몸이 뒤틀려 죽을 맛이었다. 벌써 동이 트는지 밖이 훤하게 밝아 왔고, 주인집 할아버지와 할머니가 일어나 부산을 피우는 소리가 들렸다. 재웅이는 양 대리의 훈시를 귓가로 흘리면서 속으로 2차 탈출 계획을 세웠다. 곁눈으로 친구들의 표정을 살피니 그들도 같은 마음인 것 같았다. 양 대리와 기초반원들의 눈을 피해 친구들과 틈틈이 모의를 해야겠다고 생각했다. 좀 더 철저한 계획을 세운다면 다음번엔 틀림없이 성공

할 것이라는 확신이 섰다. 그러자 찡그렸던 이맛살이 자신도 모르게 스르르 펴지며 입가에 가느다란 미소까지 그려졌다.

힘든 거 있으면 언제든지 나한테 말하라던 원주 본사의 김 과장의 말이 귓속을 맴돌았다. 여차하면 그에게 전화해서 이 사실을 알리고 구원을 요청하리라 마음먹었다.

"손재웅, 알았지? 대답해, 인마!"

"예? 예!"

양 대리가 무슨 말을 했는지 몰랐지만 얼떨결에 대답을 하고 말았다. 친구들을 바라보니 아까보다 더 고개를 숙인 채 잠자코 있을 뿐이었다.

얼마 후 주인집 할아버지가 논에 물꼬나 보고 오겠다며 나서는 소리가 들리자 양 대리가 훈시를 마쳤다.

"이제 똑바로 앉아 편히 쉬어!"

그러고는 곧 휴대폰을 집어 들더니 통화를 시작했다.

"반장님, 저 양 대립니다. 이따 들어오실 때 삼겹살 열 근만 사가지고 오십시오! 돈은 드릴 테니까!"

양 대리는 난데없이 삼겹살 얘기를 꺼내며 아이들의 표정을 살폈다. 먹을거리로 환심을 사려는 얄팍한 술수가 분명했다. 재웅이는 속으로 콧방귀를 내쏘며 어금니를 더 힘껏 악물었다.

"예! 여기 애들 힘든 모양인데, 고기 한번 먹이려고요! 한 열흘 되면 먹이려고 했는데, 자식들이 키만 멀쑥했지, 보기보다 매가리가 없어서요. 그리고 약국에서 파스도 한 곽 사 오세요.

붙이는 거, 바르는 거, 다요! 예! 네 놈 다 근육통이 심해요!"

파스까지 붙여 줄 모양이었다. 그러면 그럴수록 재웅이는 양 대리의 가식적인 모습이 죽이고 싶도록 미웠다. '빠드득!' 어금니 갈리는 소리가 귀청을 때렸다.

"자, 이제 나가서 세수하고 밥 먹을 준비 해야지?"

전화를 끊은 양 대리가 온화한 표정을 띤 채 말했다. 마치 동생이라도 타이르는 듯 느끼한 말투였다. 역겨웠다.

가뜩이나 온몸이 쑤시고 아픈데 양 대리에게 혼나고 설교까지 듣느라 잠도 못 잔 상태에서 밥상을 받았다. 시래기국에 무채무침이 새로 놓였을 뿐 반찬은 여전했다. 성민이만 밥과 국을 비웠고 기준이와 호철이는 반도 못 먹고 수저를 놓았다. 재웅이 역시 검누런 색깔이며 냄새가 싫어 시래기국은 거들떠보지도 않았다. 무채무침 또한 너무 매워 먹을 수가 없었다. 또 하루를 버티려면 어떻게든 배를 채워야 했으나 속에서 영 받질 않았다. 결국 맨밥만 서너 술 떠 넣고 꾸역꾸역 삼키다가 상을 물렸다.

"먼저들 준비해! 나 화장실 좀……."

재웅이는 한 손에 칫솔을 들고 다른 손에 휴지를 움켜쥐고 화장실로 갔다. 외양간 옆에 붙은 재래식 화장실이었다. 먹은 것도 별로 없는데 똥은 왜 마려운 거냐며 혼잣말로 투덜거리며 화장실로 들어가 나무 발판에 발을 올리고 쭈그려 앉았다. 구멍이 듬성듬성 뚫린 판자때기로 엉성하게 짜 놓은 화장실은 그 모양새도 모양새지만, 아래에서 풍기는 암

모니아 냄새가 콧구멍을 들쑤시다 못해 눈알까지 뽑아낼 듯 지독했다. 넓기는 왜 그리 넓은지 축구장 한가운데 앉아 있는 기분이었다. 오른쪽에는 각종 농기구며 비료 포대가 높이 쌓여 있었고 왼쪽에는 태기산만 한 잿더미가 퀴퀴한 냄새를 풍겨 댔다. 게다가 판자 틈새로는 외양간이 훤히 들여다보였다.

코를 움켜잡고 똥을 누던 재웅이는 칫솔을 판자 옹이구멍에 꽂아 두고 주머니에서 휴대폰을 꺼내 들었다. 달랑 하나만 나타난 배터리 잔량 표시 눈금. 그마저 없어지기 전에 서둘러 번호를 눌렀다. 신호가 가다가 끊기기를 두 차례. 마침내 연결이 되었다. 기쁜 마음에 자기도 모르게 목소리가 높아졌다.

"엄마, 나야! 나라구!"

"응, 그래. 일은 재밌니?"

엄마 목소리를 들으니 눈물이 글썽거렸다. 여태껏 엄마 목소리가 이렇게 반가운 적이 있었나. 목이 메어 말도 잘 안 나왔다.

"재밌기는? 완전 노가다야, 노가다!"

"그게 무슨 소리야?"

"완전히 중노동을 하고 있다고, 중노동 말야!"

"그러게 내가 운동하라고 그랬지? 만날 컴퓨터 게임만 했으니 조금만 일을 해도 힘에 부치는 거야, 이놈아!"

엄마는 또 잔소리였다. 재웅이의 목소리가 차츰 높아졌다.

"그게 아니라, 아주 사람을 죽인다고. 포로수용소나 다름없어, 강제로 일 시키는!"

"그럼 펑펑 놀리면서 월급 주는 회사도 있다든?"

엄마의 목소리도 따라서 높아졌다.

"아, 나 정말 못하겠어! 그만두고 집에 갈 거야!"

"이제 겨우 닷새 됐는데, 그게 무슨 뚱딴지 같은 소리니?"

"아무튼 나 죽어도 못해, 못하겠다고! 기준이, 호철이, 성민이, 다 못하겠대!"

"네놈이 그럼 그렇지! 내 그럴 줄 진즉에 알아봤어! 뭐? 얼마를 벌어서 얼마를 나를 줘? 믿은 내가 바보지, 바보!"

엄마의 콧방귀 소리가 귓속으로 깊이 들어와 어지러이 꼬리를 쳤다.

"나, 진짜 죽겠어! 온몸이 쑤시고 다리가 막 후들거려! 하늘도 노래!"

"뭐라고? 잘 안 들려!"

"죽겠다고! 집에 갈 거라고!"

외양간의 암소가 내뱉는 거친 숨소리가 통화를 방해했다. 게다가 파리를 쫓느라 소가 머리를 움직일 때마다 목에 달린 방울이 딸랑거려 신경질을 북돋웠다.

"아무튼 너 오면 아버지한테 맞아 죽어! 그러니 한 달만이라도 참고 버텨! 근데 너 거기 어디야? 솔직히 말해 봐! 오락실 아냐?"

"화장실이야! 냄새가 아주 지독해! 토할 것 같아!"

"너, 지금 장난하는 거지?"

"아이씨, 정말 장난 아니거든!"

미치고 펄쩍 뛸 노릇이었다. 이 판국에 장난이라니. 재래식 화장실에서 지독한 똥 냄새를 맡으며 쪼그리고 앉아 엄마에게 장난전화를 할 상황이란 말인가. 기가 찼다.

"그럼 왜 방울소리가 들려? 너, 게임하지?"

"옆에 암소가 있어!"

화장실 판자 틈으로 팔자 좋은 암소의 얼굴이 보였다. 남산만큼 불룩한 배를 땅바닥에 붙이고 앉아 왕방울 눈을 껌벅이며 느긋이 되새김질을 반복하고 있었다.

"공장에 암소가? 이 자식, 이거 순……. 끊어! 나 청소하고 출근해야 돼!"

"엄마, 나 좀 살려 줘!"

자신도 모르게 애원의 목소리가 나왔다. 하지만 엄마는 일방적으로 전화를 끊고 말았다.

"야, 인마! 누가 널 죽인데? 빨리 나와! 똥 누는데 무슨 시간이 그리 오래 걸려? 지금 다들 기다리잖아! 벌써 이십 분이나 늦었어!"

언제 왔는지 밖에서 양 대리가 판자 틈새로 안을 들여다보며 문을 두드렸다. 결국 재웅이는 똥도 못 눈 채 그냥 나오고 말았다. 다들 벌써 출발 준비를 마치고 마당에 모여 있었다.

"야, 너희들 휴대폰 이리 내놔!"

양 대리가 갑자기 말했다.

"예? 왜요?"

호철이가 자기 휴대폰을 주머니에 넣으며 물었다.

"왜는 뭐가 왜야? 이 자식들이 아주 휴대폰을 손에서 놓지를 않고 있으니."

아이들이 머뭇거리자 양 대리가 눈을 부라리며 잡아먹을 듯한 인상을 썼다.

"여긴 잘 터지지도 않는데, 휴대폰이 뭔 필요가 있어? 일에 방해만 되지."

하긴 그랬다. 충전기를 가지고 오지 않아 어차피 남은 배터리가 다 되면 끝이었다. 양 대리에게 있지만 빌려 줄 리가 만무했다. 게다가 친구들이 함께 있으니 사실 걸 곳도 없는 셈이었다. 호철이가 망설이다가 먼저 건네자 기준이와 재웅이도 건네고 말았다. 성민이는 원래 휴대폰이 없었다.

"나중에 일하는 걸 봐서 돌려주겠다. 그러잖아도 주인 할머니가 전기 아껴 쓰라고 신신당부를 했어. 나도 눈치가 보이는 판에 너희까지 떼거리로 충전을 하면……."

"우린 충전기 없어요."

"원주 숙직실에 두고 왔어요. 옷가방 속에."

양 대리가 압수한 휴대폰을 자기 방 한쪽에 놓으며 기준이와 호철이의 말을 받았다.

"그래? 그럼 나중에 내 가져다 주지!"

"언제요?"

재웅이가 따지듯이 물었다.

"일하는 걸 봐서, 시끼야! 그러니 딴 맘 먹지 말고 오늘부턴 열심히 해! 자, 출발!"

아침부터 뜨거운 햇살이 사정없이 내리꽂히고 있었다. 땅에서도 복사열이 피어올라 마치 한증막 속에 있는 것 같았다. 이 지옥을 어떻게 버텨 내나. 생각할수록 앞이 캄캄하고 하늘이 노래졌다. 부족한 잠, 허기진 배, 팔다리의 근육통 등 최악의 컨디션이었다.

"너희는 우선 장갑 끼고 저 자재들을 트럭에서 내려 저기에 쌓아!"

양 대리가 빨갛게 코팅된 목장갑을 하나씩 나눠 주며 명령했다. 아이들은 감자밭 머리에 세워진 임 반장의 트럭 짐칸에서 시멘트며 모래 포대, 각종 자재들을 내려 산길 옆에 세워진 조립용 천막 안에 쌓았다. 그 일만으로도 벌써 힘이 다 빠졌는데 양 대리는 조금도 쉴 틈을 주지 않았다. 양 대리, 저 쥐새끼 같은 놈! 재웅이는 땅바닥에 침을 뱉고 발로 힘껏 비볐다.

"이제 이리 따라와!"

감자밭으로 들어서니 흙이 메말라 푸석푸석한 게 마치 스펀지를 밟는 것처럼 발이 푹푹 빠졌다. 설상가상으로 뜨거운 지열마저 콧구멍 속으로 들이닥쳐 더위를 배가시켰다. 극심한 가뭄으로 성장을 멈춘 감자 잎들은 축축 늘어져 금방이라도 불이 붙을 것 같았다. 그런데도 무엇이 그리 좋은지 어디선가 뻐꾸기가 얄밉게 소리 높여 노래를 불러 댔다. 양 대리를 따라 숲이 우거진 산비탈을 오르자 그곳에서는 임 반장과 염 씨, 장 씨가 나무들을 베어 내며 길을 내고 있었다. 나무를 자르고 가지를 치고 잡풀을 베며 산등성 철탑 부지까지 진입로를 내는 것이었다. 전기톱 소리가 요란하게 사방으로 울려 퍼졌다.

"잘라 낸 나무들을 저기 저 큰 나무에다 차곡차곡 기대 쌓아! 저기 장 씨 아저씨가 해 놓은 것처럼!"

임 반장이 베어 낸 나무를 염 씨가 적당한 크기로 토막을 내고 가지를 치면 그것을 날라다 쌓는 일이었다. 장 씨가 하는 걸 보고 통나무는 통나무대로, 가지는 가지대로 가져가 큰 나무 밑에 차곡차곡 쌓아 올렸다. 몇 차례 비탈을 오가며 날라 쌓자 다리가 후둘거리고 팔이 덜덜 떨렸다. 결국 힘이 다 빠져 통나무 토막을 둘이 맞잡고 들거나 나뭇가지도 질질 끌고 가야만 했다.

"이놈들아, 힘내! 이건 일도 아니여!"

"아, 그깐 일로 벌써 헉헉대면 어떡헌당가? 붕알을 두 쪽이나 단 놈들이, 이?"

장 씨가 작업을 멈추고 담뱃갑을 꺼내며 소리를 지르자 염 씨도 전기톱을 놓고 한마디 거들었다. 임 반장과 양 대리도 모여 담배를 피우며 잡담을 나눴다.

"조롷게 무더기씩 쌓아 놓으면 마을 주민들이 개져다가 땔감으로 잘 쓰것네, 그랴!"

"예, 이런 시골에선 땔감 마련이 아주 큰일이지요!"

그사이 아이들도 일손을 놓고 소나무 아래에 모여 잠시 숨을 골랐다. 재웅이는 담배 생각이 간절했으나 한 개비 달라고 할 상황이 아닌 것 같았다. 기준이에게 눈빛으로 물으니 자기도 없다는 눈짓을 했다. 저들이 먼저 알아서 나눠 주면 좋으련만 그럴 기미는 전혀 보이지 않았다.

"그런데 요즘은 나무 함부로 베면 벌금 내야 돼."

임 반장의 말에 양 대리가 대답했다.

"우리야 군청에서 이미 허가를 얻었죠. 대체 산림 조성비도 다 냈는걸요, 뭐! 그러니까 이 나무 사실은 공짜가 아닌 거예요!"

"그럼 돈 받고 팔아야것구마, 이! 그냥 가져가라 하느니 술값이라도 허게 말이시!"

"에이, 어디 그럴 수야 있나요!"

그 말과 함께 양 대리는 담배꽁초를 버리고 발로 눌러 비빈 후 일어서서 임 반장에게 물었다.

"반장님, 예정대로 끝마칠 수 있겠습니까?"

"봐서 알겠지만 여기는 아름드리가 많아 길을 내기가 수월치 않아. 현장에도 올라가 보니 일하기가 쉽지 않겠어. 아주 급경사야. 게다가 나무도 굵고 바위도 있고."

임 반장이 작업 여건을 자세히 설명했다.

"원래 계획대로라면 지금 46현장도 끝내고 47현장 진입로 개설을 할 땐데 말이에요."

"글쎄, 김 씨, 이 씨가 갑자기 아파트로 빠지는 바람에. 미안하이!"

"어디든 고런 약삭빠른 놈들이 있당께! 아 멧 푼이나 더 준다고 그쪽으로 싹 가 버려? 약속을 해 놓고 말이시! 암튼 싸가지는 없는 것들이랑께!"

"그런 것들은 어른두 아니여! 나이를 아무리 많이 처먹었어두 말이여!"

염 씨가 끼어들며 말했다.

다시 작업이 시작되었다. 양 대리의 닦달에 정신없이 일하기를 세 시간 남짓. 키보다 높은 나무 무더기가 다 합해서 열 무더기도 넘었다. 큰 나무뿐만 아니라 잡목들까지 베어 내며 길을 냈으니 그럴 만도 했다. 재웅이와 친구들은 온몸이 땀으로 범벅이 되어 식초에 담가 놓은 오이지 꼴이었다. 역겨운 땀 냄새에 헛구역질마저 났다. 이미 탈진해서 모두 그 자리에 털썩 주저앉아 뒤로 발랑 자빠져서 숨을 헐떡였다. 숨 쉴 힘조차 없었다. 나뭇가지 사이로 하늘이 보였다. 노랬다. 팔과 다리가 사시나무처럼 덜덜 떨렸다.

잠시 숨을 고른 그들은 몸을 일으키고 앉아 추동리를 내려다보았다. 마침 양 대리는 자재 창고에 내려가고 없었다. 마치 항아리 속에 갇힌 듯 좁고 답답한 마을. 논은 논대로, 밭은 밭대로 크기며 형태가 제각각이었고, 집들 또한 기와집, 양철집, 슬레이트집 등이 마구 뒤섞여 혼란스럽기 그지없었다. 아침에 숙소를 나와 걸어 올라왔던 마을 흙길은 소똥과 개똥, 거름 부스러기가 지천으로 널려 있었다. 아무리 살펴봐도 뭐 하나 마음에 드는 것이 없는 동네. 하루 빨리 탈출하고 싶었다. 잘 정돈되고 관리되어 깨끗한 춘천 아파트 단지가 그리웠다.

"길게 잡아 사오 일이면 탈출할 기회가 또 올 거야."

"양 대리의 감시가 더 심해질 텐데?"

"그러니까 철저하게 계획을 짜야지. 각자 잘 생각해 보자!"

태기산 서쪽 자락에 해가 두 뼘쯤 남았을 때였다. 자재 창고에서 올라온 양 대리가 작업 중인 임 반장에게 다가갔다.

"임 반장님, 이제 마무리하고 끝내죠."

"그러지!"

임 반장이 허리를 곧게 펴며 대답했다.

"아, 왜?"

통나무를 자르던 염 씨가 몸을 세워 해를 힐끔 한 번 바라본 뒤 물었다. 아직 해가 저만큼 남았는데 웬일이냐는 표정이었다.

"삼겹살 파티 하려고요. 이놈들 이거 매가리 하나 없이 흐물흐물하니 영⋯⋯."

"아, 그래서 오후 새참이 없었구마, 이! 아따, 이거 너그 덕에 오랜만에 목구멍에 때 좀 벗기겠구마, 이!"

"자, 얼른 정리하고 계곡으로 내려가시죠."

"그려, 그려! 삼겹살 파티, 그거 따봉이여, 따봉!"

"너희도 어서 연장들 챙겨서 내려와. 뒤처지지 말고!"

모두 아침에 올라왔던 비탈길을 내려가기 시작했다. 어디선가 또 뻐꾸기 울음소리가 들려와 계곡에 크게 울려 퍼졌다. 재웅이가 걸음을 멈추고 사방을 두리번거리자 장 씨가 말했다.

"계곡 건너 저 미륵암 쪽에서 나는 겨!"

"미륵암이요? 저기 절이 있어요?"

"오래된 암자가 한 채 있어. 땡중들 서넛 있는. 저기 숲 뒤쪽 바위 아래로 지붕이 조금 보이잖여."

장 씨의 말에 나뭇가지 사이로 계곡 건너편을 바라보니 정말로 절 지붕이 조금 보였다.

"이햐! 저 물 좀 보드라고, 이! 끝내주네 그랴! 시퍼런 게……."

앞서 가던 염 씨가 갑자기 환호성을 내질렀다. 계곡에 고여 있는 물웅덩이를 보고 그런 것이었다.

"반장, 이리로 내려가자구! 어이, 양 대리! 빨리 안 오고 뭐 한당가?"

"예, 갑니다!"

가물어서 그런지 계곡에 흐르는 물은 그리 많지 않았다. 그러나 계곡 상류 쪽에 자리한 몇몇 웅덩이는 꽤 크고 깊어 보였다. 웅덩이끼리 가느다란 물줄기로 이어져 있는 모양새가 꼭 염주 알을 꿰어 놓은 듯했고, 계곡에 가득한 둥글둥글한 바윗덩이들은 멍석에 모아 놓은 큼직한 호박 같았다. 바위 표면에 끼었던 물이끼가 말라 노르스름하게 변해 있어 더욱 그렇게 보였다. 웅덩이마다 굵직한 고무 호스가 적게는 두세 개, 많게는 대여섯 개씩 담겨 있었다. 인근의 논에 물을 대는 호스였다. 호스와 연결된 양수기들이 곳곳에 놓여 있었고 모터 돌아가는 소리가 계곡에 가득했다. 그중 제일 큰 웅덩이로 가서 둥글넓적한 바위에 올랐다. 바위는 햇볕에 달궈져 뜨끈뜨끈했다.

"아이고, 우선 목욕부텀 해야것네! 나는 몸떵이에 불이 나 부러 더는 못 참것당께요!"

웅덩이에 발을 담그고 손바닥으로 물을 떠 입술을 축이던 염 씨가 더위를 참지 못하고 끝내 물웅덩이 속으로 뛰어들었다. 그러고는 물속에서 옷을 벗어 밖으로 아무렇게나 내던졌다. 바위에 있던 장 씨도 옷을 훌렁훌렁 벗고 물속으로 뛰어들었다.

"으매, 씨원헌 거! 어여들 들어와! 따봉이여!"

양 대리는 먼저 웃통을 벗어 바위 위에 놓았다. 이어서 작업용 워커도 벗어 가지런히 놓은 뒤 바지를 내렸다. 그런 다음 팬티차림으로 바위에서 내려와 가볍게 맨손체조를 하며 물웅덩이로 들어섰다. 양 대리는 얼굴뿐만 아니라 몸 전체가 까무잡잡했다. 하지만 군살 하나 없이 건강미가 넘쳐흘렀다.

"난 여름만 되면 온몸에 땀띠가 나서 죽을 지경이에요."

"워디? 심하진 않구만, 뭘!"

잠시 양 대리의 등을 살피던 장 씨가 염 씨 쪽으로 물장구를 치며 다가갔다. 임 반장도 슬그머니 한쪽 발을 물에 들여놓으며 쑥스러운지 얇은 미소를 그려 보였다.

"딱 십 분만 하자고."

곧 염 씨와 임 반장, 장 씨와 양 대리의 두 패로 나누어 물싸움을 벌였다. 아이들은 그저 바위 위에 서서 그 모습을 지켜보았다.

"너희도 들어와!"

잠시 후, 양 대리가 아이들에게 손짓했다. 땀투성이로 지낸 지가 벌써 며칠째라 누구보다 먼저 물속으로 뛰어들고 싶었지만, 아무도 먼저 들어가려 하지 않았다. 여덟 명이 한꺼번에 목욕하기엔 웅덩이가 작아 보였고 물도 그리 깨끗한 것 같지 않았다.

"아예 홀딱 벗고 들어와 부러라, 이! 느그들 빤스가 땀에 쩔었을 팅께!"

"괜찮아, 자식들아! 남자끼리 뭐 어때?"

"쟈들, 불알이라도 떼 갈까 봐 그런가 비네, 그랴!"

어른들의 등쌀에 성민이가 작업복을 벗고 팬티만 걸친 채 주춤주춤 웅덩이 속으로 들어갔다. 그러자 호철이와 기준이, 재웅이가 뒤를 따랐다. 그동안 샤워 한번 제대로 못 했던 차에 물에 들어가니 냉장고 속에 든 것처럼 온몸이 시원하고 기분이 상쾌해졌다.

그때, 제방 둑 위에 한 노인이 나타났다. 추동리 주민인 듯한 허리가 구부정한 노인은 한 손에 삽을 들고 못마땅하다는 눈초리로 웅덩이를 내려다보고 서 있었다. 진흙이 덕지덕지 묻은 바지를 무릎까지 걷어 올린 차림에 나이에 어울리지 않게 머리에

71

빨간 모자를 쓰고 있었다. 앞부분에 'UCLA'라는 영어가 큼직하게 박혀진 스포츠 모자였다. 게다가 머리에 맞지도 않아 헐렁했다. 노인은 찡그린 표정으로 얼마간 기초반원들과 아이들을 노려보다가 퉁명스레 한마디 던졌다.

"거 호수 구멍 막히지 않게 조심들 해!"

"걱정 마십시오, 영감님!"

양 대리가 고개를 꾸벅이며 말했으나 노인은 싸늘한 시선을 거두지 않았다.

"남의 동네에 와서 물놀이는 원! 아, 지금 물이 없어 온 동네가 생난린데. 에이, 철없기는. 쯧쯧!"

혀를 끌끌 차던 노인은 천천히 몸을 돌려 다시 논으로 돌아갔다. 그러면서도 뭐라 연신 혼잣말을 구시렁거렸다.

아이들은 아이들끼리, 어른들은 어른들끼리 한창 물싸움을 벌이는 동안, 잔 물가루가 공중에 퍼지며 그들을 에워쌌고 그 속에 무지개가 잠깐씩 나타났다 사라지곤 했다. 양수기 소리와 묘한 화음을 이루는 물장난 소리는 계곡을 울리며 멀리까지 퍼져 나갔다.

어느 정도 더위가 가시자 모두들 나무 그늘 밑으로 들어가 몸을 말렸다. 그사이 양 대리와 성민이가 비닐판과 버너와 코펠을 가지고 왔다. 버너 설치가 끝나고 둥글넓적한 돌멩이를 씻어 올린 후 그 위에 삼겹살을 굽기 시작했다. 주인집에서 얻어 온 듯한 풋고추가 고추장과 함께 차려졌고 4홉들이 소주도 두 병 놓였다. 찬합에는 밥도 가득 들어 시장기를 자극했다. 비위에 맞지 않는 반찬 때문에 고생을 했던 터라 삼겹살을 보니 입안 가득 군침이 고였다.

"달랑 요거 두 병인가 보네요, 이? 으째 술이 쪼깨 모자라것구마!"

"모자라면 구판장에 가서 두어 병 더 사 오죠, 뭐."

염 씨의 말을 받으며 양 대리가 소주병을 따서 제일 연장자인 임 반장에게 먼저 잔을 건넸다. 이어서 염 씨와 장 씨의 잔에도 술이 따라졌고, 양 대리의 잔에는 장 씨가 술을 채웠다.

"요 삼겹살에는 뭐니뭐니 혀도 소주가 제격이랑께!"

"그건 그려. 둘이 찰떡궁합이여. 자 들자구! 어여 쭉 들어!"

술이 두어 순배 돌고 삼겹살도 거의 두 근 가까이 없어진 뒤 양 대리가 아이들을 훑어보며 물었다.

"너희들 술깨나 하겠는데, 누가 제일 잘 마셔?"

양 대리의 물음에 염 씨가 아이들의 얼굴을 살핀 뒤 대뜸 기준이에게 잔을 건넸다.

"나가 봉께로 아그야, 너가 질루 잘 마시겄다. 자, 한 잔 받어 보거라, 이!"

기준이가 마치 기다렸다는 듯이 조금의 망설임도 없이 넙죽 잔을 받았다.

"술은 어른 앞에서 배워야 하는 겨. 그래야 주사를 안 부리게 되는 겨."

"그래, 한 잔씩 해. 너희도 곧 어른이 될 텐데 이럴 때 술 마시는 법을 잘 익혀 둬. 자, 받아!"

재웅이도 양 대리가 건네는 술잔을 받아들었다. 그리고 술이 채워지기를 기다렸다. 오랜만에 목욕도 하고, 고기에 밥도 배불리 먹고, 술까지 받고 있지만 어른이라는 말이 자꾸 귀에 거슬렸다. 필요할 때만 '어른, 어른' 하면서 치켜세우는 양 대리가 더욱 싫어졌다.

"자, 한 잔 더 받아!"

"예? 예!"

양 대리가 소주병을 들고 또 술을 권하는 바람에 재웅이는 다시 잔을 내밀었다. 그리고 술잔을 단숨에 비우고 삼겹살에 고추장을 듬뿍 찍어 입에 넣었다.

삼겹살 파티가 끝나고 숙소로 내려가는 길 내내 지난 닷새 동안의 일들이 발끝마다 밟혔다. 생각할수록 여전히 울화통이 터지고 이가 갈렸다. 마을 전체에는 태기산 그림자가 넓게 드리워져 있었고 후텁지근한 바람마저 감돌았다. 피곤한 몸을 이끌고 마을로 들어서자 꼭 지옥에라도 들어가는 것처럼 발걸음이 천근만근이었다. 어떻게 해서든 여기서 빨리 탈출을 해야 한다고 재웅이는 반복해서 다짐하며 머리를 굴렸다. 그렇지만 마땅한 방법이 쉬 떠오르지 않았다. 그저 가뭄에 말라 죽어 가고 있는 벼들처럼 마음만 바짝바짝 타들어 갈 뿐이었다.

고슴도치의 눈물

　하루하루 날짜가 가고 있었지만 좀체 탈출할 기회는 생기지 않았다. 양 대리의 감시하는 눈초리는 조금도 수그러들 기미가 없었다. 재웅이는 며칠 동안 온몸에 물파스를 바르고 파스를 덕지덕지 붙여서 그런지 근육통이 많이 가라앉았다. 작업화를 신고 마당에 서서 맨손 체조를 해 보았다. 몸놀림이 한결 부드럽고 가벼워진 걸 느낄 수 있었다. 잘하면 오늘 기회가 올지도 모른다는 기대감이 슬그머니 싹터 올랐다. 기분대로라면 2, 3킬로 정도는 쉬지 않고 달릴 것도 같았다. 재웅이는 기준이와 은밀한 눈짓을 교환하며 양 대리의 눈치를 살폈다.

　"오늘은 44기 자재 옮길 차례지. 뜨거워지기 전에 자, 서두르자!"

　먼동이 터 오는 이른 아침, 또 양 대리에게 이끌려 44번 철탑 부지가 있는 산등성 밑으로 갔다. 드문드문 옥수수밭이 있기는 했지만 그보다는 더덕밭이 훨씬 더 많았다. 이미 기초반원들과 바퀴가 대여섯 살 짜리 어린아이 키만 한 10톤짜리 트럭 두 대가 와 있었다. 지난번과 마찬가지로 한 트럭에는 철탑 조립용 형강, 평강, 봉강들이 가득했고 다른 트럭에는 나머지 형강과 보강재, 볼트와 너트 자루 그리고 애자 꾸러미가 잔뜩 실려 있었다.

저번처럼 앞 트럭에는 임 반장과 염 씨, 장 씨가 붙고 뒤 트럭에는 재웅이, 기준이, 호철이, 성민이가 붙어 짐을 내렸다. 양 대리는 이쪽저쪽을 오가면서 작업 지시를 하고 거들기도 했다. 트럭 기사 두 명은 옥수수밭 두렁에 나란히 앉아 짐이 다 내려지기를 기다리며 담배를 피우고 있었다. 회사 작업복을 입지 않은 걸로 보아 천마산업 직원이 아니라 외부 용역 기사인 것 같았다.

이미 42번, 43번 철탑의 자재를 내려 본 경험이 있는 아이들은 일이 서툴지는 않았다. 재웅이와 호철이가 트럭 위에 있고 기준이와 성민이가 밑에서 받았다.

"여긴 그라도 훨씬 낫구마, 이?"

"그럼요! 경사도 완만하고 거리도 짧으니 일찍 끝나겠는걸요."

"하이구, 접때 42현장허구 43현장, 죽을 똥 쌌잖여? 참말루!"

그곳은 다른 현장과는 달리 경사가 심하고 거리도 멀어 하루 종일 형강을 올렸다. 막노동으로 잔뼈가 굵은 임 반장과 장 씨, 염 씨도 일이 끝나고 물파스를 찾을 정도였다.

"49현장이 더 큰일입니다. 거의 산꼭대기에 있으니."

"거긴 접근로 내는데 사흘, 자재 올리는데 한 이틀 잡아야 할 걸."

다른 날에 비해 조용히 일한다고 생각하고 있는데 아니나 다를까, 염 씨가 큰소리로 입을 열었다.

"와따! 애잔지 뭔지, 요거슨 와 요렇게 무겁당가? 잽기도 불편허고, 이?"

"그게 원래 무거워요. 그거보다 더 큰 초대형 애자도 있는데요, 뭘!"

양 대리가 피우던 담배꽁초를 더덕밭 속으로 튕겨 버린 뒤 염 씨를 거들며 말했다.

"그런가?"

"그럼요! 5단, 6단짜리 붓싱애자는 이 차 앞바퀴만 한 게 대여섯 개가 쭉 달려 있는 거예요. 그런 건 둘이서도 겨우 드는데요, 뭘!"

양 대리의 말에 염 씨와 장 씨 모두 혀를 내두르며 놀라워했다.

트럭에 실린 짐을 다 내리자, 염 씨가 장탄식을 하며 토끼풀 위에 퍼질러 앉았다. 그러자 임 반장과 장 씨도 그 옆에 나란히 앉았다. 심지어는 담배를 꺼내 물고 아주 이야기판을 벌일 태세였다. 양 대리는 후진하는 트럭 뒤를 살펴 주느라 바빴다. 대형 트럭에 철탑 자재까지 싣고 들어왔으니 농로가 움푹 꺼져 탱크라도 지나간 것 같았다.

"동네 주민들이 또 뭐라 그러겠군."

농로를 따라 움푹 파인 트럭 바큇자국을 보면서 임 반장이 담배 연기를 뿜어냈다.

"으째 오늘은 기분이 영 거시기허구만이라, 이! 몸이 찌부드허니."

"기분 거시기허믄 노래 한 곡 쫘악 뽑아. 뻐꾸기들만 노랠 부르란 벱은 없잖여?"

"맞어. 어서 시원하게 한번 질러 보게!"

임 반장까지 맞장구를 치자 염 씨는 못 이기는 척하고 목청을 돋웠다. 술에 찌들어 그런 것인지 햇볕에 그을려 그런 것인지, 얼굴색이 불그무레하니 잘 익은 자두 빛깔이었다.

"천안 삼거리 흐으으응."

곧 염 씨의 구성진 노랫가락이 조용한 산속에 메아리치며 울려 퍼졌다. 임 반장과 장 씨가 흥에 겨워 어깨를 들썩이며 추임새를 넣었다. 하지만 재웅이와 기준이는 듣기가 그리 좋지 않았다. 느린 가락에 축축 늘어지는 게 몹시 지루하게 느껴졌다. 휴대폰 엠피쓰리로 즐겨 듣던 테크노나 발라드, 랩이 훨씬 나아 보였다.

그렇게 염 씨는 충청도 '천안 삼거리'를 필두로 전라도의 '육자배기', 경상도의 '쾌지나 칭칭 나네', 경기도의 '도라지 타령', 강원도 '정선 아리랑' 순으로 전국의 민요들을 골고루 섞어 가며 나름대로 분위기를 고조시켰다. 빼빼하니 강단이 있게 생겨 별 재주가 없어 보이는 그를 두고 임 반장과 장 씨는 뚝배기보다는 장맛이라며 칭찬을 아끼지 않았다. 특히 콧소리를 섞어서 죽일 듯 살릴 듯 굽이굽이 넘어가는 곡조는 가히 일품이라고 비행기를 태웠다.

한참 지난 후에 양 대리가 막걸리와 새참거리를 사 오자 임 반장이 먼저 3미터짜리 형강 한 묶음을 어깨에 둘러멨다. 그러자 장 씨와 염 씨도 각기 한 묶음씩 어깨에 올렸고, 재웅이, 기준이, 호철이, 성민이도 적당한 걸로 하나씩 들어 어깨에 둘러멨다. 양 대리도 볼트 자루를 하나 들어 옆구리에 걸치고는 오른팔로 감아 잡았다.

그때였다. 양 대리의 작업복 상의 주머니에서 휴대폰이 급한 신호음을 내뿜었다. 양 대리는 볼트 자루를 옆구리에 걸친 채 엉거주춤한 자세로 전화를 받았다.

"여보세요? ……예? 예! 알았습니다."

전화를 끊자마자 양 대리는 볼트 자루를 던지듯 내려놓으며 말했다.

"다들 빨리 저를 따라오셔야겠어요!"

"와 그란당가?"

"가면서 말씀 드릴 테니 어서 따라오세요! 성민이하고 호철이는 여기 남아서 저거 올리고 있고, 재웅이 하고 기준이는 따라와! 너희 둘은 내가 없으면 꾀나 피우고 농땡이나 까려고 해서 안 돼!"

"농땡이라뇨? 얼마나 열심히 했는데요!"

기준이가 항의하자 양 대리가 두 눈에 힘을 주고 노려보았다.

"잔말 말고 따라와! 성민아, 늦을지도 모르니까 배고프면 구판장에 가서 외상으로 사 먹어! 숙소로 가서 밥을 먹든지. 걸어가기엔 머니까 반장님 차에 타야겠네요!"

임 반장은 양 대리의 굳은 표정을 보고 심상치 않은 일임을 알아챘는지 몹시 서둘렀다. 꽤 빠른 속도로 산골의 자갈길을 달리니 차가 심하게 덜컹거려 모두 춤을 추듯 흔들렸다. 그러자 아까부터 구시렁대던 염 씨가 소리쳤다.

"아, 좀 찬찬히 가잔께. 붕알 떨어지겠네, 이!"

"대체 일허다 말고 워딜 가는 겨? 워디 산불이라도 난 거시여?"

장 씨의 물음에 양 대리는 반장의 옆얼굴을 잠시 살피다가 작은 목소리로 대답했다.

"42현장에 이상이 있대요!"

"42현장에? 뭔?"

장 씨가 고개를 운전석 쪽으로 길게 뽑으며 물었다.

"가 봐야 알지요! 빨리 가서 공사 다시 하라고 소리치더니 뚝 끊었어요!"

"누가 그런당가?"

"과장님 전화였어요!"

"아, 과장이 으떻게 알고 그란다?"

"어떻게 알긴? 조립팀이 조립하러 올라갔다가 발견하고 사무실로 전화를 한 거겠지!"

임 반장이 다소 근심스러운 표정으로 말했다.

"니기미! 아래께 형강하고 애자 가지고 올라갔을 땐 괜찮았잖여?"

"우리가 미처 못 본 게지, 뭐!"

"42현장은 첨부텀 바위가 나와 사람 애를 먹이더니, 참말루 엿 같구마, 이?"

"산신령이 노했나 벼! 염 씨 자네가 정으로 하도 쪼아 대서 말여!"

"워디 나만 쪼아 댔당가?"

그 와중에도 염 씨와 장 씨는 서로 농을 던지며 키득거렸다. 임 반장과 양 대리는 굳은 표정으로 묵묵히 앞만 바라다볼 뿐이었다. 산골의 조그마한 들판에는 몇몇 농부들이 논물을 대느라 제각각 삽을 한 자루씩 들고 이리저리 오가고 있었다. 바짝 마른 개울에도 쪼그리고 앉아 바닥을 파헤치며 물길을 내고 있는 아낙들이 여럿 보였다.

42현장에 올라가 보니 조립팀 네 명이 소나무 그늘에 앉아 기다리고 있었다. 모두 불만이 가득한 얼굴로 담배를 물고 입술을 씰룩거렸다. 얼핏 보니 전부 삼십 대 중, 후반들로 키가 후리후리하고 몸집 또한 건장했다. 그들 가운데 팀장인 듯한 흰색 안전모를 쓴 사내가 인상을 찡그리며 먼저 말을 꺼냈다.

"일을 이렇게 해 놓으면 어떻게 조립을 해요? 받침이 튼튼해야지!"

그러면서 그는 턱으로 이상이 있다는 콘크리트 받침대를 가리켰다. 살펴보니 상단부 편편한 면에 실금이 조금 나 있는 건 사실이었지만 크게 문제가 될 정도는 아니었다. 다만 받침대 옆면을 덮고 있는 경사면의 흙이 꽤 많이 쓸려 내려가 밑둥이 거의 드러나 있었다. 그대로 두었다가는 혹시 비라도 오면 더욱 깊게 파여 받침대 전체가 한쪽으로 기울어질 위험이 있어 보였다.

"철탑 무게가 얼만지 알아요? 10톤이 넘어요, 10톤이! 거기에 저 무거운 애자 달아야죠, 나중에 이따만 한 굵기의 전력선 열두 가닥 걸어야죠! 그러면 거의 12톤 이상의 무게를 견뎌야 해요, 이 받침대 네 개가!"

"고압 전선이 서로 끌어당기는 인장력도 어마어마하다고요!"

"이거 시방서대로 한 거요? 어째 받침대 간의 수평도 안 맞는 것 같고 영……."

그들은 제각기 불평을 한마디씩 털어놓으며 계속 투덜거렸다. 눈빛도 곱지 않아 기초반원들은 죄인처럼 괜스레 고개를 숙인 채 그들의 눈치를 살펴야 했다. 따지고 보면 자기의 감독 소홀 탓이니 뭐라 변명이라도 해야 했으나, 양 대리는 현장을 살펴볼 뿐 아무 말도 하지 않았다. 그들이 모두 자기와 엇비슷한 나이였고 또 사람을 무시하는 것 같은 말투에 은근히 기분이 상한 표정이었다.

"미안합니다. 지금 즉시 보강 공사를 하겠습니다."

"오늘부터 조립 시작인데, 첫날부터 이거 기분 완전 똥이네!"

양 대리가 우물쭈물하는 사이 임 반장이 나서서 사과하고는 보강 공사를 서둘렀다. 콘크리트의 균열된 곳에 특수 실리콘으로 처리해서 빗물이 스며들지 못하게 하고, 만약을 위해 상단부 전체에 공업용 방수액을 두껍게 펴 발라 뒷마무리를 했다. 그런 다음 쓸려 나간 흙을 삽으로 퍼 올려 받침대의 측면을 덮는 작업을 했다. 그동안 조립팀은 철탑 조립을 시작했다.

일단 일이 시작되자, 작업반원들은 송충이 씹은 표정으로 입을 굳게 다물고 일절 말이 없었다. 자기들끼리 어쩌다 한마디씩 주고받을 뿐 기초반원들을 거들떠보지도 않았다. 기초반원들도 기분이 좋을 리 없어 일절 말을 하지 않았다. 그러니 햇볕이 활활 타오르는 산등성 작업 현장에 때아니게 찬바람이 휘몰아쳤다. 이따금 아무것도 모르는 뻐꾸기만 방정맞게 울어 대 심사를 더욱 뒤틀리게 할 뿐이었다. 한참을 그렇게 서로가 소 닭 보듯 하며 말없이 일에만 열중했다.

재웅이와 기준이는 기초반 작업을 도우면서 조립팀원들이 일하는 모습을 잠깐씩 엿보았다. 기다란 기역자 형강들을 순서에 따라 하나하나 맞춰 볼트를 끼우고 너트로 조이며 이어 나가는 일이었다. 옆에서 보기에는 그리 어려운 것 같지 않았지만 그들도 온몸이 땀으로 범벅이 되어 있었다. 조심스럽게 진행되는 작업이라 꽤 더딘 듯했어도, 점심 무렵에는 각기 비스듬히 위로 뻗은 철탑의 네 다리가 모습을 드러냈다.

점심때가 되어 조립팀이 가운데 평평한 곳에 둘러앉아 도시락을 풀자, 기초반은 별수 없이 그 옆에 따로 모여 점심 먹을 준비를 했다. 주변이 모두 경사가 급하고 잡목들이 빽빽하게 들어서 있어 마땅한 장소가 없었기 때문이었다.

재웅이와 기준이도 기초반원 사이에 끼어 앉아 젓가락을 받았다. 도시락을 보니 밥은 많이 담겨 있었으나 반찬이 맘에 들지 않았다. 임 반장은 달랑 검은콩자반, 장 씨는 꽈리고추를 넣은 멸치볶음, 염 씨는 쉰 김치에 고추장이 전부였다.

다른 사람들이 남은 작업 이야기를 하며 점심을 먹는 사이, 염 씨는 자꾸 고개를 돌려 조립팀을 힐끔거렸다. 몇 번을 그러더니 대뜸 한마디 내뱉었다.

"와따, 그 동니는 아주 진수성찬이고라, 이! 잘못허면 상다리 부러지겄소, 이?"

바로 옆에 앉아 서로 말없이 점심을 먹는 게 공연히 쑥스러워 농담 삼아 해 보는 말 같았다. 딱딱하게 굳어 있는 분위기를 좀 풀어 보자는 의도가 분명했다. 정말 그쪽 도시락은 식당에서 특별히 주문해 가지고 온 것인 듯 크고 푸짐했다. 거기다가 맥주에 통닭까지 꺼내 늘어놓아 정말 군침을 돌게 했다. 도시락 반찬을 안주 삼아 햇볕에 달궈져 미적지근한 막걸리를 마셔야 하는 기초반과는 상대가 되질 않았다.

"으째 이리 빈부 격차가 허벌나게 크다냐? 아, 대한민국 복지
국가 맞는 거셔, 이?"

조립팀은 염 씨의 말을 들었는지 못 들었는지 자기들 얘기만
계속할 뿐이었다.

"장마가 시작되기 전에 나머지까지 끝낼 수 있을까요, 팀장
님?"

"글쎄? 이런 상태로는 조금 힘들 것 같아."

그 말을 하며 팀장은 고개를 약간 돌려서 기초반을 쳐다보았
다. 기초반이 먼저 제대로 일을 해 놓아야 자기들 조립 작업이
순조롭게 진행될 수 있다는 무언의 압력이었다.

"나가 괴기 맛본 지가 참말로 오래됐구만이라! 호랭이 담배
필 쩍 닭발 쪼께 뜯다 말았은께 말이시!"

조립팀이 자기의 말을 연거푸 못 들은 척하자 염 씨가 목소리
를 더 높였다.

"통닭 냄새 꼬소롬허니, 거 죽여주는구마, 이! 냄샐 봉께로
씨암탉이 분명헐시!"

통닭 한 조각 달라며 서로 서먹서먹한 분위기를 풀고 화해하
자는 뜻이었다. 모두들 그만하면 그쪽도 무슨 소린지 알아듣고
한 조각 집어 주겠거니 생각했다. 하지만 조립팀원들은 역시 들
은 체 만 체, 자기들 얘기만 하며 젓가락만 놀려 댈 뿐이었다.
그러자 염 씨는 빈 젓가락을 쪽쪽 빨며 매우 무안해했다.

"이 철탑은 대체 몇 미터짜린가?"

점심을 다 먹고 나서 임 반장이 조립팀원 중 나이가 가장 어려보이는 얼룩무늬 반바지에게 말을 걸었다.

"아, 이거요? 이건 48미터짜립니다."

"어휴! 다들 높은 딜 엄청 잘 올라가는가 비네, 그랴!"

옆에 있던 장 씨가 대화에 끼어들었다.

"우린 다 공수대 출신인데, 훈련하는 게 만날 비행기에서 뛰어내리는 거였거든요."

공수대라는 소리에 염 씨의 눈빛이 갑자기 싸늘하게 변하는가 싶더니 얼굴 표정 또한 서서히 굳어져 갔다. 장난기가 묻어나던 능글능글한 표정과는 완전 딴판이었다. 굳게 다문 입술과 움직임 없는 눈동자, 햇볕에 그을려 새까만 얼굴, 특히 가늘게 뜬 두 눈에서는 알 수 없는 독기가 뿜어져 나오고 있었다. 재웅이 역시 공수대 출신이라는 말에 그들을 다시 한 번 살펴보았다. 다부진 체격에 부리부리한 눈, 다소 거친 듯한 행동 등이 왠지 믿음직스러워 보였고 부럽기까지 했다.

"공수대? 음…… 그래 무섭지는 않구?"

"탑체에 옆으로 나온 날개를 달 때, 바람이라도 불면 좀 떨리기는 하죠. 하지만 이 안전 고리를 단단히 매니 무서울 건 없어요."

왼쪽 귀밑에 한 뼘 가량의 상처가 있는 장발 사내였다. 머리로 상처를 가리려 한 모양이었으나 움직일 때마다 머리칼이 흔들려 상처가 언뜻언뜻 보였다. 장발 사내는 허리에 찬 안전 벨트를 들어서 구경하라는 눈짓을 했다. 재웅이와 기준이가 그에게 다가가 자세히 살폈다. 이중으로 된 안전장치가 꽤 튼튼해 보였다.

"그래 이 일 하고 월마나 받는 겨?"

얼룩무늬 반바지에게 하는 장 씨의 질문에 외면하고 앉아 있던 염 씨도 막걸리 병을 입으로 가져가다가 턱밑에서 멈추고는 가만히 있었다. 대답을 기다리고 있는 눈치가 분명했다.

"크기에 따라 다르지만 대략 사오백쯤 돼요."

속으로 예측한 액수보다 훨씬 높은 액수에 재웅이는 입이 떡 벌어졌다. 다른 사람들도 놀란 눈으로 얼룩무늬 반바지의 얼굴을 바라보았다.

"으이? 오백? 너이서 오백이믄 거 굉장허구먼 그랴!"

"일이 계속 있나요, 뭐! 공사 따기도 힘들고 딴다고 해도 열기 정도밖에 안 줘요."

"아니, 와?"

"한 팀에 다 몰아 주면 공사 기간도 오래 걸리고 위험 부담도 크고, 또 팀끼리 경쟁을 붙여야 회사가 유리하니까, 이 팀 저 팀 나눠서 주거든요."

그가 말하면서 양 대리를 힐끔 쳐다보니 양 대리는 대충 맞다는 뜻으로 고개를 끄덕거렸다.

"그럼 하나 설치하는 데 얼마나 걸리나?"

임 반장이 물었다.

"기초 공사가 제대로 돼 있고, 날씨만 좋으면 사오 일이면 돼요. 비가 오거나 바람이 심하게 불면 못 하죠."

"사 일에 오백이라? 거 괜찮네!"

"허긴 위험하니까 그 정돈 받아야겠지. 어휴, 끝까지 조립해 올라가려면 꽤 힘들어 보이네, 그랴!"

장 씨가 고개를 뒤로 젖혀 다리 부분만 조립해 놓은 송전 철탑을 바라보며 감탄해 마지않았다. 재웅이와 기준이도 입을 헤벌린 채 조립 중인 철탑을 바라보았다.

그때, 옆에 앉아서 대화를 묵묵히 듣고 있던 염 씨가 갑자기 퉁명스레 한마디 내뱉었다. 가납사니처럼 말투부터가 완전 시비조로 애당초 싸움을 작정한 사람이었다.

"고까짓 거시 뭐시가 애렵당가? 순서대로 갔다 대고 볼트만 단단히 쪼이면 되는 걸 말이시!"

"뭐요?"

금목걸이를 한 구레나룻이 염 씨를 노려보며 되물었다.

"길 내고 터 닦아 기초공사 허는 거시 애렵지, 저거시 뭐시가 애렵다고 그래쌌는가, 이? 척척 조립허며 올라가믄 그만이제! 아, 안 긍가, 장 씨?"

얼룩 반바지와 장발 사내도 인상을 쓰며 염 씨를 노려봤다.

"저까짓 것 국민핵교 꼬맹이도 허겄구마, 이! 근디 하나 세우는 디 오백이나 받아 처먹는다고라? 한 달에 다섯 갤 헌다 치믄……. 와우, 한 사람에 육백썩 돌아가것네, 이? 우린 죽어라

88

산길 내고, 터 닦고, 콘크리트 비벼 받침 세우고, 거그에 저 형 강, 볼트, 애자꺼정 다 날라 주는데 게우 백오십이 될까 말깐데 말이시, 쌍!"

말이 끝남과 동시에 염 씨는 자리에서 일어나 막걸리 통을 계 곡 쪽으로 힘껏 내던졌다. 빈 막걸리 통은 햇빛을 반사하며 빙 글빙글 날아가 어느 소나무 꼭대기에 떨어졌다.

"이 사람이 지금 시빌 거는 거야, 뭐야? 엉?"

드디어 조립팀장이 염 씨의 가슴을 슬쩍 밀치며 큰 소리 로 말했다.

"염 씨, 왜 그래? 술 췄어?"

"왜 그러시는 겁니까?"

사태가 심상치 않게 돌아가고 있다는 것을 알아챈 임 반장과 양 대리가 둘 사이로 파고들며 염 씨에게 물었다. 하지만 염 씨 는 임 반장을 옆으로 밀치며 여전히 입을 놀려 댔다.

"췌긴? 난 암치도 않고마. 저거시 누워서 죽 먹기란 말이시, 내 말이!"

"야, 인마! 저 높은 델 아무나 올라가는 줄 알아?"

장발과 금목걸이가 벌떡 일어나 염 씨에게로 다가갔다. 여차 하면 한 대 칠 기세로 오른쪽 주먹을 꽉 움켜쥐고 있었다. 하지 만 염 씨도 만만치 않았다.

"뭐시라고라? 인마? 이 짜슥들이 높은 디서 일헌다고 눈깔에 뵈는 거시 읎는갑네, 이! 으른두 몰라보고 말이시!"

"그래, 이 새끼야! 뵈는 게 없다. 이게 어디서 시비야, 시비가!"

옆에서 호랑이 인상을 쓰며 듣고 있던 조립팀장이 염 씨의 멱살을 틀어잡더니, 금방이라도 잡아먹을 듯 표독스러운 눈빛으로 노려봤다. 그러자 염 씨도 팀장의 멱살을 맞잡으며 조금도 물러서질 않았다. 재웅이는 자신도 모르게 손에 땀이 나고 눈동자가 크게 확대되었다. 기준이도 마찬가지였다.

염 씨가 도대체 왜 그러는지 아무도 알 수가 없었다. 익히 그의 주량을 알고 있었기에 술에 취해 하는 행동으로 보기는 어려웠다. 염 씨는 주먹다짐이라도 마다하지 않겠다는 기세로 계속 지껄여 댔다.

"살고 싶으면 요거 놔랑께! 개작살 나기 전에 말이시! 너그놈들이 공수대 출신이믄 나는 교육대 출신이다! 요 개짜슥들아!"

염 씨의 입에서 느닷없이 튀어나온 교육대라는 말에 다들 어리둥절한 표정으로 염 씨를 쳐다보았다. 재웅이와 기준이도 무슨 말을 하는 것인지 도통 이해가 안 돼 멍하니 염 씨의 얼굴을 바라보았다. 염 씨가 교육대 출신이란 말인가? 그렇다면 초등학교 선생을 하다가 이런 막노동을? 혹시 전교조 활동으로 잘리기라도 했단 말인가? 저번에 자기도 배울 만큼 배웠다는 말을 했고, 또 이따금 어려운 문자를 섞어 쓰는 것을 보면 그런 것도 같았다.

"뭐? 교육대?"

염 씨의 먹살을 움켜잡고 있던 조립팀장이 뭔 소리냐는 표정으로 물었다.

"그려, 교육대! 너그들은 삼청교육대도 못 들어 봤냐, 이?"

"허허! 이게 어디서 거짓말을……?"

어이가 없었던지 조립팀원들은 모두 웃었다. 하지만 염 씨는 그들의 웃음소리에 더욱 약이 올라 욕설을 마구 퍼부었다.

"뭐시라고라? 그짓말? 삼청교육대서 짜슥들아, 나가 일 년을 뺑뺑이 치고 온 놈이란 말이시! 알아듣겠냐?"

"이 자식, 그러면 전과자 아녀?"

"그려. 전과자여! 고거시 뭐시가 위쨌다냐, 이?"

그 말과 함께 염 씨는 머리로 조립팀장의 코를 들이받으려 했으나 키가 모자라 허탕을 치고 말았다. 그러자 마침내 조립팀장이 우악스러운 주먹으로 염 씨의 턱을 힘껏 갈겨 버렸다. 그 바람에 염 씨는 비탈로 나가떨어져 뒹굴었고, 조립팀원들이 우르르 달려가 워커 발로 염 씨를 마구 짓밟고 사정없이 걷어찼다. 깜짝 놀란 임 반장과 양 대리가 쫓아가 뜯어말려 보았으나 그들을 당해 낼 수는 없었다.

"이 새끼 죽으려고 환장을 했나?"

"차라리 귀신한테 덤비지, 공수대한테 덤벼, 인마! 너, 또라이야?"

"그려, 또라이여! 이 새끼덜아! 너희 놈들은, 뭐, 영웅호걸인 줄 아냐, 이?"

"그래, 짜식아! 우린 영웅호걸이다!"

염 씨는 몰매를 맞으면서도 더욱 크게 소리를 지르며 발악을 했다. 끝내 염 씨의 입에서 피가 철철 흘러나왔다. 그래도 그들의 발길질은 그칠 줄을 몰랐다. 피를 보자 오히려 더 사나워지는 것 같았다. 양 대리는 임 반장과 함께 힘을 합쳐 조립팀원들을 뜯어내려고 재차 애를 썼다.

"왜 이럽니까? 그만 해요!"

"이게 무슨 짓들인가? 빨리 멈추게!"

"뭐야, 인마!"

그 말과 동시에 장발 사내의 커다란 주먹이 날아와 임 반장의 왼쪽 눈을 정통으로 맞혔다. 순간, 임 반장은 뒤로 두어 걸음 물러나며 비틀비틀하다가 소나무 등걸에 부딪히고는 앞으로 푹 고꾸라지고 말았다. 장 씨가 달려가 임 반장을 일으켜 세워 부축했다. 기준이도 달려가 도왔다. 하지만 재웅이는 조립팀원들의 날랜 몸동작을 유심히 살피며 그냥 서 있었다.

"아니, 이 사람들이 정말!"

양 대리가 조립팀장의 앞을 막고 날카로운 눈빛으로 그를 쏘아봤다. 덩치 차이가 워낙 커 마치 골리앗 앞에 선 다윗 같아 보였지만 양 대리는 조금도 기죽지 않았다.

"나이 든 사람을 이러면 어쩝니까?"

"저놈이 먼저 주둥이를 함부로 놀리잖아!"

"그래도 그렇지, 사람을 팹니까?"

"상관 말고, 죽이지 않은 것만도 다행으로 알아!"

양 대리는 몹시 화난 표정으로 어금니를 질끈 깨물었다. 재웅이는 내심 조립팀장이 그 큰 주먹으로 양 대리의 턱을 한 방 갈겨 주기를 바랐다. 그러면 그동안 쌓였던 울화가 조금이나마 풀릴 것만 같았다. 그 마음을 알았는지, 자신을 노려보는 양 대리의 시선에 기분이 몹시 상한 조립팀장의 표정이 서서히 일그러졌다. 동시에 주먹을 쥔 그의 오른쪽 손목의 힘줄이 불끈 솟아올랐다. 그래! 쳐라, 쳐! 재웅이는 속으로 크게 외치며 이제 곧 벼랑으로 나가떨어질 양 대리의 모습을 그렸다. 신이 났다.

"지발 그만들 혀!"

그때 장 씨가 산이 울리도록 소리쳤다. 그런 다음 임 반장을 기준이에게 맡기고 염 씨에게로 달려갔다. 염 씨는 다른 조립팀원들에게 맞아 이미 얼굴이 피투성이가 된 채 콘크리트 받침대 밑에 엎드려 있었다. 반죽음 상태였다. 입에서 연신 피가 흐르고 있었고 신음 소리가 끊임없이 새어 나왔다. 장 씨가 조립팀원들의 눈치를 살피면서 염 씨를 일으켜 세웠다. 매우 고통스러워하며 겨우 서 있는 염 씨에게 조립팀장이 버럭 소리를 내질렀다.

"너 인마, 당장 꺼져! 콱 밟아 죽여 버리기 전에!"

이번에는 양 대리를 노려보며 말했다.

"너희 과장이 내 고등학교 후배야, 인마! 노가다꾼들 제대로 뽑아! 어디서 저런 개 또라이를 뽑아서 성질나게 해! 기초 공사도 개판으로 해 놓고."

조립팀원들이 돌아가 다시 철탑 조립을 시작하자 양 대리가 씩씩대며 다가와 말했다.

"너희 염 씨 아저씨 데리고 먼저 내려가라. 나는 여기 마무리하고 갈 테니. 대체 이걸 어쩌냐? 회사에 보고를 할 수도 없고, 쌍!"

그 소리를 끝으로 입을 닫은 양 대리가 조립팀원들을 노려보며 콧김을 몇 번 내뿜더니 곧 시선을 돌려 임 반장의 눈을 살폈다.

"반장님도 내려가시죠."

"아니야, 난 괜찮네. 일 끝내야지."

앞으로 고꾸라지면서 땅을 짚은 손목을 삐었는지 임 반장이 왼손으로 오른쪽 손목을 주무르면서 대답했다.

조립팀원들을 살피던 재웅이는 장발 사내와 눈길이 마주쳤다. 키가 훤칠하고 호리호리하면서도 근육이 잘 발달된 몸이었다. 게다가 눈도 크고 서글서글해 매우 순해 보이는 인상이었다. 얼굴을 반이나 가린 긴 머리칼만 아니라면 꼭 이소룡을 연상케 했다. 비호처럼 빠른 동작이 특히 그랬다. 아까부터 그에게 공수부대 입대에 대해 물어보고 싶었는데. 재웅이는 아쉬운 마음으로 기준이와 함께 염 씨를 부축해서 산을 내려왔다. 그러고는 계곡 물웅덩이로 가 상처를 대충 씻기고 바위 위에 나란히 걸터앉았다.

"아저씨, 왜 그러셨어요?"

"나도 잘 모르것구마, 이! 공수대란 말에 갑자기 울화가 치밀 른서 도대체 참을 수가 있어야 말이제!"

"공수대가 뭐 어때서요?"

재웅이가 입술을 씰룩이며 물었다. 하지만 염 씨는 대답은 않고 고개를 들어 하늘을 바라보았다. 염 씨의 눈동자에 빈 하늘 한 조각이 담겼다.

"삼청교육대는 또 뭐예요?"

기준이가 물었다.

염 씨는 역시 대답은 않고 긴 한숨을 땅이 꺼져라 내쉬었다. 그러더니 고개를 푹 숙이고 물 위에 비친 자신의 그림자를 보면서 차분한 목소리로 이야기를 시작했다. 재웅이는 염 씨의 옆 목덜미로 조금씩 흘러내리는 땀방울에 시선을 두고 귀를 기울였다.

"장조카 녀석이 너희만 할 때였어. 대학교 1학년 때였으니께. 무슨 연극제 준비허느라 바쁘다며 시내에 있는 기독회관에 간다고 나갔는디……. 그 길로 끝이었제. 여직꺼지 죽었는지 살았는지도 모르고……. 우리 집안에선 녀석이 기중 똑똑허고 착혔제. 나허고 나이 차도 월마 안 나고 말이시, 이."

염 씨는 잠시 말을 멈추고 담배를 꺼내 입에 물었다. 기준이가 라이터 불을 켜서 붙여 주었다. 한차례 연기를 길게 뿜어낸 염 씨가 다시 말을 이었다.

"형수님이 정신을 딱 놓아 부리드만! 형님도 허구헌 날 술병을 끼고 살고 말이시! 그다음 해 늦봄, 나가 바람이나 쐬려고 저 그 순천으로 갔었제. 거그 바닷가 허름한 술집에서 술에 취해, 웃통을 벗어던지고 전두환 욕을 혀다가……. 여그 문신까지 있다믄서 경찰눔들이 날 잡아 강제루……."

재웅이와 기준이는 그제야 삼청교육대가 진짜 교육대학이 아니라는 걸 눈치 챘다. 언젠가 학교 도덕 선생님한테 얼핏 들은 것도 같았고 또 무슨 영화에선가 보았던 것도 같았다. 군에서 깡패나 불량배들을 잡아 정신교육을 시켜 내보냈다는 그 교육대가 분명했다.

"지난 달 5·18때 집에 전화를 혔드니 형님허고 형수님은 암말두 읎이 또 훌쩍훌쩍 울기만 허시드만. 매년 이맘때 쯤이믄 나가 속이 훼딱 뒤집어진당께. 나도 모르게 말이시, 이! 얼렁 잊어야 허는디, 휴!"

담배꽁초를 계곡물로 집어던진 염 씨는 웃옷을 내려 가슴을 내보였다. 왼쪽 가슴 젖꼭지 바로 위에 엄지손가락만 한 고슴도치 문신이 새겨져 있었다. 흉측하기보다는 귀여운 모습이었다. 염 씨는 아무 말 없이 계곡 건너편 절벽에 비스듬히 아래로 굽은 소나무를 바라보았다. 어느새 그의 눈에는 눈물이 가득 고여 있었다. 마침내 눈물은 또로록 뺨을 타고 내려서 바위 위로 뚝뚝 떨어졌다. 재웅이는 묵묵히 물웅덩이에 비친 하늘을 쳐다보았다. 물 표면에 구름 한 점 없는 텅 빈 하늘이 내려와 어지러이 춤을 추고 있었다.

기초반과 조립팀 간의 불편한 관계는 도무지 끝날 것 같지 않았다. 좁은 산길에서나 구판장에서 어쩔 수 없이 마주치는 경우에도 서로 모르는 척 지나치기 일쑤였다. 사태가 더 악화될지도 몰라 양 대리는 가능하면 서로 마주치지 않게 하려고 갖은 애를 썼다. 공사 일정을 조절하여 철탑 자재들은 조립을 시작하기 사흘 전에 미리미리 올려다 놓았다. 조립팀이 43번 조립을 끝내고 44번 조립을 시작할 때 기초반은 벌써 46번 자재를 올려다 놓고 48번 부지 진입로 개설 공사를 하고 있었다. 조립팀장한테 얻어맞은 임 반장의 눈두덩은 멍 색깔만 조금 옅어졌을 뿐, 여전히 밤송이처럼 부어올라 있었다. 쉬는 시간마다 계란으로 문지르곤 했지만 별반 차도가 없었다. 염 씨는 목과 허리에 통증이 심해 수시로 파스를 갈아 붙이며 어기적어기적 침팬지처럼 움직였다. 파스를 갈 때마다 조립팀 모두 고소해서 콩밥을 먹이겠다고 큰소리쳤으나 이내 잠잠해지고 말았다. 임 반장의 그냥 덮고 넘어가자는 말 때문이기도 했지만 사실 염 씨 자신도 말만 그렇게 할 뿐 애초에 고소할 생각은 없는 것 같았다.

양 대리가 원주 본사 숙직실에서 가방을 가져다준 건 사흘 전인 지난 화요일이었다. 더 이상 빨래를 하지 않고 제때에 속옷을 갈아입을 수 있어 좋았지만, 다른 옷은 하등 쓸모가 없었다. 청바지며 면바지, 티셔츠, 남방셔츠 등은 갈아입어 봐야 어디 갈 데도 없었다. 말끔한 외출복 차림으로 손바닥만 한 첩첩산중 두메산골을 넷이서 어슬렁거리는 모양새가 웃기는 일이 될 게 뻔했다. 게다가 작업복보다 오히려 불편해, 아이들은 양 대리가 가져온 여분의 작업복을 교대로 입고 지냈다. 가슴에 '(주)천마산업'이라고 회사 이름이 박혀 있어 남들이 실습생이 아닌 정식 직원으로 알 것이기에 기분도 그리 나쁘지 않았다.

비오는 날이 휴일이라 비가 내리기를 동네 사람들보다 더 간절히 빌고 빌었으나 비는 좀체 내리지 않았다. 마을에서 기우제를 지내느니 어쩌니 하는 소리가 들려오기도 했다. 정말 기우제라도 지내고 싶을 만큼 목이 타도록 무더운 날씨였다.

"자, 휴대폰 받아라. 쓸데없는 데 전화하지 말고. 충전할 때 조심해. 주인집에서 알면 뭐라 그러니까. 알았지?"

원주로 나갔다가 저녁상을 물린 다음에야 돌아온 양 대리가 아이들에게 휴대폰을 내밀었다. 그러고는 바로 술이나 한잔 한다며 나갔다.

"야, 내일 밤에 탈출하는 게 어때?"

양 대리가 나가자마자 재웅이가 작은 목소리로 친구들의 의견을 물었다.

"좋아! 양 대리가 이제 우릴 믿는가 본데, 내일 계곡으로 목욕하러 간다고 하고 튀자고! 나, 더 이상 여기서 조뺑이 치고 싶지 않아."

"그래. 매일매일 존나 땀을 흘렸더니 몸무게가 반으로 줄었다, 반으로."

"그럼, 내일은 양 대리나 기초반 아저씨들이 눈치 못 채게 더 열심히 일하는 척하자고!"

재웅이의 말에 기준이와 호철이는 동의했으나 성민이는 무반응이었다. 그러잖아도 고깝게 보았던 터라 재웅이는 성민이를 째려보며 퉁명스레 물었다.

"야, 하성민! 넌 인마, 찬성이야, 반대야?"

성민이는 아무 대답도 않고 재웅이를 힐끔 한번 쳐다본 후 뒤로 벌렁 누웠다. 그러고는 팔베개를 한 채 천장에 매달린 형광등에 시선을 꽂았다.

"야, 인마! 어떡할 거냐고, 새꺄!"

재웅이가 무릎걸음으로 다가가 성민이의 팔을 툭 쳤다. 그제야 성민이가 팔베개를 풀고 몸을 일으켰다. 그러더니 무덤덤한 얼굴로 입을 열었다. 나지막했지만 무거운 목소리였다.

"이제 곧 한 달 되잖아."

그 말에 호철이가 눈동자를 키우며 재웅이를 바라보았다.

"맞아! 한 달 다 됐는데, 도망치면 돈 못 받잖아?"

"그렇지! 그동안 조빼이 친 거 완전 헛고생한 게 되는 거지!"

기준이도 호철이의 말에 꼬리를 달았다. 생각해 보니 그 말이 맞는 것 같아 재웅이는 벽에 걸린 달력을 보며 되물었다.

"며칠 남은 거지?"

재웅이, 기준이, 호철이는 달력 앞에 서서 날짜 계산을 해 보았다.

"이제 칠 일. 아니, 육 일, 육 일 남았다!"

"육 일? 좋아! 그럼 한 달치 급료 타는 날, 무조건 튀는 거다. 알았지?"

"그럼, 그래야지! 이 지옥에서 더 이상 어떻게 버티냐?"

구원의 목탁 소리

처음과는 달리 작업이 그리 힘들게 느껴지지 않았다. 그동안 적응이 되었고 요령도 생겼기 때문이었다. 그렇지만 무엇보다 며칠만 견디면 급료를 받을 수 있다는 생각 때문이었다. 그래서 시키지도 않은 일을 하는가 하면 쉬는 시간도 스스로 줄였고, 심지어 하루 일과를 다 마쳤는데도 좀 더 하자고 조르기까지 했다. 양 대리는 물론 기초반원 모두 대견스러워하며 칭찬을 아끼지 않았다.

48번 철탑 부지 공사도 끝나고, 이제 가장 높고 가파른 49번 철탑 부지 접근로 개설 공사도 중간쯤 진행되었다. 참나무 그늘에 앉아 빵과 콜라로 오전 새참을 먹을 때였다. 혹시 잊은 것은 아닐까 걱정되어 재웅이는 몇 번이나 망설이다가 양 대리에게 물었다.

"저, 양 대리님, 오늘 우리 한 달째 되는 날인데요!"

"어? 벌써 그렇게 됐나?"

"예, 그, 급료는 어떻게……."

기준이와 호철이, 성민이도 양 대리의 입을 바라보며 대답을 기다렸다.

"걱정 마. 사무실에서 알아서 준비해 둘 거야. 이따 작업 끝날 때쯤 연락이 올 거야."

하지만 작업을 마치고 숙소로 돌아왔을 때까지도 연락은 오지 않았다. 불안한 마음에 저녁을 먹으면서 또 물어보자, 양 대리가 사무실로 전화를 했지만 받는 사람이 없었다.

"다 퇴근했나 본데. 내가 내일 다시 전화해 볼게. 그러니까 걱정 말고 저녁 먹어."

다음 날도 마찬가지였다. 9시쯤 되었을 때 양 대리가 원주 본사로 전화하는 것 같았으나 표정이 그리 밝지 않았다.

"야, 너희들, 며칠만 더 기다려야겠다. 요즘 회사 자금이 잘 안 돌아가나 봐."

"예? 아이씨, 그런 게 어딨어요?"

"한 달간 내가 얼마나 조뺑이 쳤는데요?"

모두들 인상을 찡그리며 불만을 나타냈다. 그동안 별 불평 없이 묵묵히 일만 하던 성민이도 어두운 표정으로 양 대리를 쳐다보았다. 눈빛이 날카로웠다. 하지만 당장 돈이 없다는데 어떻게 할 방도가 없었다.

점심을 먹자마자 아이들은 양 대리와 기초반원들의 눈을 피해 소나무 토막 더미 뒤에 모였다. 대책을 논의하기 위해서였다.

"혹시 떼어먹으려는 거 아냐? 언젠가 뉴스에서 봤는데, 임금을 체불하는 악덕 기업이 많대."

호철이의 말에 재웅이는 문득 불길한 예감이 들었다. 기준이도 같은 마음인지 낯빛이 어두웠다. 정신을 바짝 차리지 않으면 금세 남의 먹잇감이 된다는 엄마의 말이 생각났다.

"아 씨발! 이거 한 달 동안 개고생만 죽도록 하고 돈 한 푼 못 받는 거 아냐?"

"며칠만 더 기다리랬으니까, 내일모레까지만 기다려 보고 같이 말하자."

"뭐라고 말해?"

"안 주면 일 못 하겠다고 발랑 자빠지자고. 그러면 주겠지. 우리 없으면 이 사람들 일 못 해! 자기네끼리 그 많은 일을 어떻게 다 해?"

재웅이의 설명을 들은 친구들이 고개를 끄덕였다.

"맞아! 돈부터 줘야 일한다고 홀라당 나자빠지자구!"

"그러다 맞아 죽는 거 아냐? 저 인간 성격이 지랄일 텐데."

계획을 짜 놓기는 했지만 재웅이는 걱정이 태산 같았다. 일도 손에 잡히지 않고 자꾸 불길한 생각만 드는 게, 양 대리가 죽이고 싶도록 미웠다. 임 반장과 장 씨, 염 씨도 모두 한통속 같았고 도통 믿기 어려웠다. 재웅이는 그들이 묻는 말에 대답도 잘하지 않았고, 꾀를 피우며 일도 건성으로 거들었다.

49번 철탑 부지 접근로 개설 공사가 오후 새참 시간이 조금 지나서 끝났다. 하지만 작업을 더 하기에는 어정쩡한 시간이었다.

"오늘은 이만 접고 내일 기초 공사를 시작하죠!"

"그러지. 기초 공사 하려면 내려가서 장비 챙겨 오고 뭐 하고, 준비하는 데만 두 시간이나 걸릴 테니."

산에서 내려와 양 대리와 기초반원들은 트럭을 타고 떠나고 재웅이와 아이들은 목욕을 하러 계곡 웅덩이로 갔다. 곰 발바닥처럼 생긴 바위가 있는 곳으로 추동리 계곡에서 제일 깨끗한 물 웅덩이였다. 그리 크지는 않았지만 꽤 깊어 보였고 길에서 잘 보이지도 않았다. 더욱이 주변에 논도 없고 접근하기도 쉽지 않아 양수기와 고무 호스도 없었다.

아직 한 발이나 남아 있는 해가 어찌나 뜨거운지 물속으로 들어가지 않고는 도저히 견딜 수가 없었다. 숙소에 있는 펌프는 가물어서 물도 잘 나오지 않았고 흙탕물이 섞여 나와 사실 몸을 씻기가 찜찜했다.

"야, 우리 팬티 입지 말고 홀딱 벗고 하자!"

기준이가 팬티를 벗어 물에 서너 번 설렁설렁 흔들고는 밖으로 던졌다. 팬티는 물방울을 뿌리며 공중으로 날아가 바위 위에 털퍼덕 떨어졌다.

"빨래 끝! 이제 저거 마를 때까지 목욕이나 하자!"

그러자 호철이와 재웅이, 성민이도 똑같이 팬티를 벗어 흔든 다음 바위 위로 던졌다. 바위에는 팬티들이 빈대떡처럼 납작하게 나란히 붙어 있었다.

"야, 너 짜샤. 꽤 컸다. 우헤헤!"

기준이가 호철이에게 다가가 호철이의 아래를 내려다보며 비아냥거리자 호철이가 물을 뿌려 댔다. 재웅이와 성민이도 합세해서 물싸움이 시작되었다.

"아이구! 오늘은 내 웅덩이가 만원이네, 만원이야!"

그때 굵직한 목소리가 들려 모두 동작을 멈추고 바위 위를 쳐다보았다. 멀대같이 키 큰 한 사내가 거기 서서 웅덩이를 물끄러미 내려다보고 있었다. 면도를 하지 않아 콧수염과 턱수염이 삐죽삐죽 삐져나왔고 헐렁한 흰색 티셔츠에 꾀죄죄한 파란색 운동복을 입고 있었다. 게다가 목에는 분홍색 수건을 두르고 한 손에는 두툼한 책을 들고 있었다. 마을 주민은 아닌 듯했다. 안면이 전혀 없는 얼굴이었다. 아이들 모두 온통 노인네뿐인 추동리에 저런 젊은 사람이 있을 리가 없다는 생각으로 그를 바라보았다. 그는 손에 들고 있던 두툼한 책을 바위 위에 내려놓고, 목에 두르고 있던 수건을 그 위에 놓았다. 그런 다음 헐렁한 웃옷을 벗고 이어서 운동복 바지를 벗더니 마지막으로 삼각팬티를 벗어 바위 위에 놓았다. 그러고는 알몸으로 바위를 내려와 물웅덩이로 들어왔다. 조금도 거리낌 없는 동작이었다.

"너희도 홀딱 벗었으니 나도 홀딱 벗어야 공평하겠지. 원래 여긴 내 전용탕이었는데. 어서 물놀이해! 난 괘념치 말고!"

하지만 아이들은 굳은 표정으로 경계의 눈빛을 보냈다.

개헤엄으로 웅덩이를 한 바퀴 돈 그가 한 명 한 명 살피더니 갑자기 물었다.

"야, 너희들 고삐리지?"

아이들은 대답을 못하고 서로의 얼굴만 멀뚱멀뚱 쳐다보았다.

"여드름도 남아 있고, 콧수염도 짙지 않고, 고추도 덜 여물고. 척 보니까 그런 것 같은데, 아니야?"

"마, 맞는데요!"

"이 마을에 고삐리는 여학생 하나밖에 없는데. 이 산골엔 왜 들어온 거냐?"

재웅이가 대답 대신 철탑을 가리켰다. 그가 산등성 42번 철탑을 힐끔 보더니 금방 알아차렸다.

"아, 실습 나온 공돌이들이구나! 무슨 과야? 전기과?"

"우린 다 기계과예요."

"기계과? 기계과가 왜 전기 관련 일을 해?"

아무도 대답하지 못했다.

"하긴 뭐 그럴 수도 있지. 세상이 원리 원칙대로 되면 아무 걱정 근심이 없게. 너, 내 등 좀 밀어 줘라! 나도 네 등 밀어 줄게!"

그러면서 히죽이 웃더니 등을 들이댔다. 재웅이는 흔쾌히 동의했다. 서로 등을 밀어 주면서 이것저것 묻고 대답하며 물장난도 하니 금세 친해졌다. 무엇보다 양 대리처럼 딱딱하지 않고 사근사근 대하는 게 친근감이 느껴졌다. 그는 재웅이뿐만 아니라 기준이, 호철이, 성민이까지 차례로 등을 밀어 주며 이런저런 이야기를 들려주었다.

목욕을 끝내고 모두 마을 쪽으로 걸었다. 마을 주변 논에는 가뭄에 드문드문 말라죽은 벼들도 있었으나 살아남아 두어 뼘 정도 자란 벼들이 훨씬 더 많았다.

"근데 그건 무슨 책이에요? 사전 아니에요?"

재웅이는 그가 들고 있는 두툼한 책을 보며 물었다. 손때가 묻어 표지가 거무튀튀하고 책갈피 곳곳이 접혀진 낡은 책인데도 무슨 귀중한 보물처럼 손에 꼭 쥐고 있었다.

"이건 사전이 아니라 법전이야."

"법전이요?"

"못 들어 봤어? 뭐, 쉽게 말하면 육법전서야. 민법, 형법, 상법 등을 수록해 놓은. 난 저 위 미륵암에서 고시 공부 중이야."

고시라는 말에 재웅이는 흠칫 놀라며 그를 우러러보았다. 밤낮 공부만 한다는, 말로만 듣던 그 고시생? 공부의 신? 그렇다면 법대 출신? 소위 판검사가 된다는 사람이 아닌가? 세상에 공부보다 더 어려운 일은 없는 것 같은데, 사람이 어떻게 줄창 공부만 할 수 있는 것인지. 엄마가 그렇게 자랑하는 누나도 하루 종일 공부만 하지는 않았다. 텔레비전 드라마도 보고 가끔 극장에도 가고, 또 여행도 했다. 재웅이는 마치 외계인이라도 보듯 호기심 가득한 눈으로 그를 유심히 살피고 또 살폈다. 그러고 보니 머리통이 남들보다 약간 큰 것도 같았다. 왠지 그를 좋아할 것 같은 예감이 들었다. 무엇보다 그는 공부 잘하는 다른 애들처럼 거들먹거리지 않아서 좋았다.

"저, 교육대 있잖아요?"

"응, 있지. 너, 교육대학 가려고?"

재웅이의 질문에 고시생이 돌아서며 되물었다.

"아, 아니요. 삼, 삼청교육대 말예요."

고시생이 걸음을 멈추고 놀란 눈동자로 재웅이를 바라보았다.

"그냥 대충이라도 알고 싶어서요. 5 · 18하고요."

"그래요. 좀 말해 주세요."

뒤에 오던 기준이도 다가와 고시생에게 물었다. 고시생이 의아하다는 표정을 짓더니, 다시 걸음을 떼며 입을 열었다.

"5 · 18이야 학교에서 배웠을 텐데? 관련 영화도 몇 편 나왔고. 삼청교육대는 군의 주도로 행해진 인권 침해가 극심했던……, 이거 말하면 너무 길어지는데. 아무튼 부끄럽고도 슬픈 우리의 역사야!"

"부끄러워요?"

"그래. 자랑스럽고 떳떳한 역사만 있는 게 아니야. 두고두고 국민을 부끄럽게 만드는 역사도 있지. 그뿐인가? 깊은 상처를 입고 썩은 고름을 줄줄 흘리며 계속해서 악취를 풍기는 역사도 있어."

재웅이는 무슨 말인지 잘 이해할 수가 없었다. 그래서 다시 물었다.

"그 5 · 18과 삼청교육대가 공수부대랑 관계가 있는 거예요?"

"뭐, 꼭 공수부대라기보단…… 우리나라 군과 관련이 있는
거지. 군이 올바른 자기 역할을 안 하고 그렇게 엉뚱한 데 힘쓰
면 역사에 상처가 크게 생기는 거야. 어, 다 왔다. 나중에 기회
가 되면 자세히 말해 줄게."

고시생이 구판장으로 들어가자 아이들은 출입문 앞쪽 평상
에 걸터앉았다. 어차피 저녁 먹을 시간도 안 되었고 숙소에 들
어가 봐야 텔레비전도 없이 소똥 냄새나 맡으면서 무료하게 있
어야 할 게 뻔했기 때문이었다.

음료수나 마시자는 의견에 호철이가 돈을 거둬 구판장으로
들어갔다.

"어? 저 할머니 저기 또 있네!"

기준이의 말에 구판장에서 마을 회관으로 눈을 돌리니, 마을
회관 옥상으로 오르는 층계 밑에 머리가 하얗게 센 할머니가 쪼
그리고 앉아 있었다. 추동리로 들어오던 첫날 보았던 그 할머니
였다. 응달진 그곳이 아마도 할머니의 정해진 자리 같았다. 마
구 흐트러진 옷차림에 여전히 막대 사탕을 하나 들고 혀를 길게
내밀어 핥고 있었다.

곧 호철이가 고시생과 함께 나와 평상에 앉았다. 뒤이어 구판
장 할아버지가 나와 할머니에게로 다가가 속살이 보이지 않도
록 옷을 정성스레 여며 주었다.

아이들은 음료수를 마시고 고시생은 담배를 한 개비 꺼내 피

웠다. 재웅이도 담배를 피울까 망설이고 있는데 고시생이 먼저 말을 꺼냈다.

"너희도 담배 피우려면 피워."

그러면서 자기 담뱃갑에서 한 개비씩 꺼내 차례로 건네주었다.

"성민이 얘는 안 피워요."

"그래? 음…… 요즘 금연 구역 설치니 공해니 뭐니 떠들어대지만 담배의 유익한 점도 한두 가지가 아니지. 개인적으론 심리적 안정감을 주고 사람 사이에는 사교를 쉽게 하여 친밀감을 높여 주고……. 하지만 가능한 한 피우지는 마라! 어쨌든 권할 것은 못되니까."

담배 연기를 길게 뿜어낸 고시생이 아이들을 둘러보면서 진지하게 물었다.

"야, 그런데 너희들 누나 있는 사람 없나?"

뜬금없는 질문에 기준이가 촉새처럼 나서며 얼른 대답했다.

"얘요, 재웅이 얘, 누나 있어요!"

"그래?"

고시생이 재웅이에게 호기심 어린 눈빛을 보냈다.

하지만 손에 든 담배 개비를 만지작거리던 재웅이는 조심스레 다른 이야기를 꺼냈다.

"저, 혹시 임금 체불에 대해서 아세요?"

모두들 고시생의 얼굴을 뚫어져라 쳐다보며 대답이 나오기를 기다렸다.

"왜? 급료를 못 받았나 보구나?"

"예, 한 달치요."

기준이와 호철이가 동시에 대답하고 나서 음료수를 꿀꺽 한 모금 마셨다.

"에, 그건 노동법 중에 임금 체불에 관한 건데, 지방노동사무소에 신고해서 행정 절차를 통해 받는 방법이 있고, 좀 더 강한 방법으로는 소송을 하는 거야!"

"소송이요?"

"그래, 법원에 민사 소송을 하는 거지. 임금 채권. 그게 꽤 강한 법적 보호를 받거든. 더욱이 일 부려 먹고 임금을 안 주는 건 죄질이 아주 나쁜 쪽에 속해서 판사들도 그런 놈들 싫어해. 그래서 고소장을 법원에 접수시키면 곧 임금을 받을 수 있어."

"고소장 쓰는 거 어려워요?"

"뭐, 그리 어렵지 않아. 정 원하면 내가 써 줄 수도 있어."

"네? 정말요?"

"그럼! 아, 내가 설마 오늘 처음 만난 너희들에게 거짓말을 하겠냐?"

말을 못해 죽은 귀신이라도 씌웠는지 고시생은 청산유수로 임금 채권에 대해 읊어 댔다. 어려운 단어가 많이 나와 무슨 말인지 정확히 알 수는 없었으나 모두 그의 해박한 지식에 혀를 내둘렀다.

"뭐 하는 거야?"

벼락 같은 소리에 깜짝 놀라 모두 일시에 뒤를 돌아보니, 언제 다가왔는지 양 대리가 서 있었다. 일그러진 표정으로 보아 아마 대화 내용을 들은 것 같았다. 양 대리는 뱁새눈을 하고 고시생을 쏘아보다가 그에게 다가갔다.

"당신, 애들한테 지금 무슨 말을 하고 있는 거요?"

"예? 그냥 근로 기준법하고 노동법, 임금 채권에 대해 설명을 해 주는 것뿐입니다."

"이 양반, 이거. 그런 얘기를 왜 애들한테 하는 거요?"

"아니, 왜 못 합니까? 그러는 당신은 누구신데요?"

"나는 애들 보호자요!"

그 말에 고시생이 아이들의 얼굴을 살폈다. 재웅이는 양 대리가 눈치 못 채게 한쪽 눈을 찡긋했다.

"보호자 아닌 것 같은데요!"

"아니긴 뭐가 아니야? 그렇다면 그런 거지!"

양 대리가 고시생에게 한 발 더 바짝 다가서며 눈알을 부라렸다. 그러자 고시생이 자리에서 벌떡 일어나 양 대리를 마주 째려봤다. 덩치는 엇비슷했지만 키는 양 대리보다 한 뼘 컸다.

"좋은 말로 할 때 얼른 가소! 괜히 순진한 애들한테 쓸데없는 소리 하지 말고!"

양 대리가 고시생의 가슴을 손등으로 툭툭 치며 말하자 고시생이 뒤로 한 걸음 물러서며 눈살을 잔뜩 찌푸렸다.

"이 사람, 이거, 순 조폭이네! 자초지종을 알아보지도 않고 막무가내로!"

"뭐? 조폭?"

양 대리가 고시생의 먹살을 와락 움켜쥐었다. 고시생도 양 대리의 먹살을 마주 쥐었다. 분위기가 험악해지며 두 사람의 눈에서 불꽃이 튀는 일촉즉발의 순간, 지난번 물웅덩이에서 목욕할 때 봤던 유씨엘에이 빨간 모자 할아버지가 불쑥 나타났다. 장화에 진흙이 많이 묻어 있고 손에는 이전의 그 낡은 삽을 한 자루 들고 있었다. 아마 논에 물을 대다가 오는 모양이었다.

"거, 남의 가게 앞에서 웬 쌈박질이야? 이 동네 사람들도 아닌 타지 사람들이. 어서 비켜, 나 들어가게!"

그 바람에 양 대리와 고시생은 손을 풀었다. 하지만 여전히 찡그린 얼굴로 서로를 노려보았다. 잠시 후 고시생이 먼저 고개를 돌리고 평상에 놓아두었던 육법전서와 커피가 든 검은 봉지를 집어 들었다. 그러고는 다리를 건너서 논길을 어슬렁어슬렁 걸어 미륵암 쪽으로 향했다. 고시생이 풋고추만 하게 보일 때까지 한참 동안 노려보고 있던 양 대리가 시선을 거두며 소리를 질렀다.

"뭐 해? 빨리 따라와!"

냉랭한 분위기가 저녁 밥상 위에 맴돌았다. 양 대리는 굳은 표정으로 숟가락질만 반복했고 아이들은 양 대리의 눈치를 살피며 모래알을 씹듯 밥알을 씹었다.

부엌으로 밥상을 가져다준 재웅이는 집 뒤편 펌프가로 갔다. 양치질을 한 후, 앵두나무 뒤에 서서 담배를 피워 물고 울타리 너머로 마을을 내려다보았다. 밤이 일찍 찾아오는 산촌에 등 하나 켜 있지 않아 마을은 빠르게 어둠 속으로 잠기고 있었다. 따분하고, 지루하고, 무료한 산골 마을. 생전 가야 아무 일도 일어날 것 같지 않은 추동리가 잠드는 중이었다. 재웅이는 방으로 돌아가 누웠다.

"야, 근데 이 동네에 여고생이 한 명 있댔지?"

"그래, 육법대사가 분명히 그랬어."

호철이가 갑자기 벌떡 일어나 앉으며 묻자, 재웅이도 일어나며 대답했다. 휴대폰 게임을 하던 기준이도 따라 일어나 앉았다.

"나도 들었어. 근데 육법대사? 누가?"

"그 고시생. 육법전서를 들고 다니고 절에 산다잖아? 그러니 육법대사가 딱이지."

"짜샤, 별명 하나는 기똥차게 잘 붙여, 헤헤! 그런데 여태 우린 여학생 한 번도 못 봤잖아?"

"그러게. 한 달이 넘었는데? 아, 이거 나 오늘부터 잠 못 자겠는데. 온통 노인네뿐인 이 깊은 산골에 여고생이라?"

"인마, 넌 여자 친구 있는데, 왜 나서?"

재웅이가 호철이에게 핀잔을 주자 기준이도 호철이를 보며 눈을 부라렸다. 성민이는 눈을 감고 누워 무슨 생각을 하는지 관

심을 보이지 않았다. 재웅이와 기준이는 여학생을 주제로 밤 늦
게까지 이야기를 나누다가 가슴 가득 기대를 품고 잠이 들었다.

다음 날 아침, 현장으로 출발하기 전이었다. 먼저 급료를 주
지 않으면 일을 하지 않겠다고 말하기로 한 바로 그날이었다.
재웅이는 몇 번이나 입술에 침을 바르며 양 대리를 힐끔거렸다.
어떻게 말을 꺼내야 할지 좀체 용기가 나지 않았고 기회를 포착
하기 또한 쉽지 않았다. 소리를 버럭 지르며 뺨을 때리지는 않
을까 겁이 나기도 했다.

"양 대리님!"

양 대리를 불러 세운 건 뜻밖에도 성민이었다. 모두들 두 눈
을 휘둥그레 뜨고 성민이를 바라보았다.

"어, 왜?"

"오늘은 급료 됩니까?"

분명하고도 단호한 어조였다.

"그러잖아도 알아보려던 참이었어. 너희들 먼저 올라가. 난
사무실에 전화 좀 하고 갈 테니. 휴대폰이 잘 안 터져서 주인집
전화 좀 빌려 쓰려고 그래."

"우, 우리는 급료를 머, 먼저……."

재웅이가 더듬더듬 말하자 양 대리가 말꼬리를 똑 잘랐다.

"글쎄 올라가 있어. 내 오늘은 확실히 알아봐 줄 테니. 날 믿
으라구!"

믿을 수가 없었지만 어쩔 수 없이 숙소를 나와 마을 회관 앞까지 갔다. 마음도 찜찜하고 양 대리가 의심스러워서 현장으로 올라가기가 자꾸 꺼려졌다. 시간을 보니 7시가 좀 넘었다.

임 반장의 소형 트럭을 타고 49현장으로 향하면서도 아이들은 모두 시무룩하니 말이 없었다. 좁은 길을 따라 계곡을 올라 차로 갈 수 있는 마지막 지점에 차가 섰다. 차에서 내려 트럭 짐칸에 가득 실린 시멘트 포대와 모래 포대, 각종 작업 도구들을 보니 또다시 울화통이 치밀어 올랐다. 게다가 약 올리기라도 하듯 따가운 아침 햇살이 마구 쏟아져 신경질을 북돋웠다. 매미들까지도 단체로 발악하며 울어 대 머리가 다 지끈거렸다.

짐칸의 시멘트 포대에 손을 막 대려는 순간, 성민이가 말했다.

"저, 양 대리님이 우린 여기서 기다리랬어요!"

거짓말이었다. 참 이상한 놈이라고 생각하며 재웅이는 성민이를 곁눈질로 살폈다.

"여그서? 그럼, 우리 먼저 올라갈 테니까, 뒤에 와라!"

임 반장이 앞장서자 염 씨와 장 씨도 장비를 챙겨 들고 그의 뒤를 따랐다. 아이들은 자귀나무 그늘에 나란히 앉아 계곡 아래쪽을 바라보며 양 대리를 기다렸다.

양 대리가 올라온 때는 오전 새참 때였다. 으레 한 손엔 막걸리와 음료수, 빵이 들어 있는 검은 봉투를 들고서였다. 양 대리는 아이들이 나무 그늘에 몰려 앉아 있는 것을 보더니 눈을 동그랗게 뜨고 다가와 소리쳤다.

"여기 이렇게 앉아 있으면 어떡해?"

"양 대리님 기다렸어요!"

"그래도 작업을 하고 있어야지. 시간이 금인데!"

"전화는 해 보셨어요?"

성민이의 말투에 돋친 가시가 꽤 뾰족했다. 표정도 평소와 다르게 싸늘했다.

"아까 사무실에 전화했어. 너희 급료, 내일 통장으로 입금시킨대."

"통장으로요? 왜요?"

"이 시끼야! 우리 회사는 무조건 통장으로 입금시켜!"

사전에 그런 말이 전혀 없었는데 이제 와서 그런 얘기를 하니 재웅이는 도무지 믿을 수가 없었다. 양 대리를 노려보며 따지듯 물었다.

"아니, 그럼 우린 돈 한 푼 구경 못해요?"

"돈이 뭔 필요가 있냐? 먹여 주고 재워 주고 다 하는데! 돈을 줘도 이 산골에 어디 가서 쓸래?"

"그, 그래도 그러면 안 되죠!"

"필요한 거 있으면 저기 구판장에서 각자 이름 대고 외상해. 매달 너희 급료에서 제하면 되니까. 거기 없는 거면 나한테 말하고. 그럼 내가 원주 나가서 사다 줄 테니."

재웅이는 아무래도 핑계 같아 목소리를 더 높여 따지고 들었다.

"우리한테 말도 안 하고 그러는 게 어딨어요?"

"사무실에서 벌써 너희 부모님들이랑 통화하고 그렇게 하기로 했다니까, 용돈 필요하면 부모님한테 허락을 받아! 그러면 얼마씩 떼어 줄게. 자, 빨리 서둘러! 벌써 시간이 이렇게 흘렀는데, 어서!"

아이들은 서로 얼굴을 멀뚱히 바라보며 잠시 머뭇거리다가 결국 또 시멘트 포대를 짊어지고 말았다. 성민이가 먼저 시멘트 포대를 짊어지고 앞장을 서는데 따르지 않을 수가 없었다.

작업을 끝내고 숙소로 돌아와 각자 집에다 전화를 했다. 양 대리의 말이 거짓은 아닌 모양이었다. 기준이가 재웅이에게 살며시 물었다.

"내일 새벽에 튈 거야?"

"그래야지. 이 지옥에 어떻게 더 있나?"

"그럼, 오 일이나 더 일했는데, 그 급료는 어떡해?"

이번에도 성민이었다. 아예 전화도 하지 않은 성민이가 초를 치고 나섰다. 재웅이는 성민이를 똑바로 노려보며 말했다. 돈에 지나치게 집착하는 성민이가 점점 더 싫어져 목소리가 날카로웠다.

"그까짓 거 포기하면 되지, 새꺄!"

"내일 입금시킨다고 했는데, 내일 새벽에 튀면 입금 안 시킬지도 모르잖아?"

성민이도 재웅이를 똑바로 노려보았다.

"일단 탈출하고 나서 입금 안 시켰으면 고소해야지. 육법대사가 말해 준 대로 말야, 새꺄!"

"고소? 그러면 여기 남아서 육법대사의 도움을 받아야 하잖아?"

그게 그렇게 되는 건가. 일리가 있는 성민이의 말에 재웅이는 슬그머니 꼬리를 내리고 말았다. 밤 11시경에 성민이는 먼저 잠이 들고, 재웅이와 기준이, 호철이는 늦게까지 대책을 논의했다. 그러나 어쩔 수 없었다. 결국 또 내일 하루 더 있기로 합의하고 새벽 1시가 넘어서야 눈을 감았다.

하지만 겨우 서너 시간쯤 잤을까. 이른 새벽, 느닷없이 들려온 괴성에 아이들은 동시에 잠을 깼다. 밖에서는 다급한 발소리와 사람들이 웅성거리는 소리가 이어졌다.

"뭐야? 도둑이라도 들어왔나?"

"이런 촌구석에 도둑이? 돌대가리 도둑놈이라면 또 몰라도."

조금 있으려니 또다시 괴성이 들렸다. 단순한 울음소리가 아닌 고통을 참느라 애를 쓰는 울부짖음이었다. 모두 후닥닥 일어나 앉았다. 밖은 먼동이 터 훤했다. 살그머니 문을 열어 보니 외양간에 불이 켜져 있고 주인 할아버지와 할머니, 게다가 양 대리까지 있었다. 모두 눈을 비비며 외양간으로 갔다. 암소가 송아지를 낳느라고 울부짖는 것이었다. 양 대리는 암소의 고삐를 잡고 할아버지는 뒤쪽에서 암소의 엉덩이를 살폈다. 할머니는 손에 낡은 담요를 든 채 안절부절못하고 있었다.

외양간으로 다가간 아이들을 보고 양 대리가 들어가라고 손짓했다.

"너넨 그리 볼 게 못 되니 들어가!"

"아니야, 봐 둬. 너희도 이제 다 컸으니 좋은 공부가 될 거야."

뜻밖에도 주인집 할아버지가 지켜보라고 허락을 했다.

학교에서 배운 사람의 출산과 비슷하리라 추측은 했지만 직접 보니 적잖이 충격적이었다. 비닐 물주머니 같은 하얀 반투명 막이 자궁 밖으로 조금 나와 있을 뿐, 송아지는 보이지 않았다. 솔방울만 한 두 눈을 허옇게 까뒤집고 거친 숨을 몰아쉬는 암소가 너무 가여웠다. 가끔 고통스러운 울부짖음을 토해 낼 때는, 아 저렇게 아프고 힘들게 새끼를 낳는구나, 하는 생각이 들며 가슴이 알싸하게 아려지기도 했다.

"보배야, 보배야! 힘내라, 힘내!"

주인 할머니와 할아버지가 암소의 등을 연신 쓰다듬으며 힘을 보탰다. 그렇지만 암소는 이미 힘이 다 빠졌는지 더 이상 힘을 주지 못했다.

"이거 안 되겠는데. 쉽게 나올 것 같지가 않아."

"에미 소가 너무 늙어 힘을 제대로 못 쓰나 봐요."

"그럼 우리 보배 어떡하죠, 영감? 벌써 세 시간째예요! 이러다간 둘 다 죽이겠어요, 영감!"

할머니가 눈물을 글썽이며 할아버지를 바라보았다.

"가서 충수 할아버지를 좀 불러와야겠어. 음, 네가 달음박질을 제일 잘할 것 같다. 네가 심부름 좀 하거라!"

아이들을 둘러보던 주인집 할아버지가 기준이에게 부탁했다.

"그래. 저 아래 구판장 옆길로 해서 저쪽으로 쭉 올라가면 갈림길이 나와. 거기 두 번째 퍼런 양철집, 길쭉한 우사가 딸린 그집 할아버지 좀 이리 빨리 오시라 해라! 지금 우리 소가 새끼를 낳고 있다고. 그럼 알 거다."

기준이가 밖으로 달려 나갔다. 암소는 얼마간 숨을 쉬지 않다가 한꺼번에 몰아쉬는가 하면 전신을 마구 떨기도 하는 등 왠지 심상치가 않았다.

십여 분쯤 지나, 기준이가 누리끼리한 메리야스 차림의 할아버지와 함께 헐레벌떡 뛰어 들어왔다. 메리야스 할아버지는 암소의 눈을 까뒤집어 보고 나서 엉덩이를 살폈다. 그러더니 혀를 끌끌 찼다.

"쯧쯧, 자넨 나이가 환갑이 넘어가지고……. 빨리 밧줄 좀 가져 와, 빨리!"

주인집 할아버지가 밧줄을 가져다주자 메리야스 할아버지는 한 손에 그것을 받아들고 다른 손으로 한 뼘쯤 빠져나온 허연 양수막을 찢어 터뜨렸다. 순간 양수막 속에서 뿌연 물이 왈칵 쏟아지는가 싶더니 송아지의 앞다리 끝이 나타났다. 메리야스 할아버지는 능숙한 솜씨로 거기에 밧줄을 돌려 감아 묶었다.

"자, 이제 당겨! 너희도 이리 와 어서 당겨! 사정없이 당겨야 해! 빨리!"

모두 밧줄을 잡고 힘껏 당겼다. 그러자 채 오 분도 안 돼 드디어 송아지의 머리가 나왔고, 이내 몸뚱이까지 쑥 빠져나와 땅바닥에 털퍼덕 떨어졌다. 아이들은 밧줄을 놓고 엉겁결에 박수를 치며 환호성을 울렸다.

"와! 와!"

메리야스 할아버지가 낫으로 탯줄을 잘라 주었다.

"보배야, 수고했다. 수고했어!"

주인집 할머니는 암소의 머리를 반복해서 쓰다듬으며 대견스러워했다. 그사이 정상 호흡을 되찾은 암소가 천천히 방향을 바꾸더니 혀를 길게 내밀어 송아지를 핥아 대기 시작했다. 양수막이며 오물이 잔뜩 묻어 지저분한 송아지를 무슨 맛있는 사탕이라도 핥듯이 계속 핥는 거였다. 곧 송아지가 비틀비틀 일어나는가 싶더니 어미 소의 젖을 찾아 물고 힘껏 빨기 시작했다. 그 모습을 함께 지켜보고 있던 기준이가 가만히 속삭였다.

"얘들아, 있어. 있다구!"

"응? 뭐가 있다는 거야?"

"내가 봤어!"

"뭘 봐, 새꺄!"

기준이는 아무 대답도 않고 양 대리의 눈치를 살피며 자기를 따라오라 손짓했다. 재웅이와 호철이는 영문도 모르고 기준이를 따라 집 밖으로 나갔다.

"여, 여학생! 여학생을 봤어! 이리 따라와 봐!"

기준이를 따라 마을 회관까지 단숨에 뛰어 내려가니 추동교 다리를 막 건너 멀어져 가는 경운기 한 대가 보였다. 그 뒤에 분명 여학생이 타고 있었다. 꽁지머리에 하얀 상의와 감청색 치마를 입은 모습이었다. 얼굴을 확인하기엔 거리가 너무 멀었다.

"기준아, 너 얼굴 자세히 봤어? 이뻐?"

"나도 오다가 옆모습만 슬쩍 봤어. 구판장 앞에 서 있더라고."

"저 남학생은 또 뭐야? 오빠가? 동생인가?"

한 남학생도 경운기 짐칸에 앉아 있었다.

"암튼 이 동네에 우리 또래 여학생이 있다는 것만으로도 숨통이 탁 트인다, 숨통이."

"맞아. 어느 집에 살까?"

"저 경운기 이장네 거 같은데?"

처음 양 대리의 엘란트라를 타고 추동리에 들어오던 날 산길에서 만났던 그 경운기가 틀림없어 보였다. 낡고 느리고 힘이 달리는 소리를 내는 것이 분명히 그 경운기였다.

"아이, 조금 일찍 알았더라면 좋았을걸!"

호철이와 기준이는 흥분한 채 즐거워했다.

"야, 춘천 가 봐라! 쌔고 쌘 게 이쁜 애들이야!"

재웅이의 말에 기준이가 발을 걸고 나왔다.

"흥! 그렇게 쌔고 쌨는데, 넌 왜 여자 친구 한 명 없냐, 짜샤?"

"없기는, 새꺄? 내가 신경을 안 써서 그렇지. 그리고 필이 팍 꽂히는 그런 애가 아직 없었어. 그런 애만 있어 봐라! 내가 물불 안 가리고 용감하게 덤벼든다."

"짜식, 핑계는……."

"근데 우리 오늘밤 탈출해야 하잖아?"

호철이의 말을 듣고 나서야 아이들은 멀어져 가는 경운기에서 눈을 떼고 몸을 돌렸다.

그날 일을 마치고 저녁때가 다 되어서 급료가 입금되었다는 사실이 확인되었다. 저녁을 먹고 모두 모여 구체적인 탈출 방법과 시간 등을 논의했다.

"나는 안 가."

성민이가 먼저 딱 부러지게 자기 의사를 밝혔다.

"왜? 너는 이 지옥이 좋다는 거야?"

성민이를 바라보는 재웅이의 눈빛이 싸늘했다. 기준이와 호철이의 눈빛도 곱지 않았다.

"좋다기보다……. 갈 수가 없어."

"글쎄, 왜 갈 수가 없다는 거냐구, 새꺄?"

재웅이가 추궁했지만 성민이는 한참 동안 대답하지 않더니 짤막하게 한마디 내뱉었다.

"나는 돈이 필요해."

힘이 잔뜩 들어간 목소리였다. 다짜고짜 돈이 필요하다니?

속이 뒤틀렸다.

"돈? 아니, 누군 돈 안 필요하냐?"

"너희하고는 달라."

"뭐가 달라? 돈 벌어서 스포츠카라도 사려는 거야?"

성민이는 또다시 입을 꾹 다물고는 아무 말이 없었다. 재웅이의 눈빛이 이글거렸다. 삼 분 정도 지나고 나서야 성민이가 다시 입을 열었다.

"처음 탈출하던 날, 나, 지갑 가지러 간다는 말 거짓말이었어. 일부러 양 대리한테 들키러 온 거야."

"뭐? 어쩐지 이 새끼, 내가 수상하다 했어!"

재웅이가 다짜고짜 성민이의 가슴팍을 세게 밀쳤다. 성민이가 뒤로 벌렁 넘어지자 재웅이는 틈을 주지 않고 득달같이 성민이를 덮쳤다. 그러고는 멱살을 잡고 마구 흔들어 댔다. 밑에 깔린 성민이도 반격을 시작하자 기준이와 호철이가 억지로 뜯어말려서 상황은 끝이 났다.

"나쁜 새끼! 친구들을 속여?"

재웅이가 분을 삭이지 못하고 성민이를 노려보며 말했다.

"거짓말한 건 미안해! 하지만 더 이상 말하고 싶지 않아!"

성민이는 밖으로 나가 버렸다. 곧 호철이가 뒤따라나갔다.

"하여튼 저 2반 새끼들은……. 야, 우리 몇 시에 어떤 방법으로 튈까?"

기준이는 눈동자를 굴리며 고개만 갸웃거릴 뿐이었다. 그리고 시간이 얼마 흐른 뒤에야 조그만 목소리로 말했다.

"한 달만 더 있어 보자, 우리!"

"뭐? 이게 미쳤나? 왜, 새꺄?"

"그, 그냥!"

추동교 대전

재웅이가 화장실에서 나와 방으로 가니 기준이가 또 사라지고 없었다. 어제도 몰래 사라졌다가 밤 늦게 숙소로 돌아왔는데……. 이상했다. 녀석은 밥을 서둘러 먹고는 세수와 양치질을 꼼꼼히 하더니 생전 안 하던 머리 손질까지 하고 외출복으로 갈아입고 나갔다.

"야, 호철아. 조뺑이 애 어디 갔니?"

"몰라. 아까 나갔어. 구판장에 뭐 사러 갔겠지, 뭐!"

재웅이는 의아해하며 내려갔다. 모기 때문에 닫아 놓은 문을 열고 구판장으로 들어가자 안쪽 방에서 할아버지가 나왔다. 재웅이는 가볍게 인사를 하고 담배를 한 갑 산 뒤 기준이를 못 보셨냐고 물었다.

"아, 기준이? 기준이 조금 전에 과자 한 봉지랑 캔 세 개 사서 갔는데?"

"그래요?"

재웅이는 구판장 앞 평상에 걸터앉아서 곰곰이 생각해 보았다. 도무지 알 수 없는 일이었다. 혼자 마시려고 캔을 세 개씩이나 산 것은 아닐 테고. 고샅길을 따라 마을을 한 바퀴 돌아도 기준이는 보이지 않았다. 다리 밑에도 없었고 마을 회관 옥상에도 없었다.

녀석이 돌아온 건 12시가 조금 넘어서였다.

"야, 너 어디 갔다 오는 거야?"

"응, 그냥 바, 바람 쐬러. 그냥 뭐, 저기 저 다리 밑에서."

무언가를 숨기는 게 틀림없었다. 내일은 몰래 미행을 하리라 마음먹고 더 이상 추궁하지 않았다.

47번 철탑 자재를 올려놓고 50번 부지의 진입로 공사를 반쯤 마치고 나니 또 하루해가 다 가 버렸다.

저녁을 먹고 나서 어둑어둑해질 무렵, 재웅이는 화장실에 가는 척하고 나가서 외양간 옆에 숨었다. 기준이 뒤를 미행하기 위해서였다. 얼마 뒤 예상대로 녀석이 외출복 차림으로 집 밖으로 나갔다. 멀찍이 떨어져서 따라가 보니 녀석은 구판장에 들어가더니 곧 검은 비닐봉지를 들고 나왔다. 그러고는 곧장 마을 우측 길을 따라 약 70여 미터를 가더니 갑자기 슬레이트 집 앞에 멈춰 섰다. 잠시 후 누군가가 그 집에서 나왔다. 중학생쯤 되어 보이는 남자애였다.

"야, 기준아! 거기 서!"

재웅이는 그들이 슬레이트 집 앞쪽 샛길로 막 사라지려 할 때 큰 목소리로 부르며 뛰어갔다.

"어디 가는 거야? 얘는 누구야?"

"아, 얘는 민세연이야."

"그래. 그런데 둘이 어디 가는 거야?"

"건조장에 가요. 우리 아지트예요. 저 위요."

세연이가 손으로 바로 옆집을 가리켰다. 추동리에서 가장 높은 집이었다. 처음 추동리에 들어올 때 보았던, 마을의 낮은 집들에 비해 우뚝 솟아 있던 특이한 모양의 집이었다.

"너도 같이 가자."

기준이가 세연이의 눈치를 살피며 말했다.

재웅이는 그들을 따라 집 외벽에 걸쳐 놓은 사다리를 밟고 올라갔다. 지붕 바로 밑 다락방 같은 곳이었다. 꽤 넓었으나 가운데가 일직선으로 길게 뚫려 있어서 방이라고 하기엔 조금 무리인 듯했다. 뚫린 곳으로 아래를 내려다보니 속이 텅텅 비어 있었다. 떨어질 위험도 컸다.

"구조가 이상하네!"

"집이 아니라 공동 건조장이에요. 담배 말리는 곳이요. 지금은 안 써요."

세연이가 양초에 불을 붙이며 설명했다.

"새끼줄로 엮어서 저 아래 이쪽에서 저쪽으로 층층이 매달아 놓고 바깥 아궁이 같은 곳에서 석탄으로 불을 때요. 담뱃잎이 적당히 마를 때까지 며칠 동안요."

"그리고?"

"그걸 정리하고 묶어서 원주 담배 공장에 판대."

기준이가 자기가 들은 설명을 덧붙였다. 그러면서 벽에 걸린 거적때기를 치우자 창이 나타났다. 농구공 크기로 대충 뚫은 구멍이었다. 구멍을 통해 밖을 보니 마을이 한눈에 들어왔다. 마을 회관과 구판장, 다리, 집들 거의 모두가 훤히 내려다보였다.

"내가 초등학교 4학년 때만 해도 저쪽 더덕밭하고 저 산 쪽 옥수수밭, 감자밭 모두가 담배밭이었어요."

조금 있으려니 누군가가 사다리를 올라오는 소리가 들렸다. 이윽고 머리카락이 보이고 얼굴이 나타났다. 머리를 뒤로 질끈 묶은 꽁지머리. 송아지가 태어나던 날 아침에 뒷모습만 보았던 바로 그 여학생이었다. 재웅이도 놀라고 여학생도 놀랐다. 여학생이 기준이와 세연이에게 눈을 흘기고 입술을 삐죽이 내밀며 올라왔다.

"그냥 같이 오게 됐어. 뭐 어때, 누나!"

아마도 여학생이 비밀로 하라고 지시한 모양이었다. 기준이가 변명을 늘어놓았다.

"나는 너한테 말하려고 그랬는데, 희진이 얘가 나중에 하라고 그래서……"

"희진이?"

"응. 홍희진이야. 횡성여고 2학년이래. 인사해. 내 친구 손재

130

웅이야."

재웅이는 희진이와 가볍게 눈인사를 나눈 후 물었다.

"너희 친남매야? 안 닮았는데?"

"아니야. 얘는 그냥 동네 동생이야. 애네 집은 저 집이고, 우리 집은 저쪽 저 집이야!"

희진이가 창구멍으로 손을 내밀어 대충 가리켰다. 밖이 어두워서 어느 집인지 알 수는 없었다.

"그럼, 너희들 집에 오면 매일 여기 올라와서 놀아?"

"응. 집은 너무 답답하고 싫어!"

재웅이는 그 점이 자기와 똑같아 입가에 미소를 지었다. 그리고 여자애들은 무슨 이유로 집을 싫어하는 걸까 생각하면서 희진이의 얼굴 표정을 살피며 담배를 꺼내 물었다. 기준이에게도 한 개비 건넸다. 담배를 받아 든 기준이는 구판장에서 사 온 비닐봉지를 희진이와 세연이 앞에 내놓았다.

희진이가 공중으로 퍼져 올라가는 담배 연기를 보면서 과자 봉지를 뜯었다.

"너도 한번 피워 볼래?"

재웅이가 담뱃갑을 희진이에게 내밀었다.

"웃기셔, 정말!"

희진이가 기겁을 하며 고개를 돌리고는 입술을 삐죽이 내보였다.

"왜? 피우는 여자애들도 있잖아?"

"난 아나! 저번에 학교에서 비디오 보여 줬는데……."

희진이가 말을 멈추고 얼굴을 찡그렸다. 학교에서 금연 교육용 비디오를 본 모양이었다.

"어른들이야 그렇지. 자기들은 다 하면서 우리한테는 이거 하지 마라 저거 하지 마라. 담배가 좋은 점이 얼마나 많은지 아니? 개인적으론 심리적 안정감을 주고 또 사람들 사이에는 친밀감을 높여 주고……. 하지만 가능한 한 피우지 않는 게 좋아! 특히 여자는."

재웅이는 육법대사에게 들었던 말로 아는 체를 했다. 가슴이 뿌듯해지는 기분이었다.

12시가 다 되어 숙소로 돌아가면서 재웅이는 기준이에게 넌지시 물었다.

"조빵아! 쟤들, 어떻게 알게 됐어?"

"구판장에서 만났어. 처음엔 날 아저씨라고 그러더라고. 그래서 춘천공고 3학년인데 현장 실습 나온 거라고 말했지."

"그 얘길 왜 하냐, 새꺄? 쪽팔리게."

"쪽팔리긴 뭐가 쪽팔려, 짜샤? 사실인데. 아무튼 그래서 자기네 아지트에 함께 가자고 해서 따라갔어. 그렇게 된 거야."

"야, 횡성여고면 인문고냐?"

"아마 그럴걸."

마음이 좀 찜찜했다. 괜히 주눅이 들고 꼬랑지가 밑으로 처졌다.

"야, 희진이라는 애, 이쁘냐? 난 솔직히 실망했다. 은근히 기대하고 있었는데 막상 보니 눈도 작고 쌍꺼풀도 없고. 여자는 눈이 큼직해야 이쁜데. 게다가 뚱뚱한 게……."

"그게 뭐가 뚱뚱한 거냐? 통통한 거지!"

"통통? 하, 이 자식 이제 보니 걔 좋아하는구나? 그래서 지난번에 한 달만 더 있어 보자고 발랑 뒤집어졌었구나? 그치? 이 조빵아!"

녀석은 아무 대답도 않고 그냥 씨익 웃기만 하더니 구판장으로 들어가 아이스콘을 사 가지고 나와 건네주었다. 둘이서 평상에 나란히 앉아 아이스콘을 먹으며 별 하나 없이 흐릿한 밤하늘을 보았다. 잠시 후 재웅이가 목청을 가다듬고 말했다.

"희진이 걔, 입술은 이쁘더라!"

"그렇지? 헤헤!"

희뿌옇던 하늘이 점점 더 어두워지고 있었다. 특히 태기산 정상 쪽은 진한 먹물을 들인 것 같았다. 깜깜했다. 곧 칠흑 같은 어둠이 순식간에 마을을 덮치는가 싶더니 천둥소리가 연이어 들려왔다. 하늘이라도 무너져 내리는지 엄청난 굉음이었다. 번개도 꼬리에 꼬리를 물었다. 번갯불에 잠깐씩 모습이 나타나는 마을과 들판은 음산하니 오히려 기괴하게 보였다. 일시에 싸늘한 한기가 돌아 팔뚝에 콩알만 한 소름이 우툴두툴 돋아났다. 이윽고 빗발이 쏟아져 내렸다. 오전에 구질구질 내렸던 빗줄기와는 확실히 달랐다. 그냥 비라고 하기엔 너무 굵었다. 송아지 눈알만 한 빗방울이었다. 일기예보가 완전히 빗나간 것이었다. 대체로 흐리고 한두 차례 소나기가 온다고 했는데, 좀체 그칠 기미가 보이지 않았다. 시간이 지날수록 기세는 더욱 거세졌다. 지붕에서 떨어지는 빗물이 양동이로 퍼붓는 듯해 금세 마당에 홍수를 이뤘다. 마당 한가운데로 물길이 깊게 파이고 그 물길을 따라 퇴비며 소똥, 채소 쓰레기 등이 무더기로 쓸려 떠내려갔다. 양철 지붕을 때리는 빗소리 때문에 방 안에서는 대화하기가 힘들 지경이었다.

그때 양 대리가 헐레벌떡 뛰어 들어왔다. 온몸이 흠뻑 젖어 물속에 사나흘 잠겨 있다가 올라온 사람 같았다. 오전 작업 중에 빗방울이 떨어지기 시작하자 급히 철거를 했고 양 대리는 구판장에 들어가 기초반원들과 낮술을 마시고 있었다.

"너희, 빨리 나와!"

"예?"

"비상이다! 초비상이야!"

모두 양 대리에 이끌려 간이 자재 창고가 있는 계곡 상류의 감자밭으로 뛰어갔다. 우산도 없이 입은 옷 그대로였다. 계곡에는 벌써 흙탕물이 급격하게 불어나 물소리가 마치 산이 붕괴되는 소리 같았다. 계곡 주변 논에서는 몇몇 주민들이 삽을 든 채 이리저리 황급히 뛰어다니는 모습이 보였다.

"재웅이하고 성민이는 저거 하나씩 들고 나를 따라와! 호철이하고 기준이는 삽을 들고 따라오고. 어서!"

양 대리가 먼저 둘둘 말린 파란 비닐 뭉치 하나를 꺼내 어깨에 짊어졌다.

"이게 뭐예요?"

"산사태 방지용 자재야!"

큰비가 오면 공사 현장의 토사가 쓸려 나가지 않도록 덮는 15킬로 무게의 초대형 비닐이었다. 재웅이와 성민이는 하나씩 둘러메고 양 대리 뒤를 따랐다.

"멀리는 못 가고 가장 가까운 곳이라도 덮어야 해!"

하지만 앞을 분간할 수 없을 정도로 빗줄기는 더욱 거세졌다. 더욱이 낮술을 마신 양 대리는 자꾸 미끄러지고 넘어져 빨리 오를 수가 없었다. 자재 창고에서 가장 가까운 45번 철탑 부지까지도 빈 몸으로 삼십 분은 족히 걸리는 거리였다. 그런데 무거운 비닐 뭉치를 둘러메고 빗줄기 때문에 앞도 보이지 않는 비탈길을 오르라니, 그건 애초부터 무리였다. 사전에 덮어 두었다면 또 모를까 올라간다 하더라도 이미 늦은 일이었다. 나중에 책임 추궁을 당할까 봐 양 대리가 악을 쓰는 것에 불과했다. 결국 중간쯤 올라가다가 포기하고 말았다.

"아 씨발! 어쩌냐, 응? 어쩌냐?"

재웅이는 양 대리를 흘겨보며 히히 웃었다. '쌤통이다, 새꺄! 회사에서 콱 짤려라. 이 나쁜 놈!' 그렇게 속으로 빗줄기보다 더 많은 악담을 퍼부어 댔다.

성민이가 퍼질러 앉은 양 대리를 부축해 일으켰다. 산길을 내려와 마을로 되돌아오니 흙탕물이 다리를 넘을 듯 위태위태했다. 부근의 제방은 이미 미친 듯한 기세의 계곡물에 무너지기 일보 직전이었다. 전기마저도 끊겨 밤엔 촛불을 켜 놓고 있어야 했다.

비는 사흘이나 쉬지 않고 내렸다. 국지성 집중호우였다고 주인집 텔레비전 뉴스에서 설명했다. 나흘째 되는 날 오후에 햇살이 조금 비치자 양 대리는 원주 본사에 상황을 보고하러 떠났고, 아이들은 마을 회관 쪽으로 내려갔다. 사람들이 꽤 많이 나와서 일부는 길을 치우고 일부는 물구경을 하고 있었다. 희진이는 보이지 않고 세연이가 있었다. 계곡물은 여전히 엄청난 기세로 흘러갔다. 다리에는 통나무와 잔솔가지 등, 산림 쓰레기들이 잔뜩 걸려 산더미 같은 높이로 쌓여 있었다. 다리 위쪽으로는 제방이 무너져 그 주변 논들은 완전 물바다로 변해 버렸다. 벼들도 대부분 토사에 묻히거나 쓰러져 시체처럼 누워 있었다. 잠시 침수되었던 마을 회관은 외벽 곳곳에 굵은 금이 가고 옥상 계단 아랫부분은 아예 떨어져 나가고 없었다. 구판장에도 흙탕물이 들이닥쳐 바닥이 온통 신흙투성이었다. 인근 낮은 지대의 몇몇 집들 또한 적잖이 폭우 피해를 입고 말았다.

어른들은 마을 회관 출입구 앞에 모여 이야기를 나누었다. 재웅이와 기준이가 한쪽에 치워둔 평상을 들어다가 제자리에 놓고 앉으니 호철이와 성민이, 세연이도 다가와 앉았다. 계곡 물소리 때문에 대화를 잘 나눌 수는 없었다. 모두들 그냥 계곡 상, 하류와 마을 들판을 이리저리 살필 뿐이었다.

"육법대사다!"

재웅이가 반가운 마음에 소리쳤다. 다리 건너 멀리 육법대사가 구불구불한 논두렁을 따라 느리게 걸어오고 있었다.

분홍색 수건만 목에 안 둘렀을 뿐, 예의 그 파란 운동복을 입고 한 손에는 너덜너덜한 육법전서를 든 채였다. 육법대사가 다리 난간에 멈춰 서서 무너진 제방이며 침수된 논이며 쓰러진 벼들을 꼼꼼히 살폈다. 그런 다음 다시 몸을 돌려 다리를 건너 마을 회관 쪽으로 걸음을 옮겼다. 마을 회관 앞 공터에 이르러서도 한참 동안 마을 회관과 그 주위를 살펴보며 고개를 끄덕끄덕하더니 드디어 구판장 쪽으로 걸어왔다. 재웅이와 아이들이 인사하자 씨익 웃으며 손을 들어 보였다. 그러고는 곧장 구판장으로 들어갔다.

"여기도 침수가 됐었네요?"

"아유, 말도 말게! 보다시피 물이 갑자기 들어차서 밑바닥에 둔 것들은 다 떠내려가고 남은 것들도 물을 죄 먹었어. 전기가 끊겨 냉장고가 멈췄으니 아이스께끼도 다 녹고. 저 아래, 계곡 옆 전봇대가 쓰러져서 지금 한전에서 긴급 복구를 하고 있다는데……. 큰일이야. 고스란히 손해를 보게 되었으니, 참!"

"손해는요 뭘. 보상을 받아야죠!"

"응? 보상? 누구한테 보상을 받아? 하느님한테?"

앉은 자세로 물건 정리를 하던 구판장 할아버지가 육법대사를 올려다보았다.

"푸하하! 하느님한테 받으면 더욱 좋지요. 근데 하느님은 그런 거 보상해 주지 않아요."

"그럼 누구한테?"

구판장 할아버지의 물음에 육법대사는 먼저 물건부터 찾은 뒤 곧이어 대답을 했다.

"담배하고 커피 주세요. 설마 그건 안 떠내려갔겠죠? ……누구긴요, 저 송전 철탑 공사를 한 천마산업이죠!"

"그, 그래? 받을 수 있어? 확실해?"

"예! 받을 수 있을 것 같은데요."

구판장 할아버지가 벌떡 일어나 밖으로 뛰어나가 마을 회관 앞에 모여 웅성거리고 있던 사람들을 불렀다.

"이리, 이리 좀 와 봐요! 어서요!"

무슨 큰일이 생겼나 해서 그곳에 있던 사람들이 우르르 구판장으로 몰려왔다.

"보상을 받을 수 있대요!"

"그래? 어떻게? 누구한테?"

"이 고시 청년이 그러는데, 저 철탑 공사를 한 회사한테 받을 수 있대요!"

모두의 시선이 육법대사에게 쏠렸다. 제 귀로 직접 들어 확인하려는 듯 눈도 깜박이지 않고 똑바로 쳐다보았다. 재웅이와 친구들도 그에게 시선을 모았다.

"네, 받을 수 있을 것 같아요. 최소한 일부만이라도."

이장이 앞으로 나서서 다시 확인했다.

"진짠가? 자네 말 믿어도 돼?"

"그럼요! 제가 보니까 철탑 공사를 하느라고 접근로를 만들 때 잘라 낸 나무들이 이번 폭우로 한꺼번에 쓸려 내려와 저 다리에 걸려 물길을 막았고……."

"그렇지!"

"그래서 물이 길을 잃으니까 어디로 가겠어요? 자연히 옆으로 퍼지게 되겠죠."

"암, 그렇지!"

세연이 할아버지와 유씨엘 할아버지가 동시에 대답했다. 미처 그 생각을 못했구나, 하는 후회의 감정이 섞인 큰 목소리였다.

"그래서 저쪽 제방이 유실되고 농경지가 침수되어 벼들이 쓰러진 거죠. 이쪽으론 마을 회관으로 물이 들어차 저렇게 되었고, 또 이 가게도 침수가 되었던 거죠."

"그럼, 그렇고말고!"

"제가 보니까 저 위쪽 산사태도 철탑 공사장에서부터 시작되었더군요! 부지 공사라는 게, 먼저 나무를 싹 잘라 내고 흙을 파서 평평하게 한 다음 철탑을 세우는 거니까, 비가 오면 빗물을 흡수할 수 있는 풀숲이 없어지는 거죠. 그래서 이번 같은 기습 폭우에는 땅이 물렁물렁한 순두부나 마찬가지가 되죠. 게다가 경사마저 급한 곳이니 산사태가 안 나면 오히려 비정상인 거죠."

"그래, 맞아! 맞아!"

둘러선 사람들 모두 연신 고개를 끄덕였다. 몇몇 할머니들과 아주머니들은 손뼉까지 치면서 감탄을 했다.

"그럼, 이제 어떻게 해야 하나?"

"법적으로 해야지요."

"법? 무식한 우리가 법을 알아야지."

"그리 어렵지 않아요. 우선 천마산업에 손실 보상 청구를 해야죠. 동시에 한전에도요."

"한전에도?"

구판장 할아버지가 마을에 서 있는 전봇대를 바라보며 물었다. 마을 고샅길 초입에 세워진 가장 큰 전봇대로 변압기가 설치되어 있었다.

"그럼요! 둘이 연대 책임을 지도록 하면 보상을 받는 건 더욱 확실해지지요! 애초에 한전에서 공사 발주를 했을 것이고 천마에서 하청을 받은 것일 테니."

"자네가 우릴 좀 도와주게! 좀 더 자세히 방법을 일러 줘! 보다시피 우리 동네 이거 완전 쑥대밭이 되었잖은가?"

"예, 제가 도와 드리겠습니다!"

주민들이 일제히 손뼉을 치며 환호했다. 육법대사가 사람들을 향해 고개를 꾸벅했다.

"자네 틀림없이 명판사가 될걸세!"

"판사가 뭐야? 대통령 해도 되겠어!"

유씨엘 할아버지와 세연이 할아버지가 입에 침이 마르도록 칭찬을 하는 사이에 이장이 구판장으로 들어가 과자 두어 봉지와 4홉들이 소주를 한 병 들고 나왔다.

"자, 고시 총각, 여기 앉아서 목 좀 축이게. 막걸리로 할까? 아님 맥주?"

"아니요. 소주도 괜찮습니다."

말을 전해 듣고 주민들이 꽤 많이 모여들었다. 특히 추동교 다리 주변에 논을 소유하고 있는 사람들은 모두 다 나와서 귀를 기울였다. 메리야스 할아버지도 있었다.

"말이 나왔으니 말씀 드리는데요."

"응, 어서 말해 보게!"

"저 송전 철탑 아주 위험한 겁니다."

"그래?"

마을 사람들 모두 고개를 돌려 산등성에 세워진 철탑을 바라다본 뒤 다시 육법대사에게 집중했다.

"그럼요! 저게 지나는 마을은 소들이 사산을 하거나 기형 송아지를 낳을 위험성이 있어요."

"뭐? 사산? 기형?"

"저기서 엄청난 전자파가 발생되는데, 그게 인체에도 아주

해롭습니다. 여자들 자궁에도 좋지 않지만, 특히 남자들 고환에 해를 줘 정자수를 감소시킨다는 연구 보고도 있어요."

"에구머니나! 저런!"

"어쩐지 내 좀 찜찜하더라니까!"

남자들은 물론 동네 나이 든 아주머니, 할머니들까지 혀를 내두르며 놀라워했다. 웅성거림은 한동안 지속되었다. 그러다 조금 잠잠해지자 메리야스 할아버지가 대처 방법을 물었다.

"그러면 이제 구체적으로 어떻게 하면 되는가?"

"일단 저 다리를 봉쇄하고, 그 사람들을 못 들어오게 해야죠!"

"다리 봉쇄?"

"예! 공사를 더 이상 진척시키지 못하게요. 그러면 저쪽은 애가 탈 겁니다. 저런 공사는 공기라는 게 있거든요. 공사를 끝마쳐야 할, 약속된 공사 기간이요."

"아⋯⋯!"

"그래 놓고 협상을 시작해야 우리가 유리한 위치를 확보하게 되는 거예요. 공사가 지연되면 될수록 저쪽은 더 엄청난 손해를 보게 될 테니까 틀림없이 합의하자고 나올 겁니다."

육법대사의 설명에 이장을 비롯한 동네 사람들은 손뼉을 치며 "옳거니, 옳거니!"를 연발했다. 무슨 일을 하든지 역시 배운 사람이 낫다며 침을 튀겼다. 심지어 불교신자인 몇몇 할머니들은 추동리를 위해 부처님이 보내 주신 미륵불이라고까지 추켜

세웠다.

오후 새참 무렵이 되자 해가 쨍쨍하게 내리쬐는가 싶더니 금세 더워지기 시작했다. 며칠 만에 햇빛을 보게 되어 신바람이 난 매미들이 떼거리로 울어 댔다. 귀청이 다 따가웠다.

재웅이와 아이들이 아지트에 올라가 담배를 피우고 있자 희진이와 세연이가 왔다.

"저 송전탑이 좋은 게 아니네. 나는 저게 고마운 건 줄로 알았는데."

세연이가 마을 뒷산에 세워진 송전탑을 바라보며 말했다.

"웃기셔, 정말! 저게 왜 안 고마워? 전기를 보내 주는 거니까 좋은 것 아냐?"

"아니래. 나쁜 거래."

"오빠, 저게 왜 나쁘다는 거야?"

희진이가 성민이를 쳐다보며 물었다.

"저, 저게……"

성민이가 대답을 못하고 머뭇거리자 기준이가 끼어들어 설명했다.

"저 탑 때문에, 저 쪽 제방이 무너지고 물난리가 난 거래. 아까 육법대사가 그랬어. 저게 또 글쎄, 환경을 파괴하고 경관을 해치고, 게다가 암도 일으키고, 여자들은 임신도 못하게 한댄다! 낳아도 기형아를 낳는대!"

"어머! 정말이야? 괜히 하는 소리 아냐?"

"그렇게 말하던데…… 우리 확인해 볼까?"

"확인? 어떻게?"

모두 재웅이의 얼굴을 바라보았다.

"어떻게는? 컴퓨터로 알아보면 되지. 세연아, 네 컴퓨터 인터넷 되지?"

"되긴 되는데, 느려서……."

"가 보자!"

다른 아이들은 아지트에서 기다리기로 하고 재웅이는 세연이와 함께 세연이네 집으로 갔다. 세연이 말대로 속도가 느리기는 했어도 자료를 찾을 수는 있었다. 육법대사의 말은 정말이었다. 영국 옥스퍼드 대학과 호주 대학 연구팀에 따르면 고압 송전선에서 발생되는 전기 자기장과 전자파가 동식물은 물론 사람에게도 심각한 악영향을 끼칠 수 있다는 것이었다. 아지트로 돌아와 그 얘기를 들려주자, 아이들 모두 매우 놀라워했다.

"그 위험성 때문에 우리나라도 작년부터 송전 철탑을 세울 때에는 주민들에게 사업 설명회를 하도록 의무화시켰대. 고압선이 지나는 노선도 서로 협의하고……. 그런데 여기 그런 설명회 있었어?"

"아니, 없었어! 있었으면 내가 알지. 아빠도 말해 줬을 거고."

"맞아! 어느 날 갑자기 그 사람들이 들어와서 일을 시작한 거야! 나무를 베어 내고 산을 깎고……."

"그럼 천마에서 주민들을 속인 거네. 아무 말도 없이. 나쁜 놈들!"

아이들 간에 자연스럽게 송전 철탑 찬반론이 일었다. 세연이, 희진이는 당연히 반대 쪽이었고, 재웅이와 기준이도 희진이를 따랐다. 남은 건 호철이와 성민이뿐. 호철이가 찬성 쪽에 표를 던졌다.

"야, 그래도 어떻게 반대하냐? 우리가 하는 공사인데."

"그래? 좋아! 그럼 넌 찬성이고, 무뚝민 넌? 넌 찬성이야, 반대야, 새꺄?"

성민이는 무뚝뚝한 표정으로 두 눈만 송아지처럼 끔벅거릴 뿐, 대답하지 않았다.

"오빠, 그냥 의견만 물어보는 거야. 대답해 봐. 찬성이야, 반대야?"

희진이가 물어도 역시 마찬가지였다. 희진이가 가슴을 치며 눈을 흘겼다. 저도 꽤나 답답한 모양이었다. 그때, 마을 사람들의 외침소리가 점점 더 크게 들려왔다.

"합시다!"

"본때를 보여 줍시다!"

그 소리에 놀라 모두 창구멍 밖을 바라보았다. 마을 사람들이 아까와는 다른 움직임을 보이고 있었다.

"손에 뭘 들고 머리띠까지 둘렀어!"

"시위를 하려나 봐!"

"시위?"

"심심한데 잘됐다. 우리도 가자! 난 시위 한 번도 안 해 봤어!"

희진이의 제안에 세연이도 호기심을 나타냈다.

"그거 참 재밌을 것 같아! 가자, 누나!"

"재웅이 오빠, 기준이 오빠, 빨리 와!"

"어? 그, 그래, 가자!"

그러잖아도 양 대리의 꼴이 미웠던 터라 재웅이는 자리에서 벌떡 일어났다. 기준이도 뒤따라 일어섰다. 마을 사람들에게 한마디 말도 없이 일방적으로 공사를 시작했다니, 괘씸하기가 그지없었다.

"야, 이러다 우리 조뺑이 치는 거 아니니?"

"조뺑이 좀 치면 어때, 새꺄! 빨리 따라와!"

구판장 앞에 도착했을 때, 재웅이와 기준이를 본 마을 주민들의 표정이 갑자기 굳어졌다. 여차하면 달려들기라도 할 태세였다. 심상치 않은 분위기를 알아채고 희진이와 세연이가 나섰다.

"이 오빠들은 우리 편이에요!"

"우리랑 같이 시위하려고 온 거에요!"

"그럼, 그래야지! 자, 이거 머리에 두르고 이것도 하나씩 들어!"

이장이 급하게 만든 것 같은 머리띠와 피켓을 하나씩 건네주었다. 그러더니 집집마다 들러 거동이 가능한 사람은 모두 나와 시위에 참가하라고 독촉했다. 사람들이 순식간에 수십 명 더 불어났다. 대부분 육십을 훌쩍 넘긴 할아버지 할머니들이었다.

얼마 후 육법대사의 지휘 하에 본격적인 시위 연습이 시작되었다. 우선 한 사람도 빠짐없이 머리에 '철탑 반대'라고 쓰인 머리띠를 두르고, 몇몇은 피켓까지 들었다. 그런 다음 키에 맞춰 9열 횡대로 늘어섰다.

"자, 이제 제가 선창을 할 테니 따라 하세요! 팔을 이렇게 위로 쭉쭉 뻗으면서요!"

모두 육법대사의 선창을 따라 큰 소리로 복창을 했다.

"철탑 공사 중지하라!"

"철탑 공사 중지하라!"

"피해 배상 즉시하라!"

"피해 배상 즉시하라!"

"천마산업 물러가라!"

"천마산업 물러가라!"

열댓 번 반복되자 목소리며 동작이 제대로 나오는 것 같았다. 처음엔 키득거리던 할머니들도 제법 큰 목소리와 몸동작으로 잘 따라 했다. 재웅이와 기준이, 희진이와 세연이 역시 어색함이 차츰 사라지고 눈동자와 목소리에 힘이 실렸다. 팔 동작 또한 힘차면서도 절도가 있었다. 다시 열댓 번 반복 연습을 시킨 육법대사가 흡족한 표정을 짓더니 말했다.

"됐습니다. 피켓하고 머리띠 풀어 회관에 두시고 개인 볼일 보세요. 그러다 우리가 신호를 보내면 속히 다시 오시면 됩니다. 그리고 이장님!"

"응, 왜 그러나?"

"경운기 있죠?"

육법대사가 이장에게 뜬금없이 경운기 있느냐고 물었다. 이장이 의아해하는 표정으로 대답했다.

"그럼 있지. 농사꾼이 경운기 없겠나?"

"또 어느 분이 있어요?"

"저기 저 형님도 있고, 저기 저 형님네도 있고, 거의 다 있지!"

"두 대면 되겠어요."

육법대사가 대답한 다음 그 자세 그대로 방향을 바꾸어 다리의 폭을 가늠했다.

"그래. 그럼 내 것하고 저 형님 걸 쓰면 되겠네. 근데 왜?"

"필요해요. 가서 가져 오세요!"

이장과 유씨엘 할아버지가 집으로 뛰어가 곧 경운기를 몰고 나왔다. 마치 탱크라도 끌고 나오는 듯 두 사람 모두 의기양양한 표정이었다.

"그걸 저 다리 끝에 나란히 세우세요! 다리 폭에 꼭 맞도록!"

경운기 두 대가 다리 끝부분에 나란히 세워졌다. 사람이 다닐 틈도 없이 다리 폭에 꼭 들어맞았다.

"이제 두 대를 밧줄로 묶으세요. 움직이거나 밀리지 않게! 바퀴에 돌도 받치시고요."

지시대로 되자 육법대사가 고개를 들어 해를 바라보며 이마에 흐르는 땀을 닦았다.

"이게 적군이 함부로 들어오는 걸 차단해 주는 바리케이드에요! 여차하면 경운기 기름을 빼내서 화공전을 펼칠 수도 있지요!"

"어이쿠, 제갈량이 따로 없네, 따로 없어! 우린 그저 자네만 믿겠네!"

"덥네요."

"응? 더워? 막걸리 한잔 할까?"

"좋지요!"

육법대사가 대답을 하자마자 이장이 구판장으로 들어가 술을 찾았다.

"형님, 막걸리 한 병 얼른 주세요! 아니, 두 병, 아니, 있는 대로 줘요! 대접하고 김치도 좀 주고."

"오래돼서 좀 시큼할 거야. 막걸리 차가 벌써 며칠째 안 와서."

"괜찮아요!"

볼일이 있는 사람들은 대부분 돌아가고, 남은 사람들은 평상에 둘러앉아 막걸리를 나눠 마셨다. 육법대사가 술안주로 나온 시큼한 김치를 한 젓가락 입에 넣고 씹으며 재웅이에게 물었다.

"야, 그 양 대린지 양 다린지 언제 들어온댔니?"

"언제 온단 말은 없었고요. 그냥 회사에 보고할 게 있다면서 갔어요. 저녁때는 들어오겠죠, 뭐."

"그래? 그럼, 두 명만 남아서 보초를 서면 되겠네요, 이장님!"

"보초라면 걱정 말게! 내 단단히 지킬 테니!"

"그럼! 우리가 있는 한, 개미 새끼 한 마리도 이 다릴 지나가지 못해. 암!"

유씨엘 할아버지와 세연이 할아버지가 자진해서 보초를 섰다. 이장이 빛바랜 새마을 모자를 벗고는 두 할아버지를 흐뭇하게 바라보았다. 그러다가 사방에 굵은 금이 난 마을 회관 건물로 시선을 돌렸다. 주름살 가득한 이장의 얼굴이 잠깐 일그러졌다.

"내가 이장을 맡은 지 올해로 사 년째인데, 마을을 어떻게든 잘살게 해야지. 그런데 방법이 없어. 밤마다 아무리 고민을 해 봐도 답이 안 나와. 비좁은 산골 마을에 교통도 불편하고 통신도 그렇고……"

"제가 잘은 모르지만, 살펴보니 좀 그렇네요. 태기산 자락이라지만 경관이 빼어나 관광지로 개발할 정도는 아니고, 그렇다고 사시사철 수량이 풍부한 것도 아니라서 여름 피서객을 받지도 못하고……. 그저 지금 하는 농사나 잘 되어 밥이나 굶지 않으면 다행이겠네요."

"글쎄, 내 말이 그 말이야! 그런데 이 물난리를 겪었으니, 내가 울화통이 터진단 말일세! 저 마을 회관만이라도 번듯하게 지어 놔야 내 체면이 설 텐데. 저게 언제 와르르 무너질지, 볼 때마다 불안해 죽겠어. 철탑 자재를 실은 대형 트럭이 오가고 하더니 더 심해졌어. 저 다리도 푹 꺼지고 농로도 망가지고 밭도 짓이겨지고. 그러고도 미안하단 말 한마디 없으니 우릴 아주 바보로 아는 모양이야!"

물난리를 겪은 마을 이곳저곳을 바라보며 근심스러운 표정을 짓던 이장이 재웅이와 기준이에게 시선을 돌렸다. 그런 다음 자세히 얼굴을 살피더니 고개를 끄덕이며 미소를 지었다.

"우리 편을 들어 주니 고맙군! 그래, 춘천에서 학교 다닌다며?"

"예."

"거긴 큰 도시 아냐? 그럼 공부 꽤 잘하겠는데?"

난데없는 칭찬에 쑥스러워서 뒤통수만 벅벅 긁고 있는데, 육법대사가 어지러운 비행기를 태웠다.

"그럼요! 아주 잘하는 놈들입니다. 그러니 졸업도 하기 전에 취직을 했죠."

육법대사는 의미 있는 웃음을 씨익 웃었다.

"그런데 우리 희진이 저 년은 공부하고는 영 담을 쌓았으니, 제 언니년도 그러더니, 에잉!"

"에이! 뭐, 공부가 다인가요?"

이장에게 그렇게 말하며 육법대사가 재웅이를 보고 작은 목소리로 물었다.

"네 누나는 잘 있나?"

"아마 잘 있을걸요!"

저녁때가 되어 해가 떨어지고 어둑어둑해졌는데도 양 대리는 돌아오지 않았다. 이장과 육법대사가 나머지 주민들도 해산시키고 내일 아침 일찍 다리 앞으로 모이라고 지시했다.

다음 날 아침 6시, 주인집 할아버지와 함께 다리 앞으로 가니 마을 사람들이 거의 다 나와 있었다. 다리 끝 경운기 앞에는 세연이 할아버지와 유씨엘 할아버지가 보초를 서는 중이었다. 각자 삽을 마치 장총처럼 들고서 구부정한 허리를 한 채 마을로 들어오는 들판길을 응시하고 있었다. 이장과 육법대사가 주민들에게 머리띠와 피켓을 나눠 주며 격려했고 주민들은 육법대사의 지시에 따라 어제처럼 줄을 맞춰 섰다. 재웅이와 기준이도 자리를 잡았다. 폭우 피해로 며칠간 학교를 안 가도 된다는 세연이와 희진이도 나와 앞줄에 나란히 섰다. 재웅이는 기준이와 함께 피켓을 힘껏 쥐고 두어 번 높이 치켜들었다. 열 척 장창을 들고 전쟁터로 나가는 화랑 관창이라도 된 듯한 기분이었다.

잠시 후, 미륵암에서 스님 세 명이 내려와 앞쪽에 섰다. 아마도 육법대사가 시위에 참가해 달라고 설득을 한 모양이었다. 그게 보기에 좋고 천마산업을 더 압박할 수 있다고 계산한 것이 분명했다. 재웅이는 치밀한 그의 성격에 감탄하며 누나에게 꼭 소개를 해 주리라 마음먹었다.

"아니, 주지스님, 좌측방 깜깜이하고 우측방 쿵쿵이는 안 온

답니까?"

"그분들은 별 관심이 없나 봅니다."

"아니, 들입다 공부만 해서 혼자서만 출세하겠다? 산골 주민들이 물난리를 당해 이리 큰 고통을 겪고 있는데, 뻔히 알면서 나 몰라라 하겠다? 그런 게 바로 일신의 영달을 위한 이기주의적이고 출세 지향적인 헛공부란 말입니다."

육법대사는 목에 핏대가 돋도록 매우 화를 냈다. 그러면서 대열 앞을 왔다 갔다 하는 모습이 마치 병사들을 독려하는 계백 장군 같았다.

"대체 누구를 위한 공붑니까? 지들 개인을 위한 겁니까? 국민과 국가를 위한 겁니까? 도대체 기본 가치관이 불량해, 그 자식들!"

구구절절 옳은 소리에 주민들은 박수를 치며 육법대사를 우러러봤다. 재웅이도 흐뭇한 마음으로 그를 바라보았다. 이미 자기 매형이라도 된 것처럼 마음이 뿌듯해지며 어깨가 으쓱해졌다.

그때였다.

"온다!"

"놈들이 나타났다!"

보초를 서던 유씨엘 할아버지와 세연이 할아버지가 크게 소리를 질렀다. 모두들 들판 끝 산길로 시선을 돌렸다. 정말 산모퉁이를 돌아 내려오는 차 두 대가 보였다. 차는 흙먼지를 이끌

고 언덕길을 내려와 들판길로 접어들었다. 마을 어귀 고목나무
가 서 있는 쪽이었다.

"준비! 준비!"

이장이 황급히 소리쳤다. 육법대사도 얼른 전열을 정비하라
고 지시하며 스님들을 이끌어 맨 앞에 세웠다. 곧 목탁 소리가
낭랑하게 울려 퍼지기 시작했다.

"이제 이장님은 경운기로 올라가셔서 제가 가르쳐 드린 대로
하시면 됩니다."

이장이 결연한 표정으로 경운기 짐칸으로 올라갔다. 그런 다
음 머리띠를 한 번 더 잡아당겨 세게 묶었다. 그사이 육법대사
는 줄 맞춰 서 있는 주민들 옆으로 빠져나가 구판장 평상에 앉
았다. 그러더니 제갈량이라도 된 듯 부채질까지 하며 느긋하게
이쪽을 주시했다.

양 대리의 차가 앞서고 그 뒤로 기초반의 더블캡 트럭이 따라
오고 있었다. 곧 다리 전방 50여 미터 지점에 이르자 이장이 선
창을 하기 시작했고 마을 사람들이 큰 소리로 따라 했다.

"철탑 공사 중지하라!"

"철탑 공사 중지하라!"

"피해 배상 즉시하라!"

"피해 배상 즉시하라!"

"천마산업 물러가라!"

"천마산업 물러가라!"

다리 가까이까지 온 양 대리의 차가 급정거를 했다. 양 대리가 차 문을 벌컥 열고 나와 곧장 이장에게로 다가가자 세연이 할아버지와 유씨엘 할아버지가 삽을 평행으로 내려 길을 막았다.

"다리를 막으면 어떡해요?"

양 대리가 이장을 향해 소리쳤다.

"피해 배상을 해 주기 전엔 다리를 못 건너!"

"우리가 왜 피해 배상을 해 줍니까? 우리가 비를 내리게 했어요?"

"거기서 송전탑 공사 하느라고 산등성을 파내서 산사태가 났고, 길을 내느라 베어 낸 나무더미가 한꺼번에 쓸려 내려와 다리에 걸려 물길을 막았기에 물이 제대로 빠지지 않고 주변의 논과 마을 회관 쪽으로 넘쳤잖아!"

"그러니 손해 배상을 당연히 해야지!"

유씨엘 할아버지도 거들었다.

"그건 천재지변이에요!"

"이렇게 길을 막고 우리 공사를 방해하면 오히려 당신들이 손해 배상을 해야 돼요!"

"아, 공사가 하루 지연되는 데 얼마나 손핼 보는지 아실랑가 모르것네요, 이!"

"대충 계산혀도 이천만 원이여유, 이천만 원!"

임 반장과 염 씨, 장 씨도 트럭에서 내려 양 대리를 도왔다.

"이천만 원이든 이억 원이든 절대 통과 못하오!"

양 대리와 기초반원들이 이러지도 저러지도 못하고 있을 때, 조립팀이 탄 무쏘가 도착했다. 그들 네 명은 차에서 내리자마자 곧장 다리로 달려왔다. 양 대리가 대충 설명을 했다. 곧 조립팀 장의 얼굴이 심하게 일그러지는가 싶더니 이장에게 다가가려고 했다. 그러자 세연이 할아버지와 유씨엘 할아버지가 삽으로 그의 앞을 가로막았다. 그러나 할아버지들은 뒤따라온 장발 사내와 금목걸이, 얼룩 반바지에게 떠밀려 길옆으로 쓰러지고 말았다. 그 서슬에 놀란 스님들이 황급히 옆으로 비켜섰다. 그사이 조립팀장은 경운기 위로 펄쩍 뛰어올라 이장의 멱살을 틀어쥐었다. 마을 사람들은 겁먹은 얼굴로 멍하니 서 있었다.

"밀어내!"

그 순간, 메리야스 할아버지가 외치며 앞으로 나가자 마을 사람들도 우르르 달려 나갔다. 몸싸움이 시작되었다. 조립팀과 기초반이 합세하여 주민들을 밀쳐 주민들이 뒤로 7, 8미터쯤 밀렸다. 하지만 그것도 잠시. 주민들이 힘을 합쳐 반격을 가하자 이번엔 천마측이 뒤로 밀렸다.

"이 사람들이 죽을려구 환장했나?"

"빨리 못 비켜요?"

"밀리면 안 돼! 다들 힘을 합쳐!"

그렇게 서로 밀고 밀리기를 너댓 차례, 주민측의 피켓이 몇 개 부러지고, 천마측의 옷소매가 뜯겨지긴 했으나 과격한 충돌은 없었다. 특히 조립팀원들은 인상을 쓰며 고함을 내지를 뿐 대부분 육십이 훌쩍 넘은 노인네들에게 손을 대지는 않았다. 다리 중간쯤에서 양측의 팽팽한 대치가 한동안 계속되었다. 그때 누군가가 소똥과 돼지 오줌을 가져와 천마측을 향해 마구 뿌려댔다. 메리야스 할아버지였다.

"이놈들 빨리 꺼져라, 빨리! 소똥 범벅이 되기 전에."

"아니, 이런 썅!"

결국 천마측은 오물을 잔뜩 뒤집어쓴 채 뒤로 멀찍이 물러나고 말았다. 마을 주민들의 함성이 태기산을 뒤흔들었다.

"만세! 추동리 만세!"

유씨엘 할아버지와 세연이 할아버지가 삽을 높이 치켜들고 만세를 부르자, 마을 주민들이 큰 목소리로 따라 했다.

"시위, 이거 나쁜 건 줄만 알았더니, 필요하구만 그려!"

"그러게. 재미두 있고 말이야."

"우리나라는 시위를 아주 나쁜 것으로 생각하는 경향이 있는데, 시위가 무조건 나쁘다고 할 수는 없지요. 국민들이 마지막으로 택할 수 있는 자구 수단이고 직접적인 의사 표현 방법의 하나죠. 결사, 집회, 시위의 자유. 그건 민주주의의 핵심입니다."

육법대사가 흐뭇하게 웃으면서 다가와 설명을 해 줬다. 모두들 고개를 끄덕이며 육법대사를 우러러봤다.

저희들끼리 모여 한참 의논을 한 뒤, 양 대리만 남고 기초반과 조립팀은 되돌아가자 주민들은 다리 위에서 한데 어우러져 춤판을 벌였다. 기쁜 마음에 마구 흔들어 대는 막춤파티였다.

"홍도야아아, 울덜 마라. 옵빠가 이이있다아."

"아싸, 아싸!"

"당신은 날 울리는 땡벌."

희진이와 세연이도 할머니 할아버지들과 뒤섞여 춤을 추며 좋아했지만 재웅이와 기준이는 뒤쪽으로 물러나 물끄러미 바라보기만 했다. 다리 건너편에서 양 대리가 살벌한 눈빛을 쏘아 대고 있었기 때문이었다.

한 시간 가량의 춤 놀이가 끝난 뒤, 재웅이와 기준이는 숙소 할아버지의 보증으로 다리를 건너온 양 대리에게 잡혀 숙소로 끌려갔다. 양 대리는 재웅이와 기준이를 우악스레 자기 방으로 끌고 들어가 무릎을 꿇렸다.

"재웅이, 기준이, 이 쌍눔의 시끼들! 어떻게 이럴 수가 있어? 엉? 너희놈 급료, 그거 누가 주는 거야? 여기 마을 사람들이 줘?"

"……!"

"이 유다보다도 나쁜 배반자 시끼들!"

서글픈 사랑

아무리 생각해도 마을 사람들 편에 서서 시위에 참가한 것은 잘못한 일 같지 않았다. 잘못이라면 오히려 주민들에게 아무 설명도 없이 송전 철탑 공사를 시작한 천마 측에 있는 것이다. 고압 송전선이 비록 마을의 정중앙으로 지나가지는 않는다 하더라도 46기와 47기는 마을과 상당히 근접해 있기 때문이었다.

양 대리는 성민이와 호철이를 데리고 철탑 부지를 일일이 오르내리며 폭우 피해 상황을 조사했다. 각 철탑 부지는 물론 추동교를 가로막은 경운기의 사진까지 수십 장 찍고 와서는 보고서를 작성하느라 오후 내내 부산을 떨었다.

"재웅이, 기준이는 더 반성하고 성민이하고 호철이는 마을 사람들의 동태를 자세히 살피고 있어. 나는 본사에 대책회의가 있어서 갔다 올 테니까!"

원주 본사로 간 양 대리는 다음 날 아침까지도 돌아오지 않았다. 늦은 아침을 먹고 구판장으로 내려가니 마을 회관 앞에 동네 사람들이 많이 모여 웅성거리고 있었다. 추동교를 막고 있던 경운기 두 대 중 한 대가 뒤쪽으로 옮겨져 길이 트인 상태였고 경찰차가 막 추동교를 벗어나고 있었다. 호기심에 찬 아이들은 사람들에게 다가갔다.

"신고를 한 지가 언젠데, 이제야 왔다 가냐구? 그것도 사진 두어 방 찍고 대충 몇 마디 물어본 뒤에."

"아니, 잊혀질만 하면 또 이런 일이 생기나, 그래?"

"작년에도 몽땅 캐 갔었잖아? 저그 승제네 밭하고 옥순네 밭."

"아직 범인을 못 잡았지?"

"잡기는 뭘? 조사한다고 두어 번 왔다 갔다 하다가 흐지부지 됐지. 이번에도 똑같을 거야!"

무엇을 도둑맞은 모양이었다. 가만히 들어 보니 더덕이었다. 밤새 누가 더덕을 몽땅 캐 갔다는 것이다.

"새벽에 들어와 캐서 몰래 나갔을 거야! 두세 놈이 달려들면 잠깐이지 뭐!"

"쑥쑥 잡아 뽑아 흙 툭툭 털어서 자루에 쑤셔 넣으면 끝이니까. 그래 갖고 차에 싣고 휙 도망가면, 밭 하나 터는데 한 시간 남짓밖에 안 걸릴걸!"

"급하게 도망쳤는지 몇 이랑은 남겼더래! 분명 외지인 소행일 텐데."

이장과 유씨엘 할아버지를 비롯해 마을 사람 여럿이 나름대로 추리를 하며 흥분을 감추지 못했다.

"우리 마을에 더덕밭이 많은 줄 어떻게 알았을까? 더욱이 그 밭은 길옆이 아니라 산 쪽으로 있어서 잘 보이지도 않잖아?"

"몰래 골짜기 골짜기 다니는 놈이 있겠지. 아님 누가 알려 줬던지!"

모두의 시선이 유씨엘 할아버지에게로 쏠렸다.

"누가?"

"아, 왜 없겠어? 외진 산골 마을이지만 외지인들이 꽤 들락거리잖아. 공사판 사람들, 저 미륵암에 오는 사람도 있고. 또……."

"근래에 우리 동네에 드나드는 차가, 가만있자, 저 철탑 공사하는 사람들?"

누군가가 갑자기 자신들을 지명하자 아이들은 속이 뜨끔했다.

"글쎄? 모르지!"

"참 나, 아무튼 내 이번에는 꼭 잡고야 말 거야! 안 되겠어. 지서에 단단히 항의를 해야지. 매일은 못 하더라도 사흘에 한 번씩은 우리 마을까지도 좀 들어와 방범 순찰을 돌아야 할 거 아냐! 자식들, 읍에 나갈 때 보면 순찰차가 지서 앞에 만날 서 있어! 순경놈들도 책상에 앉아 졸고……."

흥분한 이장이 양손을 허리춤에 턱 걸치고 국도로 나가는 고갯길을 바라보다가 씩씩거리며 집으로 들어갔다.

"엎친 데 덮친다더니, 우리 동네가 이거 운이 다했나 봐. 날을 받아서 동제를 한번 크게 지내야 해."

"진작에 기우제를 지냈더라면 비도 그리 엄청나게 오지 않았을 거야. 하느님이 노하신 게 확실해."

마을 사람들도 하나 둘 흩어져 집으로 돌아가기 시작했다.

재웅이가 저녁을 먹고 다시 마을 회관으로 내려가 보니 동네 사람들 몇이 모여 얘기를 나누고 있었다. 술을 나누면서 도난 대책을 논의 중인 모양이었다. 간간이 고함 소리가 새어 나왔다. 호철이와 성민이는 구판장 앞 평상에 앉아 늙은 개를 쓰다듬고 있었다. 기준이 녀석은 보이지 않았다. 아지트에 올라간 모양이었다. 재웅이는 과자와 음료수를 사서 아지트에 올라갔다. 예상대로 기준이, 희진이, 세연이가 모여 있었다. 희진이는 밝은 표정이었지만 세연이는 안색이 어두웠다.

"그런데 세연이 너는 표정이 왜 그러냐? 시무룩하니……."

재웅이가 묻자 희진이가 대답했다.

"얘네 더덕 다 도둑맞았어."

"그래? 세연이네 거였어, 그게?"

"응, 앞산 밑 세연이네 밭 홀딱 털렸어. 얘네 집 지금 난리 났어. 얘네 할머니 울고불고 여기저기 전화하고. 얘, 저녁도 못 먹었어!"

희진이가 과자 봉지를 세연이 쪽으로 밀며 설명을 덧붙였다.

"얘네는 논농사를 안 해서 그 더덕밭이 전부야. 논 조금 있던 것도 밭으로 바꾸고 더덕 심은 거야. 얘네 할아버지, 할머니가 얼마나 정성스레 가꾼다고. 할아버지는 속상해서 몸져누우셨대."

"병문안하러 친척들 다 올 거야. 아버지, 엄마도 오고."

세연이가 음료수를 한 모금 마시고 나서 말했다. 표정은 여전히 어두웠다.

"너희 아버지, 어머니는 어디 계시는데?"

"경기도 부천에서 가구 공장에 다니셔."

"애 동생이 둘인데, 다 키우기 힘들다고 세연이는 여기 할머니네 집에 맡기신 거야. 초등학교 4학년 때부터."

기준이가 구판장으로 내려가서 과자와 음료수를 또 사 오니 아지트에는 담배꽁초와 음료수 캔, 과자 봉지가 소복했다. 그렇게 세연이를 위로하다가 밤이 다 지나고 말았다.

날씨는 여전히 무더웠다. 벼는 가뭄에 이은 폭우를 겪고도 이제 팔 길이만큼 자라 이삭을 품은 듯했다. 더덕 도난 사건으로 인해 마을의 분위기는 한층 더 가라앉았다. 이장을 비롯한 마을 주민들은 천마산업 사람들에게서 의혹의 눈초리를 거두지 않고 있었다. 양 대리가 본사를 오가며 이장과 마을 어른들에게 바리케이드를 치워 줄 것을 요구했지만 번번이 거절당했다. 마을 사람들은 오히려 다른 경운기 두 대로 추동교를 이중으로 봉쇄해 버렸다. 게다가 비도 자주 내려 당연 철탑 부지 공사는 중단된 상태였다.

여름 방학을 했기 때문에 희진이와 세연이는 학교에 가지 않고 집안일을 돕거나 주로 계곡 물가에서 놀았다. 그러다 저녁에는 아지트로 올라가 말끔히 청소를 한 뒤 모기향까지 피워 놓고 재웅이와 기준이를 기다렸다. 희진이의 초대로 호철이와 성민이도 종종 아지트로 왔다.

기준이와 희진이는 생각보다 그리 쉽게 가까워지지 않는 것 같았다. 불을 끄고 잠자리에 들었을 때 재웅이는 기준이에게 슬쩍 물었다.

"야, 조뺑아! 너, 희진이랑 진도 잘 나가냐?"

"잘 나가니까 걱정하지 마, 짜샤!"

"그래? 그럼 키스까지 갔어?"

호철이가 끼어들었다. 기준이는 호철이에게 시선을 돌리며 퉁명스레 되물었다.

"너는 한별이랑 키스해 봤냐?"

"아니, 아직."

재웅이가 생각하기엔 희진이는 아무래도 성민이에게 더 마음이 있는 것 같았다. 성민이에게 자꾸 눈길을 주는 걸 여러 차례 보았다. 하지만 성민이는 희진이에게 손톱만큼의 관심도 두지 않았다. 이미 여자 친구가 있어서 그러는 것인지, 아니면 아예 여자한테 관심이 없는 것인지, 말을 하지 않으니 도무지 녀석의 속내를 알 도리가 없었다. 그러고 보니 자기만 여자 친구가 없는 것 같아 시무룩해진 재웅이는 대화를 멈추고 벽쪽으로 몸을 돌린 뒤 눈을 감았다.

"야, 한별이 걔 춘천여고 다닌다면서?"

"응, 그게 왜?"

"그런 애가 왜 공고 다니는 너를 좋아하냐, 짜샤!"

기준이의 무시하는 말투에 호철이가 황소눈을 뜨고 나섰다.

"사랑에는 국경도 없댔어, 인마! 뭐, 여자애들이 꼭 공부 잘하는 애 좋아하라는 법 있어?"

"어디서 만났는데?"

"지난 겨울 방학 때 엄마가 하도 나가라고 난리를 쳐서 학원에 두 달 다녔는데 그때 한별이가 이것저것 가르쳐 주기도 하고 그랬어."

"그래? 너희 평강 공주하고 바보 온달이구나, 히히히!"

재웅이는 눈을 감은 채 속으로 탈출 계획을 짰다. 지난달 급료 입금도 확인했다. 마을 주민들의 철탑 반대 시위로 인해 양대리의 감시도 느슨해졌다. 이번에는 성공할 확률이 높았다. 기회를 봐서 혼자서라도 탈출하리라 마음먹었다.

금방 또 하루가 지났다. 재웅이는 저녁을 먹자마자 기준이와 어슬렁어슬렁 아지트로 올라갔다. 재웅이는 우선 라이터로 연꽃 무늬 양초에 불을 붙이고 모기향도 피웠다. 얼마 있으려니까 성민이하고 호철이가 세연이한테 연락을 받았다며 올라왔다. 성민이를 보자 기분이 틀어진 재웅이는 담배를 피워 물고 하늘하늘 춤추는 촛불에 시선을 두었다. 그러고는 머릿속으로 탈출 계획을 점검했다. 이번엔 기필코 성공하리라 다짐하며, 과감히 정면 승부를 택하기로 했다.

양초가 3센티쯤 타들어 갔을 때였다. 사다리를 올라오는 인기척이 나 천천히 고개를 돌려 입구 쪽에 시선을 고정시켰다. 먼저 세연이 얼굴이 보였고 이어서 희진이 얼굴이 나타났다. 그런데 그게 끝이 아니었다. 또 하나의 얼굴이 불쑥 올라왔다. 여자였다. 여자애가 쓴 안경알에 촛불이 비쳐져 두어 번 번쩍였다. 재웅이의 눈알도 빛이 났다. 자리를 잡고 앉자 희진이가 소개했다.

"내 친구 이은향! 방학하면 매년 와서 일주일 정도 있다가 가. 세연이하고는 고종 사촌이고."

기준이, 호철이, 성민이 순으로 자기 이름을 댔다. 재웅이는 입술이 잘 떨어지지 않았다.

"나, 나는, 재웅, 소, 손재웅이야."

은향이는 나란히 앉은 희진이와 금방 비교가 되었다. 통통한 희진이와는 달리 늘씬한 키에 곱고 하얀 피부였고 상대적으로 눈도 컸다. 게다가 검은 테 안경을 끼고 있어서 이지적이기까지 했다. 그 점이 조금 마음에 걸렸으나 은은한 촛불 조명을 받은 은향이의 불그레한 모습에 재웅이는 자꾸 가슴이 떨렸다.

"오늘 우리 집에 손님 존나 많이 왔어."

세연이가 비닐봉지에서 각종 과자와 과일, 주스 등을 잔뜩 꺼내 늘어놓으며 말했다. 생일 파티라도 하는 것처럼 먹을 게 푸짐하게 차려졌다.

기준이가 과자를 집어 들며 은향이에게 물었다.

"그럼, 너도 여고 2학년이겠네? 어느 학곤데?"

"은향이 누나, 서울 문광여고야. 공부 존나 잘해. 전교 일등이야."

세연이의 말에 은향이가 눈을 슬쩍 흘겼다. 더 이상 말하지 말라는 무언의 경고 같았다. 세연이는 그런 은향이의 눈치를 살피더니 즉시 입을 다물었다. 아이들은 다시 다과를 먹으며 이런 저런 얘기를 재잘거렸다. 하지만 재웅이는 주스 팩을 하나 들어 빨대를 꽂고 묵묵히 빨고 있었다. 은향이가 전교 일등이라는 말이 가슴에 깊이 박혀 숨통을 조여 댔기 때문이었다. 눈길만은 자기도 모르게 자꾸 은향이에게로 갔다.

숙소로 돌아가는 길에 재웅이는 바보같이 아무 말도 못하고 있었던 자기 자신을 원망하며 친구들보다 뒤처져 걸었다. 은향이 얼굴이 발걸음마다 나타나 영 사라지지 않았다. 앞서 가던 기준이가 멈춰서 돌아봤다.

"너, 뭘 잘못 먹었냐? 말도 않고."

"음, 속이 좀……."

"시래기국에 저녁밥을 다 비우고, 더덕장아찌까지 막 집어먹더니, 짜샤!"

"걔, 되게 이쁘더라!"

입에서 저절로 빠져나온 말이었다. 기준이가 놓치지 않고 재

빨리 낚아챘다.

"응? 누구? 은향이? 짜샤, 이거 홀딱 반했구나! 걔가 뭐가 이쁘냐?"

"안 이뻐? 네 눈엔 안 이쁘게 보이냐?"

"솔직히 난 희진이가 훨씬 더 낫다, 짜샤! 은향이 걔, 눈만 좀 컸지, 삐쩍 마르고 안경잡이인 데다 깍쟁이같이 생겼잖아?"

"그게 마른 거냐? 정상인 거지! 그리고 공부 잘하는 애들은 그런 안경 껴. 이 새긴 뭣도 모르고⋯⋯."

"허! 이 짜샤, 빠졌네, 빠졌어! 내가 희진이한테 잘 말해서 은향이 소개시켜 줘?"

"됐어. 농담이야. 빨리 가자! 양 대리가 밤 늦게 돌아다닌다고 또 지랄하겠다. 안 그래도 공사를 못 해서 독이 오른 상태인데."

재웅이는 성큼성큼 앞서 갔다.

다음 날은 날씨가 너무 더워 숙소에서 꼼짝 않고 있었다. 재웅이와 기준이는 저녁을 먹은 뒤에야 머리를 감고 들어와서 외출복으로 갈아입고 밖으로 나갔다. 마을 회관에 내려가니 구판장 평상은 마을 할머니들이 차지하고 있었고, 세연이와 희진이, 은향이는 추동교 위에서 놀고 있었다. 재웅이와 기준이는 곧장 그리로 다가갔다.

"성민이 오빠하고 호철이 오빠는 안 나와?"

희진이가 물었다.

"응. 성민이는 피곤하다고 쉰대. 호철이는 지 여자 친구랑 문자질 하느라고 지금 정신없어."

"너흰 왜 아지트에 안 있고 여기 있니?"

"아까 갔었는데, 쥐가 나와서 이리 내려왔어. 여기 시원하고 좋은데, 뭐."

은향이가 계곡 바람을 들이켜며 머리칼을 흔들었다. 여학생 치고는 조금 긴 듯한 머리카락이 파도처럼 출렁거렸다.

"쥐가 그 높은 데까지 어떻게 올라갔을까?"

"과자 냄새 맡고 올라간 거지."

희진이의 물음에 기준이가 다가서며 대답했다. 은향이가 경운기를 타 넘고 다리 끝으로 천천히 걸음을 옮겼다. 희진이가 뒤따르려는 걸 기준이가 막았다.

"희진아, 우리 저기 저 위……."

그러면서 재웅이에게 은향이를 따라가라는 눈짓을 했다. 자기와 희진이 단둘만의 데이트 시간을 확보해 달라는 의미였다. 얼떨결에 고개를 끄덕인 재웅이는 용기가 나지 않았지만 어쩔 수 없이 은향이에게 다가갔다. 눈치 빠른 세연이는 구판장 쪽으로 얼굴을 돌린 채 노래를 흥얼거리며 다리 난간에 그대로 앉아 있었다.

다리를 건넌 은향이는 곧바로 왼쪽 농로로 들어섰다. 계곡물이 흘러가는 하류 방향이었다. 개구리 합창 소리라도 즐기는지 재웅이가 바짝 뒤따르고 있는데도 별반 경계하는 것 같지는 않았다. 그러는 사이 기준이는 희진이를 자연스럽게 유도하여 반대 방향인 계곡 상류 쪽 농로를 오르고 있었다.

어둠이 점차 짙어졌다. 개구리 노랫소리와 이름 모를 풀벌레 소리가 이어졌다 끊어졌다를 반복했다. 뭔가 말을 해야 할 텐데. 단둘이 있기는 처음이라 심장이 뛰고 혀가 굳어 무슨 말을 어떻게 꺼내야 하는지 아무 생각도 나지 않았다. 은향이는 왼쪽으로 계곡을 살피기도 하고 오른쪽으로 논의 벼들을 보기도 하며 묵묵히 걷기만 했다.

"저, 저녁, 머, 먹었니?"

몇 번이나 망설인 끝에 기껏 한다는 말이 밥 먹었느냐는 물음이었다. 벌써 8시 반이 넘었는데 여태 저녁밥도 안 먹었을까. 한심한 놈이라며 자신을 책망해 보았지만 이미 엎질러진 물. 급하게 수습을 하려다가 상황에 맞지 않는 엉뚱한 말이 또 툭 튀어나왔다.

"논두렁에 혹시 배, 뱀 없을까?"

왜 이럴까? 분위기 깨지게 뱀이라니? 주둥이를 꼬집어 뜯고 싶었다. 그 말을 듣고 은향이도 놀랐는지 잠시 걸음을 멈추고 재웅이를 바라보았다. 어이가 없다는 눈빛이었다.

"징그럽게 왜 뱀을?"

은향이의 목소리에 짜증이 섞였다. 큰일이었다. 등줄기로 식은땀이 흘렀다.

걷다 보니 마을 어귀 산자락 밑의 고목나무가 있는 곳에서 길이 끝나 버려 더 이상 갈 곳이 없었다. 그런데 고목나무가 눈에 익었다. 마을에서 꽤 멀리 떨어진, 산자락과 맞닿아 있어 음침하고 음산한 곳에 우뚝 솟아 있는 고목나무. 나무도 나무지만 그 옆의 허름한 일자형 집이 더욱 눈에 익었다. 처음 탈출을 시도하던 날 밤, 길옆 바위에 앉아 쉬며 아이들과 바라보았던 집이었다. 귀신이라도 나올 것 같아 팔뚝에 쏴르르 소름이 돋았던 그 폐가를 다시 보니 역시 무섬증이 일며 가슴이 두근거렸다. 하지만 그보다도 오늘은 여자와, 아니 은향이와 단둘이 있다는 사실이 더욱 가슴을 뛰게 했다. 입속의 침마저 바짝바짝 말라 혓바닥이 논바닥 모양 쩍쩍 갈라지는 것 같았다.

둘은 몸을 돌려 왔던 길을 되돌아 걸었다. 이제 정말 그럴듯한 말을 해야만 했다. 마을 앞 다리까지 가는 데는 길어야 이십 분. 초조해졌다. 아예 탁 까놓고 마음에 든다고 말할까? 그건 도저히 자신이 없었다. 그럼, 취미가 뭐냐고 물어봐? 그랬다가 공부 잘하는 아이들은 누구나 그렇듯이 독서라고 대답하면? 그러면 당연히 책 얘기가 이어질 테고 요즘 무슨 책을 읽어 봤는지, 어느 작가를 좋아하는지 질문할 텐데 읽은 책이라고는 학교에서 본 야한 일본 만화책 몇 권밖에 없으니……. 아무리 생각을 거듭해 봐도 도무지 할 말이 없었다. 차라리 아무 말 않고 손이나 슬며시 잡아 볼까? 그랬다가 뺨이라도 맞으면? 고개를 저었다. 점점 더 추동교에 가까워지고 있었다. 무슨 말이든 꺼내 자연스럽게 길옆 바위에 앉히던지, 그게 안 되면 최소한 발걸음이라도 늦춰야 했다. 하지만 머릿속은 텅텅 비어 완전 진공 상태가 되어 버렸다. 기준이 녀석은 지금쯤 희진이와 무슨 얘길 하고 있는지.

결국 입을 열지 못하고 마을 앞 다리에 다다르고 말았다. 다리 난간에는 세연이가 혼자 앉아 발장단을 치며 여전히 콧노래를 흥얼거리고 있었다. 구판장 앞 평상에는 아직도 여러 사람들이 모여 얘기를 나누느라 바빴다. 은향이가 세연이에게 다가가서 물었다

"희진이는?"

"안 왔어."

계곡 상류 쪽을 바라보았다. 어둠이 내려 아무것도 보이지 않았다. 논에서 들려오는 개구리 합창 소리가 점점 커졌다. 은향이는 세연이 옆에 앉아 노래를 흥얼거리기 시작했다. 재웅이도 세연이 옆에 앉았다.

"세연아, 너희 할아버지 아직도 많이 아프셔?"

"그렇지는 않고, 좀……."

"야, 어떤 나쁜 놈들이 더덕을 다 훔쳐 가냐? 애써 지은 걸!"

재웅이는 다소 큰 목소리로 말하며 저쪽에 앉은 은향이를 바라보았다. 은향이는 못 들었는지 고개를 까딱거리고 손가락으로 무릎까지 치면서 노래에 빠져들었다. 빠른 박자의 처음 듣는 가락이었다. 아무래도 탈출을 다시 연기해야 할 것 같았다.

아침에 본사로부터 전화를 받은 양 대리는 씩씩거리며 원주

172

로 나갔고, 아이들은 저녁 새참 무렵에야 슬그머니 기어 나와 계곡 곰바위 물웅덩이에서 목욕을 했다. 개운해진 몸으로 마을을 향해 천천히 걸었다. 호철이와 성민이는 저만치 앞서 가고 재웅이와 기준이는 한참이나 떨어져서 걸었다. 연분홍빛 고운 노을이 태기산 위에 넓게 펼쳐져 있었다. 마치 자귀꽃을 한 아름 꺾어 둥글게 늘어놓은 모습이었다. 노을을 바라보며 재웅이는 어젯밤 은향이와의 첫 데이트에 대해 시시콜콜 말했다. 그런데 기준이 녀석은 돌부처처럼 입을 굳게 다문 채 말 한마디 꺼내지 않았다.

재웅이도 입을 닫았다. 꽃분홍 노을은 이제 점차 보라색으로 변해가고 있었다. 임 반장의 눈두덩에 피어났던 멍 색깔과 꼭 같았다.

"야, 너희, 거기 서!"

막 마을 회관을 지나 숙소로 향하는데 뒤에서 누가 아주 큰 목소리로 불렀다. 재웅이와 기준이는 동시에 걸음을 멈추고 뒤를 돌아다봤다. 추동교 위 경운기 옆에서 누군가가 이쪽을 바라보고 서 있었다.

"이리 좀 와!"

목소리가 다분히 시비조였다. 게다가 부하라도 부르듯 팔을 내뻗어 손가락까지 까딱거렸다. 회색의 헐렁한 운동복 차림에 검은색 운동화를 신고 있었다. 모르는 얼굴이었다.

"우, 우리요?"

"그래! 이리 와 봐!"

재웅이와 기준이는 천천히 다가갔다.

나이가 그리 많아 보이지 않았다. 하얀 얼굴에 여드름이 드문드문 돋아 있었고 재웅이보다 키와 덩치가 컸지만 큰 차이는 없었다.

"왜 그러는데요?"

"이리 따라와 봐!"

검은 운동화가 몸을 돌렸다. 그러고는 경운기를 타 넘어 다리를 건너더니 둑길로 들어섰다. 서너 발짝 걷다가 방향을 바꿔 둑을 내려가는가 싶더니 다리 밑 모래사장으로 들어가 멈춰 섰다. 그런 다음 또 손가락을 까딱거려 재웅이와 기준이를 불렀다. 둘은 의아한 마음으로 머리를 갸웃거리며 내려가 그 앞에 섰다.

"저, 무슨 일로……?"

"누가 재웅이야?"

"예? 제, 제가 재웅인데요."

재웅이는 검은 운동화가 자기를 찾고 있다는 사실에 가슴이 뜨끔하며 심장이 뛰기 시작했다. 하지만 아무리 생각해 봐도 도무지 모르는 사람이었다.

"너, 은향이 알지?"

"은, 은향이요?"

아무래도 은향이 오빠인 모양이었다. 그렇지 않으면 다짜고

짜 이리 고압적으로 나올 리가 만무했다.

"예, 그, 그냥 얼굴하고 이름만……."

"몇 번 만났어?"

"예? 저, 세 번, 아니, 한 번이요, 한 번!"

머뭇머뭇 대답했다. 단둘이서 만난 것은 어젯밤에 농로를 따라 고목나무까지 걸어갔다가 온 게 전부였다. 그러니 정확히 한 번이 맞았다.

"너 인마. 앞으로 은향이한테 접근하지 마!"

"……!"

"대답해! 접근하지 마! 알았지?"

"저, 그……."

"명심해! 한 번만 더 접근하면 너 죽어, 인마!"

재웅이가 선뜻 대답을 못하고 뒤통수만 긁적거리자 기준이가 더듬더듬 물었다.

"저, 은향이 오빠신가요?"

"아니야, 인마!"

"그럼? 사, 삼촌이세요? 외삼촌?"

그런 것 같았다. 먼젓번에 세연이가 할아버지 위로차 친척들이 많이 온다고 하지 않았던가.

"아니야!"

참 답답한 노릇이었다. 재웅이와 기준이는 의혹이 가득한 눈으로 검은 운동화를 물끄러미 바라보았다.

"은향인 내 여자 친구야, 인마!"

"뭐?"

"그래, 내가 은향이 남자 친구 박충수다. 왜, 뭐가 잘못됐냐?"

재웅이는 화가 울컥 치밀어 올랐다. 질투심이 불같이 일기도 했다. 순식간에 얼굴이 불독처럼 찌그러지며 어금니가 빠드득 갈렸다.

둘이 마주 보고 서서 불꽃 튀는 눈싸움을 벌이는 동안 재웅이도, 박충수도 움켜쥔 두 주먹에 힘이 잔뜩 들어갔다. 눈빛도 날카롭게 변해 일촉즉발의 순간이었다.

"야, 너희들 거기서 뭐 해?"

귀에 익은 목소리. 근 일주일 만에 나타난 육법대사가 예의 그 파란 운동복 차림으로 한 손에 육법전서를 들고 목에 분홍 수건을 두른 채 둑길에 서 있었다. 육법대사가 천천히 다리 밑으로 내려와 아이들을 살폈다. 금세 분위기를 파악했는지 짤막하게 물었다.

"싸우는 거야?"

"……!"

"좋지! 결투, 그거 나쁜 게 아니야! 스트레스를 해소시키고 갈등을 종결시키거든. 매우 야성적이고 원시적이며 남성다운 결정방법이지. 그런데 왜 싸우는 거냐?"

기준이가 자초지종을 설명했다.

"맞아. 용감한 자가 미인을 얻는다고. 여자를 두고 벌이는 결투가 진짜 결투지. 우리나라는 원래 법적으론 결투라는 게 인정이 안 돼. 불법이지. 하지만 뭐, 한번 붙어 봐! 단, 정정당당히! 세상에는 많은 싸움이 있는데, 정정당당한 싸움은 드물거든. 힘 있는 자들이 저한테 유리하게 규칙을 바꾸거나 억지 편법을 쓰지. 그런데 그 여자애는 이 일을 알아?"

"모르는데요."

"당사자는 모르는 결투라? 오, 더 흥미 있는데! 자, 이 분씩, 3라운드로 한다."

싸움이라면 그래도 학교에서 5짱 안에 들겠다, 누나한테 관심이 있는 육법대사가 심판을 보겠다, 대충 계산해 봐도 자기가 월등히 유리한 싸움이라 재웅이는 여유만만한 미소를 지었다. 속으로는 그동안 쌓이고 쌓였던 울분과 스트레스를 오늘 다 풀어 보리라 마음을 먹었다.

"붙들기 없고, 벨트 아래를 치거나 차면 안 되고, 깨무는 것도 물론 안 되지."

일방적으로 규칙을 정한 육법대사가 운동복 주머니에서 휴대폰을 꺼내 시간을 재며 "레디 고!" 하고 소리쳤다.

재웅이가 먼저 공격을 가했다. 공수대 출신이라는 조립팀원들이 하던 대로 잽싸게 달려들어 발길질을 했다. 하지만 녀석이 원체 빨리 피해 헛발질이 되고 말았다. 이번에는 주먹을 연달아 두 번 휘둘렀으나 역시 맞추지 못했다. 생긴 것처럼 미꾸라지 같은 놈이었다. 다시 주먹을 몇 번 내뻗고 발길질도 두어 차례 더 해 보았으나 헛짓이었다. 뜻대로 몸이 움직여 주질 않았다. 숨이 차올랐다. 차츰 뒤로 밀리기 시작했다. 그러던 차에 녀석의 주먹이 오른쪽 눈을 정확하게 가격했다. 별이 와르르 쏟아졌다. 뒤로 휘청 꺾인 허리를 미처 다 펴기도 전에 콧등이 시큰했다. 코피가 주르륵 입속으로 흘러들었다. 비릿한 맛이 났다.

2라운드에서는 겨우 미꾸라지 녀석의 복부와 가슴팍을 한 대씩 가격했을 뿐이었다. 그나마 위력이 별로 없었다. 1라운드에서 녀석의 기세에 눌려 마음속으로는 벌써 패배를 인정하고 있었기 때문이었다. 녀석의 허리를 붙잡고 늘어질 수밖에 달리 도리가 없었다. 기준이가 옆에서 코치를 해 주었지만 다 소용없는 짓이었다. 기준이 녀석은 싸움이라면 완전 꽝인 놈이다. 언제 왔는지 희진이와 세연이가 다리 위에서 내려다보고 있었다. 너무나 쪽팔려서 쥐구멍에라도 기어들어 가고 싶은 심정이었다. 그나마 천만다행인 것은 은향이가 안 보인다는 것이었다.

"땡! 땡! 에이, 오늘 1차전은 무승부다! 재웅이 얘가 코피가 나고 눈두덩이 붓기는 했지만……. 그렇다고 다운을 당하거나 케이오된 게 아니니 에, 무승부로 하는 게 합리적이다."

고마운 판결이었다.

"앞으로 사흘 후에 이 시간 이 장소에서 2차전을 실시한다, 알았지?"

재웅이는 대답하지 않았다. 솔직히 또다시 싸울 마음도 없었고 싸울 힘도 없었다. 싸워 봤자 자기 실력으로 이길 상대가 아니었다. 녀석은 아마 학교에서 최소한 3짱 정도는 되는 모양이었다.

"내일 하죠! 저는 내일모레 가야 되거든요!"

"그래? 그래, 그럼!"

육법대사는 싸움을 은근히 즐기는 것 같았다.

"그런데 언제 왔는데?"

"어젯밤에요."

"그런데 왜 벌써 가?"

"학교에서 곧 보충 수업을 하거든요."

"넌 인문고야?"

"예."

그 말에 재웅이는 주눅이 들고 꼬리가 더 처졌다.

"어디?"

"원주고 3학년이요!"

"오, 그럼, 공부 좀 하겠는데. 문과, 이과?"

"문과요."

기가 더욱 죽었다. 기준이가 휴지로 코피를 닦아 주려는 걸 뿌리쳤다.

"어느 대학 갈려고?"

"서울 쪽으로……."

"요즘 친구들 과외 많이 하지?"

"예, 대부분 다 해요."

육법대사의 말투가 갑자기 유들유들해졌다.

"너는?"

"저는 국어하고 논술만 학원에서……."

"에이, 영어도 해야지. 따지고 보면 영어가 국어보다 더 중요해, 안 그래?"

"그렇지요."

미꾸라지 박충수 녀석이 고개를 끄덕였다.

"내가 말야. 대학 다닐 때, 과외를 해서 서울 일류대 보낸 애들 둘이나 있어. 너 지금이 아주 중요한 때야! 야, 너, 음료수 하나 마실래? 가자, 내가 사 줄게. 그런데 너, 운동 좀 한 것 같다."

"예. 태권도 2단이에요. 복싱도 좀 했고요."

육법대사가 박충수의 어깨에 손을 얹고 구판장 쪽으로 몸을 돌렸다. 미꾸라지 박충수가 육법대사를 따라가며 주먹을 치켜들고 흔들어 보이면서 경고했다.

"야, 너, 은향이 건들면 진짜 죽어!"

재웅이는 녀석의 눈길을 외면했다. 공부도 잘하는 데다 싸움까지 잘하는 놈이라니. 세상이 너무 불공평한 것 같아 속이 상했다. 희진이와 세연이만 없었다면 엉엉 소리 내어 울고만 싶었다.

더덕 도둑을 잡아라

재웅이는 숙소에 처박혀서 밖에 일절 나가지 않았다. 그동안 자기도 나름대로 용기 있고 한 가닥 하는 놈이라 자부했는데, 은향이한테는 말 한마디 제대로 못하고 미꾸라지 충수 놈한테는 그리 개망신을 당하다니. 분하기도 하고, 원통하기도 하고, 어이가 없기도 하고. 방바닥에 누워 희미한 형광등을 보면서 계란으로 눈두덩만 문질러 댔다. 그러면서 사랑에 대해 이런저런 많은 생각을 했다. 생각은 줄기에 줄기가 돋아나 칡넝쿨처럼 사방팔방으로 마구 뻗어 나갔다. 그러다 머릿속이 등나무 모양으로 뒤얽히며 정신이 흐리마리해졌다.

박충수와 싸움이 있은 지 사흘째 되는 날 저녁, 재웅이는 기준이의 권유에 못 이기는 척 아이들과 함께 아지트로 향했다. 기준이 말이 박충수 그 미꾸라지 같은 녀석은 이미 원주로 돌아갔고, 세연이네 집에 왔던 친척들도 모두 돌아갔지만 은향이는 엄마를 따라가지 않고 좀 더 있을 거라고 했다. 안도의 한숨이 길게 새어 나왔다. 아지트로 올라가자 아이들이 반갑게 맞아 주었다. 곁눈으로 슬쩍 보니 그사이 은향이는 더 예뻐진 것 같았다. 디스코 머리로 땋은 모습이 아주 매력적이었다. 게다가 입술 화장을 했는지 도톰한 입술이 유달리 불그스름한 게 계속 반짝거렸다.

과자와 음료를 먹으며 이런저런 대화를 하던 차에 기준이 녀석이 주책없이 학교 얘기를 꺼냈다.

"원주고가 정말 그렇게 괜찮은 학교야?"

"그래, 이 지역에서 공부 좀 한다는 애들은 다 원주고로 가."

다시 우울해진 재웅이는 느닷없이 술 얘기를 했다.

"아씨, 왜 이리 후텁지근하냐? 시원한 맥주나 한잔했으면 딱 좋겠다!"

"맥주는 비싸서…… 막걸리 마실까?"

"막걸리? 그래 한잔하자!"

기준이의 말에 호철이가 찬성했다.

"너흰 어때? 내가 살게!"

여자애들을 바라보며 재웅이가 물었다. 싫지 않다는 표정이었다. 재웅이는 얼른 주머니에서 만 원짜리 한 장을 꺼냈다. 저번 일로 생긴 성민이와의 서먹서먹한 감정도 풀고 또 자신의 우울한 마음을 달래는 데는 술이 최고일 것 같았다.

기준이가 막걸리 두 통을 사와 종이컵에 따라 나눠 마셨다. 분위기가 한결 부드러워져 이야기가 술술 이어졌다. 막걸리 두

통이 금세 바닥이 났다. 재웅이가 가장 많이 마시고 희진이, 은향이는 딱 한 잔 마시고 끝이었다.

"더 마실래? 이번엔 맥주로."

재웅이는 주머니에 손을 넣어 돈을 잡고서 은향이와 희진이를 바라보며 물었다.

"웃기셔, 정말! 들키면 아빠한테 나 혼나!"

은향이는 아무 대답 없이 살짝 웃기만 했고, 희진이는 아빠 핑계를 대며 거절했다. 하지만 그리 강한 거절은 아니었다. 재웅이가 직접 맥주를 네 병 더 사 와서 나눠 마셨다.

인원이 많은 데다 술을 마셔서 그런지 아지트 안이 여느 날보다 훨씬 더웠다. 낌새를 보니 열대야가 될 모양이었다. 그렇다고 창구멍을 가린 거적때기를 완전히 걷으면 밖으로 촛불 빛이 새어 나갈까 봐 그러지도 못했다.

"아, 답답하다, 답답해! 이 산골에 갈 데도 없고, 이 좁은 데 모여……."

호철이가 손부채질을 하며 말하자 희진이가 은향이에게 물었다.

"난 집에 가서 연속극이나 봐야겠다. 은향아, 우리 집에 갈래?"

하지만 본마음이 그게 아닌 듯 말하면서도 성민이를 힐끔거렸다. 그 말에 깜짝 놀란 재웅이가 얼떨결에 긴급 제안을 했다.

"야, 우리 읍에 나가 볼까?"

"좋지! 노래방에 가서 소리라도 꽥꽥 지르고 나면 속이 시원하겠다."

기준이가 몸동작까지 해 보이며 적극적인 찬성을 나타냈다. 세연이도 좋아했다.

"거기까지 어떻게? 걸어서는 못 가!"

희진이가 고개를 좌우로 흔들었다. 재웅이는 얼른 휴대폰을 열어 시간부터 확인했다.

"지금 몇 시야? 어디, 10시 20분 좀 넘었네. 나한테 생각이 있어!"

"무슨 생각?"

"그건 나에게 맡기고. 다 함께 노래방 가는 거지?"

재웅이가 또 은향이를 보며 물었다. 제발 가겠다고 말해 주길 바라면서 눈도 깜박이지 않았다.

"뭐, 갈 수만 있다면……."

"좋아, 그럼 잠깐만 기다려. 기준아, 나랑 나갔다 오자! 빨리!"

재웅이는 기준이를 데리고 서둘러 아지트에서 내려왔다. 뛰다시피 걸어서 숙소로 들어가니 안채에서는 텔레비전 소리가 크게 들리고 있었다. 아랫방에 잠시 귀를 기울인 뒤 살며시 문을 여니 예상대로 양 대리는 코를 골며 자고 있었다. 저녁때 주인 할아버지와 반주로 소주를 마시더니 취기가 오른 모양이었다.

"야, 너 무슨 짓 하려고 그래?"

"쉿, 기다려!"

재웅이는 살며시 방 안으로 들어갔다. 그리 어둡지 않아 어림 짐작으로 벽에 걸린 양 대리의 옷을 찾을 수 있었다. 바지 허리 띠 고리에서 차 열쇠를 빼 들고 방 밖으로 나왔다.

"너, 양 대리 차를?"

"빨리 갔다가 빨리 오면 안 들켜. 걱정 마! 내 운전 실력 봤 지?"

"보긴 봤지만 거긴 춘천 공터에서였고, 조금밖에 안 했었잖 아?"

"혼자서 많이 해 봤어. 아버지 쉬는 날. 넌 빨리 가서 다 이리 오라고 그래!"

추동교 경운기를 타 넘어서 길옆에 세워 둔 양 대리의 차를 열고 운전석에 앉았다. 시위 이후 양 대리 차는 추동교를 건너 오지 못하고 그곳에 세워져 있었다.

곧 기준이가 아이들을 데리고 왔다.

"차가 좀 좁으니까 막 구겨서 타!"

"남자들은 뒤에 다 타고, 나는 은향이랑 앞에 타면 되겠다."

"그래, 그럼 되겠다. 희진이 네가 은향이를 무릎에 앉혀!"

기준이의 말대로 희진이가 조수석에 앉아 은향이를 무릎에 앉혔다. 뒷좌석에는 호철이, 성민이, 기준이, 세연이 순으로 올 라탔다. 비좁아서 차가 터지려 했으나 그게 또 나름대로 재미가 있어 모두 낄낄거리며 웃었다. 차를 돌려 국도 쪽으로 달리기 시작했다. 차가 덜컹거릴 때마다 아이들이 이리저리 쏠렸다. 오히려 그럴 때마다 모두 괴성을 지르고 웃고 떠들며 좋아했다. 재웅이는 일부러 굴곡이 심한 쪽으로 차를 몰았다.

"읍까지는 너무 멀어!"

"그래, 면까지만 가. 거기도 노래방 두 개나 있어."

희진이와 세연이의 제안에 모두 동의했다.

"이제 창문 열고 좀 빨리 달린다."

운전 감각이 되살아나자 재웅이는 차츰 속도를 높였다. 은은한 달빛이 산길을 비추고 밤바람이 뺨을 스쳤다. 기분이 상쾌했다. 옆에 은향이가 타고 있어서 더욱 좋았다. 손에 잡히는 대로 테이프를 집어 카세트에 넣었다.

"곰 세 마리가 한집에 있어. 엄마곰, 아빠곰, 애기곰."

아이들은 갑작스레 튀어 나오는 동요 소리에 모두 크게 웃고는 무릎을 치며 따라 불렀다. 양 대리가 자기 아이들의 노래를 녹음해 둔 모양이었다. 다른 테이프를 넣으니 신나는 노래가 흘러나와 한껏 분위기를 고조시켰다. 모르는 팝송이었지만 경쾌하고 빠른 리듬이라 절로 흥이 났다.

노래방은 이발소 옆 1층에 있었다. 허름한 외양과는 달리 간판은 유달리 크고 화려했다. 스타노래방. 이름처럼 간판에 장식해 놓은 꼬마전구들이 밤하늘의 잔별인 양 반짝거렸다.

"저 밑 분식집 옆에도 하나 있는데, 여기가 더 나아."

몇 번 와 본 모양인지 세연이가 앞장서 들어섰다. 재웅이와 호철이가 돈을 털어 노래방비를 내고 기준이가 음료수를 샀다. 그리고 모두 3호실로 들어갔다. 촌스러운 인테리어에 디디알도 없고, 청동호박만 한 조명등만 하나 천장에 덩그마니 매달려 느릿느릿 돌아가고 있었다. 하지만 방은 꽤 넓었다. 소파에 앉자마자 세연이가 앞으로 나가 마이크를 잡고 노래를 불렀다. 호철이와 기준이가 탬버린을 들고 흔들며 박자를 맞춰 주었다. 상당히 잘하는 편이었다. 마이크를 잡은 폼하며 몸동작이 자연스럽고도 능숙했다. 95점이나 나왔는데도 정작 본인은 아쉽다는 표정을 지었다.

두 번째로는 웬일로 무뚝뚝한 성민이가 노래를 불렀다. 그러나 소리만 꽥꽥 질러 댈 뿐 그리 잘하는 편은 아니었다. 다들 건성으로 박수를 치며 박자를 맞추는데 희진이만 혼자 추임새까지 넣으며 좋아했다. 그러면서 옆으로 다가가 마이크는 이렇게 잡고 폼은 저렇게 하라고 코치까지 해 주었다. 결국 음정이 불안하고 박자도 두어 군데 틀려 점수는 82점이 나오고 말았다. 재웅이는 은향이 앞이라 쑥스러워 자꾸 뒤로 빼다가 기준이랑 둘이서 겨우 한 곡을 불렀다. 2학년 때 경주로 수학여행을 가서 함께 불렀던 노래로 그때는 그래도 괜찮게 불렀는데, 은향이에게 신경이 쓰여 가사도 틀리고 화음도 안 맞고 심지어 목소리마저 잘 나오지 않았다. 화면에는 75점이라는 점수와 '좀 더 노력하세요.'라는 자막이 떴다. 공연히 분위기만 가라앉힌 꼴이 되고 말았다.

노래를 마치고 자리로 들어오려 할 때, 갑자기 은향이가 기준이의 탬버린을 가로채더니 벌떡 일어섰다.

"야, 세연아, 네 특기를 해 봐, 네 특기!"

그러더니 버튼을 눌러 선곡을 하고 탬버린을 흔들기 시작했다. 박자가 빠르고 복잡한 게 보통 사람들이 하는 것과는 많이 달랐다. 경쾌한 테크노 리듬에 맞춰 머리, 어깨, 팔, 무릎, 발, 엉덩이에 가슴까지, 온몸을 다 이용해 탬버린을 흔드는 것이었다. 거기에다 촛불처럼 하늘하늘 부드러운 춤까지 곁들이니 기가 막혀 입이 떡 벌어졌다. 곧이어 세연이가 탁자를 밀어 공간을 확보한 뒤 준비 동작을 취했다.

세연이의 춤이 시작되었다. 브레이크댄스였다. 인디언 스텝을 밟으며 탑락으로 시작하는가 싶더니, 말로만 듣던 엘보프리즈, 플로어스위핑, 숄더스핀, 헤드스핀을 거쳐 원핸드클리킷까지. 몸을 돌리고, 뒤집고, 세우고, 수십 가지가 넘는 춤동작을 차례차례 선보였다. 감탄이 절로 새어 나왔다. 분위기가 금방 되살아났다.

재웅이는 호철이의 휴대폰으로 은향이와 세연이를 촬영하기 시작했다. 렌즈는 주로 은향이 쪽에 맞췄다.

이어서 호철이가 답례를 해야 한다며 마이크를 잡았다. 그러더니 서 있는 것도 아니고 앉은 것도 아닌, 태권도 기마 자세를 취하고는 눈을 크게 뜨고 혀를 길게 내미는 동작을 반복했다. 마우리족 흉내였다. 그 동작만으로도 우스운데, 거기에다 요상

한 코믹송을 섞어 불러 모두 배꼽이 떨어지고 말았다.

"네가 먼저 살자고 옆구리 콕콕 찔렀지. 아싸로 비아 콜롬비아, 내가 먼저 살자고 옆구리 콕콕 찔렀나. 아싸로 비아 소말리아."

그 와중에 재웅이는 은향이 옆으로 슬쩍 다가가 앉았다. 아이들이 놀고 있는 사이에 밖에 나가 거닐면서 이야기를 하고 싶었다. 은향이가 받아들이든 안 받아들이든 일단 마음을 고백해야 살 것 같았다. 그렇지 않고서는 숨이 막혀 죽을 것만 같았다. 하지만 막상 은향이의 얼굴을 보면 강력 본드로 붙인 듯 입술이 쩍 달라붙곤 했다. 몇 번이나 시도해 보아도 마찬가지였다. 시간이 흐를수록 술기운마저 희미해져 더욱 용기가 나지 않았다.

희진이가 소파에 앉은 채 잔잔한 사랑 노래를 부르고 있는 사이 재웅이는 슬며시 일어나 기준이에게 다가가 작은 목소리로 말했다.

"야, 기준아, 잠깐 나 좀 봐."

둘은 화장실에 가는 척하며 밖으로 나왔다.

"야, 우리 소주 한잔 더 하자. 어째 노래도 잘 안 되고, 좀 그렇다."

"소주? 너 운전해야 되잖아?"

"노래하다 보면 다 깨지. 아니면 니가 해도 되고."

그 말에 기준이가 손사래를 쳤다. 춘천에서 아버지 차를 몰다가 가로수를 들이받은 적이 있기 때문이었다.

"안 돼, 짜샤! 난 자신 없어. 오토바이라면 몰라도."

"오토바이보다 더 쉬워. 아무튼 우선 딱 한 잔만 더 하자, 조 뺑아!"

"하긴, 나도 오늘 노래가 잘 안 된다. 기분도 영 그렇고."

기준이 녀석도 희진이에게 마음을 고백하기가 쉽지 않은 모양이었다. 끼리끼리 논다는 엄마의 말이 떠올랐다.

"그지? 그렇지? 그러니까 소주 한잔하면 피 순환이 잘돼서 노래도 잘 나오고 말문도 트이고……. 저기 가게 있다. 가자!"

소주를 한 병 사서 나눠 마신 뒤 다시 노래방으로 들어갔다. 머리가 알딸딸하고 용기도 조금 나는 것 같았으나 막상 들어가 은향이를 보니 또다시 혀가 무말랭이처럼 쪼그라들었다. 그사이 아이들은 더욱 흥이 올라 한창 신나게 놀고 있었다. 성민이조차도 일어서서 탬버린을 흔들며 방정을 떨었다. 녀석도 그동안 스트레스가 어지간히 쌓인 모양이었다.

또 한바탕 춤과 노래가 끝난 뒤 은향이가 탬버린 두 개를 탁자 위에 나란히 엎어 놓았다. 순간, 모두의 시선이 은향이에게 집중되었다. 은향이는 손가락을 접었다 폈다 반복하며 손가락 운동을 했다. 그러더니 양쪽 열 손가락과 손바닥을 이용해 탬버린을 두드리기 시작했다. 느리게 출발한 리듬이 점차 빨라지는가 싶더니 나중에는 손가락이 안 보일 정도였다. 닫혀 있던 입이 저절로 떡 벌어져 다물어지질 않았다. 그 리듬과 손동작에 혼마저 빼앗긴 재웅이는 기가 질려 눈을 꼭 감았다.

주인 아주머니가 삼십 분이나 보너스 시간을 줘서 다시 춤과 노래가 반복되었다. 하지만 재웅이는 은향이에게 춤과 탬버린 치는 솜씨에 대한 칭찬만 몇 마디 건넸을 뿐, 정작 하고 싶은 말은 입도 뻥긋 못했다.

새벽 2시쯤에 모두 차에 올라탔다. 어느 정도 스트레스가 해소되고 답답함이 가셨는지 모두 흡족한 표정이었다. 하지만 재웅이는 그리 기분이 좋지 않았다. 기준이 역시 마찬가지였다.

창문을 열어 놓고 속력을 내자 밤바람이 들어와 그리 후텁지근하지는 않았다. 시골길이고 새벽 시간이라 오가는 차량도 없었다. 운전하기는 편했으나 아까 마신 술로 눈앞이 약간 어질어질했다. 안흥, 평창으로 이어지는 아스팔트 길에서 방향을 바꿔 비포장인 추동리 길로 접어들었다. 차가 덜컹거리기 시작했다.

재웅이는 운전을 하면서 곁눈으로 슬쩍슬쩍 은향이를 쳐다보았다. 가슴 가득 서글픔이 몰려들었다. 아무리 생각해 봐도 자기랑은 영 짝이 맞지 않는 것 같았다. 솔직히 다시 볼까 두려운 그 미꾸라지 박충수 녀석이랑 더 잘 어울렸다. 하지만 인정하고 싶지 않았다. 현재 은향이와 더 가까이 있는 사람은 자기였다. 그리고 은향이에게 누구보다 잘해 줄 자신이 있었다. 다시 은향이를 바라보았다. 좌석이 좁아 한쪽 다리를 다른 쪽 다리에 겹쳐 놓은 자세가 많이 불편해 보였다. 생각 같아서는 추동리까지 업고서라도 가고 싶었다.

혼란스러운 마음으로 산길 모퉁이를 두어 번 돌았을 때였다.

"어, 저게 뭐야?"

"차잖아!"

앞쪽에서 차 불빛이 나타났다. 분명 차가 한 대 오고 있었다. 꽤 빠른 속도였다. 서로 지나치려면 아무래도 차를 길옆으로 바짝 붙인 뒤 기다려야 할 것 같았다.

"좀 기다리자! 근데 새벽에 웬 차가 나오는 거야?"

빠르게 다가오던 차는 서서히 속도를 줄이더니 10여 미터 앞에서 멈췄다. 이쪽 공간을 살피는 모양이었다. 그러더니 곧 느릿느릿 다가와서 아슬아슬하게 옆으로 지나갔다. 얼핏 보니까 짐칸에 천막이 쳐져 있는 소형 화물차였다.

"세연아, 저 차 동네 사람 거니?"

"아니야, 못 보던 차야."

재웅이가 묻자 세연이와 희진이가 거의 동시에 대답했다.

"그럼 혹시 도둑? 더덕 도둑?"

은향이가 고개를 돌려 멀어져 가는 트럭을 바라보며 말했다.

"맞아! 더덕 도둑일지도 몰라!"

"그렇다면 잡아야지!"

"야, 재웅아! 빨랑 차 돌려!"

기준이와 성민이, 호철이가 차례로 소리쳤다.

"알았어!"

재웅이는 차를 돌리려고 애를 썼다. 그러나 마음만 급할 뿐, 길이 워낙 좁아 잘되지 않았다. 한참 만에야 겨우 차를 돌리고 트럭을 추적하기 시작했다. 하지만 트럭은 이미 멀리 가 버려 보이지도 않았다.

"더 빨리 달려! 더 빨리!"

아이들이 재촉했다. 액셀을 밟아 속도를 높였다. 차는 요란한 엔진 소리와 함께 울퉁불퉁한 비포장 산길을 공 튀듯이 튀며 앞으로 나갔다. 그 통에 몸이 좌우로 요동질을 쳐 댔다. 특히 보조석에 포개 앉은 은향이는 정수리가 차 천장에 쿵쿵 부딪히기까지 했다.

"어, 은향아, 괜찮니?"

"난 괜찮아! 빨리 따라가, 오빠!"

차가 워낙 똥차인 데다 아이들이 많이 타서 제대로 속력을 낼 수가 없었다. 재웅이는 급하게 차를 세웠다.

"은향이 하고 희진이는 여기 내려서 우릴 기다려! 너무 많이 타서 차가 안 나가! 세연이도 내리고."

"싫어! 내가 왜 내려? 난 저놈들 꼭 잡을 거야!"

"그럼 앞자리로 옮겨 타, 빨리!"

차의 속력이 아까보다 훨씬 나아진 것 같았다. 잠시 후, 멀리 화물차의 후미등 불빛이 보였다.

"어? 저기 간다! 더 빨리!"

다시 기어를 4단으로 올리고 액셀을 더 세게 밟았다. 귀청을 찢을 듯한 굉음이 산길을 따라 울려 퍼졌다. 트럭과의 거리가 조금씩 좁혀져 갔다.

"조금 더, 조금만 더!"

국도까지 대략 30미터 쯤 남았을 때 트럭을 바짝 뒤쫓을 수 있었다.

"세연아, 적어! 차 번호 적어!"

재웅이가 소리쳤다.

"안 보여! 뭘로 가려 놨어!"

자세히 보니 뒷 번호판을 마대 조각으로 덮어 놓았다.

"저놈들, 아주 지능범이군!"

이제 거리는 5미터까지 좁혀져 있었다. 트럭이 속력을 높여 안간힘을 쓰며 도망쳤다. 그러자 흙먼지뿐만 아니라 굵은 모래와 잔돌이 튕겨 올라 앞 유리창을 때려 댔다. 하지만 멈출 수는 없는 일. 재웅이도 더욱 속력을 높였다. 그때, 번호판을 가린 마대 조각이 펄럭이며 언뜻언뜻 숫자가 보였다.

"보인다! 적어!"

"볼펜도 없고 아무것도 없어! 그냥 기억해 둬!"

"경기, 5, 마, 7, 4……. 안 보여! 그다음 숫자는 안 보여!"

뒷 번호는 완전히 가려져 아무리 두 눈을 부릅뜨고 봐도 알 수가 없었다.

"이런, 씨이!"

"재웅이 형, 그냥 들이받아!"

"저건 트럭인데?"

"그래도 놓치면 안 되잖아?"

세연이가 차창으로 고개를 내밀어 목이 터져라 소리를 질러 댔다.

"야, 이 도둑놈들아, 거기 서! 빨리 서!"

그러자 기준이와 호철이도 고개를 내밀고 고래고래 소리쳤다. 재웅이도 경적을 계속 울려 댔다. 이제 트럭은 굽이 길을 다 돌고 막 국도로 올라서고 있었다.

"어어? 놓치겠다. 속력을 내!"

국도로 올라간 트럭은 더욱 속력을 높이더니 쏜살같이 달아나 버렸다. 재웅이도 곧 국도로 올라 추적을 했으나 거리는 좀체 좁혀지지가 않았다. 트럭과의 거리는 대략 50여 미터. 과열이 되었는지 차 엔진 소리가 불안정한 게 해수병 환자의 기침 소리 같았다.

"아, 이 똥차, 이거 왜 이래?"

"이러다 놓치겠다."

"전화! 전화로 신고할까, 형?"

"그래, 그러면 되겠다!"

세연이가 휴대폰 폴더를 열고 번호를 누르려는 순간이었다.

"안 돼!"

재웅이가 급히 제지를 했다.

"왜? 형!"

"나, 술 마셨잖아! 면허증도 없고!"

"그럼 더 빨리 달려!"

"이게 최고 속력이야! 잘못하면 엔진이 터져 버려!"

트럭은 길을 훤히 알고 있는지 잘도 달아났다. 거리는 점점 더 벌어지고 있었다. 다행히 새벽 시간이라 오가는 차량이 없어서 망정이지 그렇잖으면 벌써 놓쳤을지도 몰랐다. 20분 정도 추적했을 때 트럭은 원주 시내로 들어섰다. 재웅이도 뒤따라 시내로 들어섰으나 결국 놓쳐 버리고 말았다. 시내에는 길이 복잡한데다 오가는 차량들이 꽤 있어서 트럭을 찾을 수가 없었다.

"에이씨, 놓쳤네! 근데 먼젓번 그놈들일까?"

"다른 놈들인지 모르지. 거의 다 잡은 거였는데, 참!"

차를 길옆에 세우고 모두들 의자를 치며 아쉬워했다. 과속 때문에 과열된 엔진이 새끼 낳는 암소의 신음 소리를 토해 냈다.

"이제 어떡하나?"

"엔진을 좀 식힌 다음에 돌아가야지, 뭐!"

잠시 후, 아까 왔던 길을 되돌아가기 위해 차를 돌렸다.

하지만 차는 외곽 도로로 나가서 얼마 가지도 못하고 멈추고 말았다. 엔진이 꺼져 버린 것이었다. 아무리 시도를 반복해 봐도 도무지 시동이 걸리지가 않았다. 냉각수가 부족해서 그런 것 같아 도로 옆의 시냇물을 떠다가 부어 봤으나 마찬가지였다.

"이 똥차가 정말 사람 열 받게 하네!"

재웅이는 두 주먹으로 운전대를 내려쳤다. 그때 연료 게이지를 보니 완전 바닥이었다. 경고등도 들어오지 않았는데, 어이가 없었다.

"허 참! 이거 연료가 바닥났어. 아까 저 밑에 주유소 있었지?"

"응, 거기까지 밀고 가야겠네."

"그래야지 뭐! 너희 다 내려서 좀 밀어! 그리고 돈들 있으면 다 내놔!"

주머니를 톡톡 털어 봤으나 겨우 동전 몇 개가 나올 뿐이었다. 재웅이와 기준이, 호철이는 아까 노래방에서 다 써 버려 땡전 한 푼 없었고, 기준이와 세연이 주머니에서 나온 팔백 원이 전부였다.

큰일이었다. 시간은 자꾸 흐르고 아침은 다가오고. 모두 함께 아무리 머리를 쥐어짜도 뾰족한 수가 없었다. 기준이가 일단 주유소까지 밀고 가서 휘발유를 넣고 그대로 튀자는 의견을 내놓았으나, 잡힐 위험이 커서 받아들여지지 않았다. 호철이는 다른 차에서 조금 훔치자는 의견을 제시했다. 그러나 주변을 아무리 둘러보아도 눈에 띄는 차 한 대 없었다.

"야, 세연아! 너 원주에 아는 사람 없어?"

"아는 사람 없, 아, 한 명 있어!"

"있어? 누구?"

"저……"

세연이가 머뭇거리며 재웅이의 눈치를 살폈다. 재웅이가 다그쳐 물었다.

"빨리 말해 봐! 누구야?"

"저……, 추, 충수 형인데……."

"충수? 충수……, 아 그 미꾸라지? 그놈은 안 되지."

"안 되긴? 이 상황에서 어쩔 수 없잖아? 야, 세연아! 일단 전화나 해 봐. 전화해서 돈 좀 꿔 달라고 해."

기준이가 나서서 세연이를 부추겼다. 세연이가 자꾸 재웅이의 눈치를 살피며 주저하자 재웅이는 고개를 끄덕거려 주었다. 자존심이야 상하지만 상황이 상황이니만큼 받아들일 수밖에 없는 일이었다. 곧 세연이가 충수한테 전화를 걸었으나 좀체 연결이 되지 않았다.

"지금 새벽 3신데 받을까? 깊이 잠들었을 텐데?"

초조한 시간이 한참이나 흘렀다. 오 분, 십 분, 십오 분. 마침내 연결이 되었다.

"충수 형, 나 세연이야! 추동리 민세연!"

세연이가 간략히 상황 설명을 한 뒤 위치를 알려 주었다. 전화를 끊고 차를 주유소까지 밀고 가서 충수가 오기를 기다렸다.

삼십 분쯤 기다리자, 택시가 도착하고 부스스한 표정에 까치머리를 한 박충수가 내렸다.

"뭐야? 어떻게 된 거야, 너?"

"응. 그게 저……."

세연이가 제대로 답을 못하자 뒤쪽에 서 있던 재웅이가 다가가서 말했다.

"나 알지? 나, 손재웅인데 더덕 도둑 추적하다가 기름이 떨어져서 이렇게 된 거야. 기름값 만 원만 꿔 주면 나중에 꼭 갚을 게."

"기름값?"

박충수가 재웅이와 아이들을 번갈아 살펴보더니 아무 말 없이 만 원을 건네주었다. 재웅이를 바라보는 눈빛은 그리 곱지가 않았다.

"고맙다. 이 은혜 잊지 않을게!"

기름을 넣고 추동리를 향해 다시 출발했다. 뒷거울로 보니 박 충수가 손을 한 번 슬쩍 올리고는 기다리고 있던 택시에 올라탔 다. 한편으로는 고맙기도 하고 다른 한편으로는 밉기도 하고, 두 가지 감정이 마음속에서 뒤섞여 머리가 어지러웠다. 속력을 높여 빠르게 달렸다. 찻길 위로 새벽안개가 꾸역꾸역 몰려들고 있었다. 몇 군데에서 헷갈리기는 했으나 길을 잃지는 않았다. 삼거리를 지나서 추동교로 들어가는 비포장도로 입구에 다다르 자 은향이와 희진이가 그곳에서 기다리고 있었다.

"어? 너희들 여기까지 나와서 기다린 거야?"

"응. 왜 이렇게 늦었어? 도둑은 잡았어?"

"아니, 어서 타!"

막 출발하려는 순간, 국도에서 경찰 순찰차가 나타났다. 좀 전에 삼거리 지서 앞에 서 있던 경찰차 같았다.

"이런 씨발, 경찰이다!"

재웅이는 속력을 높여 비포장도로를 달렸다. 경찰차도 비포장도로로 들어서서 계속 뒤따라왔다. 재웅이는 핸들을 꽉 움켜 잡고 액셀을 최고로 밟았다. 그 순간, 차가 덜컹하는가 싶더니 핸들이 쏠리며 길가 배수로에 우측 앞바퀴가 빠지고 범퍼가 떨어져 나갔다. 차체가 사십 도쯤 기울어지고 모두 한쪽으로 겹겹이 쓰러졌다. 국도에서 이백여 미터 떨어진 지점이었다. 재웅이는 얼른 밖으로 나와 뒷문을 열고 기준이, 호철이, 성민이를 끄집어 냈다. 막 세연이를 꺼내 주려는 차에, 경찰차가 다가왔다. 그리고 경찰관이 내리며 소리쳤다.

"꼼짝 마!"

동그라미 열여덟 개

경찰관 두 명이 권총까지 빼 들고 겨누면서 재차 소리쳤다.

"거기 꼼짝 마!"

재웅이와 기준이가 나서서 자초지종을 자세히 설명했으나 믿지 않았다. 경찰은 은향이와 희진이를 내리게 한 뒤 차 실내에 랜턴 불을 비춰 확인한 다음, 트렁크를 열어 뒤져 보고 무전으로 다른 경찰차를 불렀다.

"우선 모두 지서로 가자."

다른 경찰차가 도착하자마자 모두들 지서로 연행되어 갔다. 지서에서는 아이들에게 먼저 운전면허증과 주민등록증을 제시하라고 요구했으나 가지고 있는 사람이 아무도 없었다. 질문에 따라 이름, 나이, 학교, 학년, 주소, 전화번호를 대자 뚱뚱한 경찰관이 전화기를 들었다. 그러고는 희진이와 세연이네 집에 전화를 걸었다.

"이장님이 너희 할아버지와 경운기 타고 나오실 거야. 그러니 너희는 이쪽에 앉아 있어. 그리고 너희 넷은 저쪽에 가만히 앉아 있고."

경찰관의 지시대로 은향이, 희진이, 세연이는 좌측 벤치에, 재웅이, 기준이, 호철이, 성민이는 우측 벤치에 앉았다.

"다친 사람은 없어?"

"얘만 이마가 좀 까지고 다리를 좀 다쳤어요."

"안경이 망가졌네. 다리 많이 다쳤어?"

"아니에요. 무릎을 약간 삔 것 같은데, 괜찮아요."

"아니야, 꽤 부었는데? 병원에 가서 엑스레이 찍어 봐야겠다."

경찰관이 은향이의 무릎을 살펴보며 병원 얘기를 하자 은향이는 몇 번이나 괜찮다고 말했다. 재웅이는 차마 은향이를 똑바로 쳐다볼 수가 없었다.

뚱뚱한 경찰이 컴퓨터로 차적 조회를 하는 동안 홀쭉한 경찰이 음주 측정을 했다. 모두 음주 반응이 나왔다. 그중 재웅이가 제일 높았다.

"이놈은 높네. 면허 정지에 벌금 처분이야!"

그때 컴퓨터 모니터를 보던 뚱뚱이가 큰 소리로 말했다.

"어, 이제 뜨는군. 저 사고 차가 도난 신고가 아직 안 됐어. 훔친 차가 분명해."

"저, 훔친 게 아니라, 우리 회사 대리님 차를 잠깐 타고 나온 건데요."

"주인이 열쇠 줬어? 타고 가라고?"

"아, 아니요."

"그게 훔친 거야, 인마! 하하, 이 자식 이거!"

경찰들이 어이가 없다는 듯 재웅이를 쳐다보며 껄껄 웃었다.

"너희는 일단 횡성경찰서로 가야 해! 면허증도 소지하지 않았고 음주 운전까지 했으니, 가서 누가 운전을 했는지 정확히 가려야 하니까!"

재웅이를 비롯한 네 명은 다시 순찰차에 태워져 횡성경찰서로 향했다. 이십 분 정도 달려 횡성경찰서에 도착해 수사과 조사계로 들어갔다.

"마 형사님, 갑천지서에서 왔는데요. 이 녀석들 차량 절도에 무면허, 게다가 음주 운전입니다. 탑승 인원을 초과하기도 했고요."

"그래?"

"사고를 냈는데, 누가 운전을 했는지 확실히 모릅니다. 좀 더 자세히 조사를 해야 할 것 같아요."

마 형사가 잠시 아이들을 훑어본 뒤 '피의자 보호실'이라는 팻말이 붙은 철창 앞으로 떠밀며 들어가라는 눈짓을 했다. 아주 메마르고 싸늘한 눈빛이었다. 아이들이 주춤거리며 철창 안으로 들어서자 그는 문을 잠그고 야멸차게 돌아서서 제자리로 가 앉았다. 아이들은 철창 안 출입구에 얼마간 엉거주춤한 자세로 서 있었다. 어디에 앉아야 할지 몰랐기 때문이었다. 끝없이 광

활한 사막을 바라보는 듯, 망망대해를 바라보는 듯, 장승인 양 우두커니 서서 한참을 망설이던 아이들은 한쪽 구석에 등을 돌리고 모로 누워 있는 어느 이십 대 중반의 청년 옆으로 가 쪼그리고 앉았다. 재웅이는 두 손으로 뒤통수 머리카락을 움켜잡았다. 가슴이 답답하고 까닭 모를 공허함과 두려움이 밀려들었다.

청년은 혼잣말을 횡설수설하며 이따금 기침 소리를 내뱉었다. 기침을 할 때마다 쑥색 반팔 티셔츠를 걸친 얄팍한 어깨가 파도같이 출렁였고 새우처럼 구부러진 몸뚱이 또한 흔들렸다. 저 사람은 대체 무슨 죄를 지었을까. 재웅이는 잠시 자신의 처지를 잊고 청년의 모습을 꼼꼼히 살폈다. 덥수룩한 머리카락, 야윈 목덜미, 구부정한 허리, 깡마른 다리……. 술에 곤드레만드레 취해서 자꾸 횡설수설하는 모양새가 직업도 없이 그냥 막 살아가는 사람 같았다. 몇 년 후의 자신의 모습 같기도 했다. 어쩜 자신도 끝내는 저렇게 오그라들고 말지도 몰랐다. 자리를 옮겨 앉아 청년의 얼굴을 보고 싶은 마음이 일었으나 그렇게 하지 않았다. 그의 몸뚱이에 정말로 자신의 얼굴이 달려 있을 것 같은 공포감이 온몸을 휘감았기 때문이었다. 머릿속이 혼란스러웠다.

끼이이익!

신경줄을 짓이기는 것 같은 마찰음에 재웅이는 고개를 치켜들었다. 눈이 부셨다. 손바닥으로 햇빛을 가리고 철창 밖

사무실을 봤다. 언제 출근을 했는지 형사들이 책상마다 한 명씩 앉아 있었다. 새벽의 그 마 형사는 보이지 않고 다른 형사들 네 명이 있었다.

"자, 모두 일어나 앉아! 호명하는 사람은 한 명씩 나오고."

청년과 재웅이, 호철이와 기준이가 먼저 불려 나갔다. 재웅이는 꽃무늬 남방셔츠를 입은 키 큰 형사에게 이끌려서 가운데 책상에 앉혀졌다. 꽃무늬는 서랍에서 지문 채취기를 꺼내 책상 위에 살며시 올려놓았다. 이어 검은 잉크를 재웅이의 열 손가락마다 듬뿍 칠하고는 누런 카드에 차례차례 대고 힘껏 눌러 찍었다. 아주 능숙하고 자연스러운 동작이었다. 지문 채취가 끝나자 재웅이는 검은 잉크가 묻혀진 자신의 손가락을 꼼지락거려 보았다. 어젯밤 노래방에서 탬버린을 엎어 놓고 두드리던 은향이의 하얀 손가락이 떠올랐다. 이번엔 누런 카드의 네모난 칸 안에 갇혀진 자신의 조그마한 지문을 뚫어져라 바라보며 하나, 둘, 동그라미를 셌다. 문득 거기에 무슨 추상화처럼 찌그러져 있는 자신의 나이테가 몇 개인지 확인해 보고 싶은 생각이 들어서였다. 열여덟과 열아홉 사이에서 영영 멈춰 있을 것만 같았다.

꽃무늬가 곰 발바닥 같은 손으로 자판을 톡톡 치며 퉁명스레 물었다.

"이름?"

"손재웅입니다."

"주소?"

"춘천시 후평동 명성아파트 205동 1106호입니다."

"주민등록번호?"

새벽에 갑천지서에서 홀쭉이 경찰이 한 질문. 똑같은 질문에 똑같은 대답이 지루하게 이어졌다.

"8, 8, 1, 0, 2, 7, 1, 1, 6, 4,……."

"그럼 몇 살이야? 열아홉? 아니 열여덟이구나, 만으로. 아니지. 아직 열여덟이 안 된 거네. 10월이 생일이니까, 야, 이놈아! 나이도 어린 놈이 남의 차를 훔쳐서 무면허로 운전을 해? 게다가 술까지 마시고 그 험한 산길을 달려?"

꽃무늬의 다그치는 소리에 고개가 점점 더 숙여졌다.

"짜식, 아주 간덩이가 부었구나? 그러다 인마, 그 옆 낭떠러지로 굴러 떨어졌으면 어쩔 뻔했어? 나이 열아홉도 되기 전에 다 죽는 거야! 너 죽고 싶어? 죽는 게 뭔지 알아? 죽더라도 곱게 죽어야지! 너희들 다 뼈다귀도 못 추려, 인마!"

듣고 보니 섬뜩했다. 정말 차가 계곡 쪽으로 빠져 추락이라도 했다면? 작년 배후령에서 추락해 죽은 김문규와 그의 여자 친구 얘기가 떠올랐다. 둘의 시신 모두 형체를 알아볼 수 없을 정도로 훼손되었다지 않았던가.

"자, 잘못했습니다!"

"근데 춘천서 거길 왜 왔어? 친척 집에?"

"아, 아니요! 실, 실습하러……."

"실습?"

"예. 실습생으로 오 개월간⋯⋯."

꽃무늬가 자판을 치던 손동작을 멈추고 빤히 바라보았다.

"아, 그럼, 너 춘천농고생이야?"

"아니요. 춘천기계공고요!"

"공고?"

꽃무늬의 눈동자가 크게 확장되었다. 이해가 잘 안 된다는 표정이었다.

"공고생이 그 산골 마을에 들어가서 무슨 실습을 한다는 거야? 모내기라도 했어? 아님, 땅을 팠어?"

"네, 땅도 파고 또⋯⋯."

"땅을 파? 허, 이 자식, 이거 순 거짓말만 하네!"

이맛살을 잔뜩 찡그린 채 노려보던 꽃무늬가 갑자기 소리를 꽥 질렀다. 아주 단정적인 말투였다.

"그 마을에 더덕 훔치러 들어가려던 거였지? 그랬다가 사고를 낸 거지?"

"아닙니다. 도둑 차를 추적하고 오다가⋯⋯."

"그 차가 도둑 차인지 어떻게 알았어?"

"그, 그냥 예감이 그럴 것 같았어요!"

"뭐? 그냥 예감이 그럴 것 같았어? 허허! 너 점쟁이야? 이놈, 이거 안 되겠는데!"

꽃무늬가 어이가 없다는 얼굴로 헛웃음을 웃었다.

"진짜 틀림없어요! 도둑 차, 맞을 거예요!"

"차종이 뭐였어?"

"소형 트럭이요!"

"색깔은?"

목소리가 진지하지 못한 게 건성으로 하는 질문 같았다.

"색깔은 파, 파란색이요!"

"번호는 봤어?"

"번호요? 아, 그게…… 보긴 봤는데……."

"봤으면 대 봐!"

갑자기 기억이 가물가물해지며 헷갈리기 시작했다.

"경, 경기, 5, 마에……."

"5, 마에?"

"7, 4…… 아니, 4, 7이요!"

"확실해?"

꽃무늬가 보지도 않고 큰 목소리로 물으니 또다시 헷갈렸다.

"7, 4인가?"

"경기, 5, 마에 7, 4? 나머진?"

"나머지 두 글자는 못 봤어요!"

"허허, 참 나! 야 인마! 경기도에 그런 차가 몇 댄 줄 알아? 이만 대도 넘어, 인마! 이 자식 이거 잔머리 돌려 빠져나가려고 하는 모양인데 꿈 깨!"

꽃무늬가 고개를 들고 한심하다는 듯 바라보았다.

"정말이에요, 정말이라니까요!"

"시끄러워! 너, 춘천공고 무슨 과야?"

"기계과요."

꽃무늬의 손이 자판기 위에서 또 멈췄다.

"기계과가 공장이 아닌 산속에 들어가 땅을 파는 실습을 했다? 허허! 너, 나를 바보로 알아? 담임선생 이름은?"

"저, 강, 강……."

별명은 생각나는데 이름이 도무지 생각나지 않았다. 물어보려고 옆 책상에 앉아 있는 기준이를 보았으나 기준이도 조사를 받느라 바빴다.

"강 뭐야?"

꽃무늬가 고개를 숙인 채 두 눈만 위로 치켜뜨고 노려보며 짜증을 냈다.

"강 그리고 선생이라고……."

"뭐? 강 그리고? 똑바로 대, 인마!"

"갑자기 생각이 안 납니다. 말끝마다 '그리고' 라는 말을 잘해서 별명이 그리고 선생이거든요. 진짭니다."

"담임선생 이름을 모른다? 그럼 정확하게 어느 회사로 실습나온 거야?"

"저, 원주 천, 천마산업입니다."

토독 토독, 자판기 치는 소리가 양철 지붕에 빗방울 떨어지는 소리처럼 들렸다.

'아버지 뭐 하셔? 어머니는? 집 전화번호 대! 아버지 휴대폰

번호? 엄마는?' 끝도 없이 이어지는 질문에 재웅이도 슬슬 짜증이 났다. 대부분 갑천지서에서 이미 다 말한 것들이었다.

"운전은 정말 너 혼자 한 거야? 다른 애도 했지?"

"아닙니다. 정말 저 혼자 했습니다."

"자식, 꼴에 의리를 지킨다, 이거야? 솔직히 말해, 인마! 여차하면 너 혼자 다 뒤집어써야 돼! 알아?"

혼자 뒤집어쓴다는 말에 거짓말을 할까 잠시 고민이 되었다. 하지만 사실대로 말했다.

"진짜 저 혼자 했습니다."

"훔치기도 혼자 했고, 운전도 혼자 했고? 술은 어디서 샀어? 노래방?"

"아니요!"

"아니긴 뭐가 아냐? 맞지? 그 노래방 주인도 불러야겠군. 애들한테 술을 팔고."

"아닙니다!"

엄마 또래쯤 되어 보이는 파머 머리 아주머니가 떠올랐다. 노래방 영업이 잘 안 돼 낮에는 딴 일도 하는 듯 얼굴이 까무스름했고 많이 피로한 기색이었다. 재웅이는 혹시 자기 때문에 다른 사람까지 벌을 받게 될까 봐 두려워 다시 한 번 강조했다.

"진짜 거기서 산 거 아닙니다!"

"이 자식, 꼴에 아주 의리 있군, 의리 있어! 조사하면 다 들통나, 인마!"

하나도 숨김없이 사실대로 말해도 아예 믿질 않았다. 화가 치밀어 올랐다. 그래서 재웅이는 계속되는 꽃무늬의 질문에 단 한마디도 대답하지 않았다.

"대답 안 해? 오, 묵비권으로 나가시겠다? 이놈, 이거 아주 지능범이군, 지능범이야! 잔머리 굴리지 말고 빨리빨리 대답해! 너, 깜빵에 들어가서 한 일 년 콩밥 좀 먹어 봐야 정신 차리겠어?"

정이라고는 눈곱만큼도 없어 보였다. 딱딱한 표정에 싸늘한 눈빛, 날카로운 목소리로 다그치기만 했다.

재웅이는 꽃무늬가 뭐라 하든 입을 꾹 다물고 책상 위에 시선을 고정시킨 채 그저 가만히 있었다. 머릿속엔 온통 은향이가 어떻게 되었는지 그 생각뿐이었다.

"야, 인마! 내 말 안 들려?"

꽃무늬가 어깨를 치는 바람에 놀란 재웅이는 빠르게 그의 눈에 초점을 맞췄다. 꽃무늬의 눈빛이 아주 위협적으로 느껴졌다.

"다시 들어가 있어! 맨 나중에 다시 조사할 테니!"

꽃무늬가 재웅이를 다시 보호실 철창 속으로 밀어 넣고서 성민이를 불러냈다. 아까 그 자리로 가서 벽에 등을 기대고 앉은 재웅이는 고개를 숙이고 양손으로 머리통을 움켜잡았다. 잠시 후, 기준이와 호철이도 1차 조사를 마치고 들어와 셋은 성민이가 조사받는 모습을 물끄러미 지켜보았다. 그때 술 취한 청년은 정복을 입은 경찰관이 와서 데리고 나갔다. 구부정한 몸으로 어정어정 걷는 청년의 모습이 마치 육십 대 노인네를 보는 것 같았다. 다른 아이들과 마찬가지로 불려 나간 성민이도 기본적인 질문부터 받았다. 이름, 주소, 학교, 학년, 반, 생년월일, 나이까지는 순순히 대답했다.

"87년 생이면, 성민이가 우리보다 한 살 많네!"

놀란 눈으로 서로를 바라보며 고개를 갸웃거렸다.

"일 년 꿇어서 들어온 건가 봐!"

"조용히 해!"

재웅이의 말에 아이들은 다시 철창 밖으로 시선을 두고 귀를 기울였다.

"아버지는 뭐 하셔?"

가족 상황을 묻는 질문이었다. 사실 세 명 모두 성민이의 집안 사정에 대해 아는 것이 전혀 없었다. 갑자기 궁금증이 발동했다. 성민이는 머뭇거리기만 할 뿐 좀체 대답하지 않았다. 그러다가 꽃무늬가 몇 번 고함을 지른 뒤에야 겨우 대답했다. 그나마 아주 조그마한 목소리였다.

"안…… 계시는데요."

"안 계셔? 왜?"

다시 한참 동안 침묵이 이어지자 꽃무늬의 목소리가 높아졌다.

"이혼하셨어?"

"아, 아니요."

"그럼?"

고개를 푹 숙이고 자꾸 입술을 깨무는 성민이의 태도로 보아 대답하기 싫은 게 분명했다. 하지만 그럴수록 재웅이와 기준이, 호철이의 궁금증은 오히려 더욱 커지기만 했다. 다시 꽃무늬의 다그치는 목소리가 철창을 흔들었다. 그제야 떠듬떠듬 대답을 했다.

"도…… 돌아…… 가셨는데요."

"언제?"

"중학교 1학년 때……."

성민이는 더 이상 대답하지 않았다. 성민이의 뒷모습을 바라보던 재웅이는 가슴이 찡하니 울려 숨을 크게 한 번 들이켰다.

"그럼 생활은 어떻게 했어? 어머니가? 어머닌 뭐 하셔? 아, 답답하네, 이 자식!"

"자…… 장사 하시는데요."

"장사? 무슨 장사? 너, 빨리빨리 대답 안 할래?"

꽃무늬가 책상을 치며 독사눈으로 성민이를 노려보았다.

"무슨 장사를 해? 어디서?"

"육림극장 옆에서, 그냥, 그냥……."

"이놈아, 엄마는 그렇게 고생하면서 학비 대 주고 공부시켰는데, 실습 나와서 제대로 배우진 않고 차를 훔쳐서 음주 운전을 하다 사고를 내?"

꽃무늬가 기어코 성민이의 머리를 한 대 쥐어박았다.

"사실대로 말하면 돼. 그러면 금방 풀려난다고. 차는 누가 훔친 거야? 너도 가담했지? 운전은 누구누구 했어? 너도 했지? 그럼, 재웅이 쟤 혼자서 훔치고, 운전하고, 다 한 거야?"

성민이는 또 대답을 하지 않고 고개만 숙이고 있었다. 그러자 형사들이 서로 뭐라 몇 마디 주고받더니 성민이를 들여보냈다.

"손재웅, 너 인마, 이리 다시 나와!"

지루한 질문과 대답이 또 시작되었다. 어르고, 달래고, 협박하고, 잠시 쉬었다가 다시 반복하고.

어느새 점심때가 되어 형사들은 모두 밖으로 나가고 재웅이는 철창에서 친구들과 점심을 받았다. 밥 한 그릇에 국 한 그릇이 전부였다. 아예 보호실에 갇힌 사람들에게 그렇게 밥을 주는 듯, 턱수염이 난 대머리 아저씨가 바구니에 밥을 차려서 들어와 인원수대로 턱하고 넣어 주고는 나가 버렸다. 마치 동물원 우리에 갇힌 짐승들에게 먹이를 던져 주는 식이었다.

점심을 먹고 나서 재웅이는 다시 불려 나가 꽃무늬 앞에 앉았다. 꽃무늬는 이쑤시개로 이를 쑤시며 목청을 가다듬더니 2차 취조를 시작했다. 꽃무늬에게 시달린 지 십여 분쯤 되었을 때 양 대리가 문을 열고 들어왔다. 그의 뒤를 이어 세연이와 희진이도 나타났다. 하지만 은향이의 모습은 보이지 않았다. 궁금해서 견딜 수가 없었다.

"세연아, 은향이는 어떻게 됐니? 많이 다쳤어?"

"아니, 할아버지랑 침 맞으러 갔어."

양 대리가 별말 없이 재웅이의 머리를 한 대 툭 치고 지나갔다. 그러고는 다른 책상으로 가 피해자 조사를 받았다. 별것도 아닌, 십 년도 더 된 그 똥차에 관한 것이었다. 수리비를 아무리 많이 쳐 봐도 이십만 원이면 충분하고도 남을 것이라고 생각하며 재웅이는 꽃무늬의 질문보다는 그쪽에 더 신경을 썼다. 곧 조사가 끝나고 양 대리는 또 재웅이의 어깨를 툭 치고는 아이들을 둘러보고 나가 버렸다. 희진이와 세연이도 그의 뒤를 따랐다.

"너, 전에도 무면허로 운전한 적 있지?"

"그, 그거는 저, 아버지 차……."

꽃무늬는 시시콜콜한 것까지 다 물으며 집요하게 파고들었다.

그 추궁에 시달리느라 진이 다 빠져 갈 때, 출입문이 열리며 누군가가 가만히 들어섰다. 허름한 감청색 반팔 티 차림의 오십 대 초반 사내로 매우 피로해 보이는 얼굴이었다. 문 쪽에 앉아 있던 다른 형사가 앉은 채로 물었다.

"어떻게 오셨나요?"

"예, 저, 기준이, 오기준이 아빕니다."

기준이 아버지가 머리를 숙이며 조그마한 목소리로 대답했다.

"그래요. 저기 저쪽……."

기준이 아버지가 형사가 가리키는 보호실 철창으로 천천히 다가갔다. 철창 안 뒤쪽에 앉아 있던 기준이도 일어나 몇 발 앞으로 나왔다. 기준이 아버지는 기준이를 물끄러미 바라보기만 할 뿐 뭐라 말이 없었다. 감정을 눌러 억지로 참고 있는 것 같았다. 기준이 역시 고개를 숙인 채 묵묵히 서 있었다.

"아들 맞아요?"

"네, 맞습니다."

형사의 물음에 기준이 아버지가 무거운 목소리로 대답했다.

"그럼, 여기에 신원보증서 쓰시고 데리고 가시면 됩니다. 오기준, 이리 나와!"

기준이 아버지가 신원보증서를 쓰고 있는 사이 철창에서 나온 기준이는 제 아버지 옆에 다소곳이 서서 허리띠 버클만 만지작거렸다.

"호철아! 호철아! 어딨니? 어딨어?"

그때, 갑자기 문이 벌컥 열리며 사십 대 후반의 아주머니가 뛰어 들어왔다. 아주머니는 형사들은 아랑곳 않고 큰 목소리로 호철이를 불러 댔다. 파란색 바탕에 하얀색 물방울무늬 원피스를 입고 파란색 하이힐을 신고 파란색 핸드백을 들고 있었다. 거기에 뽀글뽀글 볶은 긴 파마머리, 짙은 화장을 한 얼굴, 커다란 선글라스, 도넛 크기의 귀고리, 치렁치렁한 목걸이, 번쩍이는 반지 등, 아주 요란스러운 차림이었다. 아주머니는 사무실을 휘젓다가 보호실 철창 속에 있는 호철이를 발견하고 그리로 다가갔다.

"너, 이놈! 빨리 나와! 빨리 못 나와? 이봐요! 쟤 좀 꺼내 줘요, 빨리요!"

아까 그 형사가 호철이 어머니냐고 묻고 호철이를 꺼내 주었다. 그리고 역시 신원 보증서를 쓰라고 일렀다. 기준이 아버지와 나란히 앉아 신원 보증서를 쓰면서도 호철이 어머니는 연신 쫑알거렸다.

"우리 아들은 절대 그럴 애가 아니에요! 애가 마음이 얼마나 여리고 착하게요! 공부도 얼마나 잘했었게요! 다 저런 나쁜 친구들을 사귀는 바람에……."

호철이 어머니가 손가락으로 기준이, 성민이, 재웅이를 차례로 가리키며 얼굴을 찡그렸다.

"너, 실습이고 뭐고 나랑 곧장 가자!"

"싫어!"

"싫기는 뭐가 싫어, 이놈아? 그럼 너 저런 애들이랑 어울려서 인생 종 칠 거야? 이 한심한 놈아!"

"……!"

"그러게 엄마가 학원 보내 주고, 과외 시켜 주고 할 때, 정신을 차렸어야지! 그렇게도 내 말을 안 듣더니 봐라, 결국 그런 학교에 가서 저런 친구들 사귀어 가지고 이 꼴이 되고 말았잖니?"

옆에 있는 기준이 아버지 인상이 점점 굳어졌다. 재웅이도 기분이 나빠져 호철이 어머니를 쳐다보았다.

"으이그, 이 못난 놈아! 그래 그 학교 나와서 뭘 할래? 대학도 못 가고 취직도 못 하고 빌빌……. 너, 나중에 장가도 못 가, 이놈아! 내 말 맞지요, 형사님?"

"예, 그럼요!"

앞에 앉아 있던 형사가 맞장구를 쳐 주었다.

"네가 부족한 게 뭐가 있니? 인물이 못하니? 아이큐가 떨어지니? 용돈이 부족하니? 그런데 저런 애들이랑 어울려서 이 꼴이 뭐니? 경찰서나 들락거리고! 이러다 너, 인생 망친다, 망쳐! 나랑 함께 돌아가자!"

기준이 아버지가 호철이 어머니를 날카롭게 노려보더니 마침내 입을 열고 한마디했다.

"거 옆에서 듣고 있기가 아주 거북하네요, 아줌마!"

"뭐예요? 그럼, 내 말이 틀렸다는 거예요? 애초에 우리 애가 인문고에 갔으면 저런 나쁜 친구들을 안 만났을 거고."

"이 아줌마가 정말!"

기준이 아버지가 볼펜을 내던지고 일어서서 양손을 허리에 올렸다. 재웅이 역시 자기도 모르게 벌떡 일어나 따지고 들었다.

"우리 학교가 뭐 어때서요? 우리 학교 학생회장 나윤호하고 2반 반장 신하균은 공부 얼마나 잘하게요! 서울 일류 대학도 갈 수 있는 실력이에요! 그리고 우리 선배들 중에는 기능 올림픽에서 금메달 딴 선배가 열 명도 넘어요! 우리 학교 씨름부는 전국에서 일등했어요!"

"자, 자, 그만 하고 앉아! 앉아!"

형사가 말리는 바람에 다시 자리에 앉았지만 호철이 어머니 때문에 온몸이 갈가리 찢긴 기분이었다. 기준이가 제 아버지를 따라 밖으로 나가고, 호철이 어머니도 신원보증서를 서둘러 쓴 뒤 호철이를 반강제로 데리고 나갔다.

성민이는 아무도 오지 않고 있었다. 다시 들어가 있으라는 꽃무늬의 지시에 재웅이는 철창 안으로 들어가 구석에 쪼그리고 앉았다. 그런 다음 머리를 숙이고 양손으로 뒤통수를 감쌌다. 성민이도 반대쪽 벽에 기대앉아 고개를 숙인 채 말없이 있었다. 그렇게 꽤 긴 시간이 지나갔다.

"재웅아, 대체 이게 어떻게 된 거야?"

귀에 익은 목소리가 들려 고개를 드니 엄마와 아버지가 철창 밖에 서 있었다. 그 뒤로 누나까지 보였다. 세 사람은 매우 놀란 표정으로 재웅이를 살펴보기만 할 뿐 말을 잇지 못했다. 근심이 두텁게 덮인 가족들의 얼굴을 대하자 재웅이의 눈에 금세 눈물이 가득 고였다. 재웅이는 아무런 말도 않고 다시 고개를 무릎 사이로 구겨 넣었다. 철창에 갇혀 있는 자신이 너무도 수치스러워서 온몸이 부르르 떨렸다.

"재웅아! 재웅아!"

엄마와 아버지가 번갈아 서너 차례 불렀으나 재웅이는 대답하지 않고 더욱 깊숙이 고개를 숙였다. 그러자 누나가 꽃무늬에게로 가서 말을 붙이는 모양이었다.

"아저씨, 저 애가 무슨 잘못을……?"

"누구신데?"

"누나입니다. 친누나!"

엄마와 아버지도 꽃무늬에게 다가가더니 머리가 땅에 닿도록 인사를 한 뒤 손을 비비며 사정사정했다.

꽃무늬의 목소리는 일정한 기계음처럼 높낮이가 없이 평탄하고 건조했다. 그리고 비웃음이 진하게 섞여 있었다. 재웅이는 분노가 치밀어 오르는 것을 느끼며 고개를 살며시 들어 실눈을 뜨고 그들을 바라보았다. 누나가 꽃무늬의 책상 옆에 서서 연신 허리를 굽실거리며 그의 질문에 대답을 하고 있었다. 꽃무늬가 하품을 오지게 한 번 내뿜고 나서 컴퓨터 모니터를 보면서 다시 묻기 시작했다.

"손재웅, 18세, 춘천시 후평동 명성아파트 205동 1106호. 맞아요?"

"네, 맞아요!."

"저놈, 전화번호도 모른다, 주소도 모른다. 눈깔만 이리저리 굴리면서 완전 모르쇠야, 모르쇠! 아주 지능범이야! 저놈, 무조건 기억이 나지 않는다고 내내 오리발을 내밀었어! 짜식, 그러면 우리가 모를 줄 알았어?"

꽃무늬가 재웅이에게 한차례 싸늘한 눈빛을 뿌린 뒤 얼굴을 돌렸다. 그러더니 아버지와 누나의 물음에 못 이겨 새벽에 일어난 일에 대해 대충 설명을 해 주는 것 같았다. 재웅이는 꽃무늬의 말에 잔뜩 귀를 기울였다. 차량 절도, 무면허, 음주 운전, 사고, 인적 피해, 물적 피해, 반항적 태도, 반성 기미 없음 등등등. 온갖 나쁜 말들을 장황하게 늘어놓았다.

"그럴 리가요? 저 애는 그럴 애가 아닙니다."

"제가 장담합니다. 절도라니요?"

"그래요! 뭔가 잘못됐을 겁니다."

"잘못되긴 뭐가 잘못돼요? 우리가 여태 조사를 한 건데!"

꽃무늬가 목소리를 높이자 엄마, 아버지, 누나가 꽃무늬에게 다시 사정을 하기 시작했다. 서로 경쟁이라도 하듯 머리를 조아리며 아예 절을 올리는 것 같았다.

"저 형사님, 딱 한 번만 봐주세요! 피해자와는 즉시 합의를 할 테니까요!"

아버지가 밖으로 나가고 엄마와 누나는 여전히 꽃무늬에게 애원하며 매달렸다.

"형사님, 그렇게 좀 해 주십시오! 이렇게 부탁 드립니다."

"딱 한 번입니다. 제 동생 앞길을 생각해서라도, 제발 한 번만 봐주세요!"

엄마와 누나의 목소리에 울음기가 섞였다. 재웅이는 마음이 우울해졌다. 엄마가, 특히 누나가 자기를 위해 저렇게까지 하다니? 3월이나 4월에, 오랜만에 집에 온 누나에게 쌍스러운 욕설을 퍼부으며 대들던 기억이 떠오르고, 초등학교 때 함께 조각그림 맞추기를 했던 생각도 났다. 재웅이는 발바닥으로 부분부분 거무튀튀하게 얼룩진 보호실 마룻바닥을 문질렀다. 빠르게, 더 빠르게, 점점 더 빠르게. 발바닥이 까졌는지 아프고 쓰라렸지만 멈추지 않았다. 검은 얼룩을 다 지워 없애 버리기라도 하려는 듯 쉬지 않고 발을 움직였다.

꼴찌클럽

더덕 도난 사건이 연이어 발생했다. 마을로 들어오는 언덕길 옆, 야산 자락의 더덕밭이 털린 것이었다. 유씨엘 할아버지네 뒷집 밭이라는데, 다리가 막혀 도둑들이 마을 안쪽으로 들어오지 못하고 그곳을 턴 모양이었다. 마을 분위기는 한층 더 흉흉해졌고 주민들 모두 무거운 마음이 되어 웃음을 잃고 말았다.

그런 와중에 김 과장이 본사 전무라는 사람과 추동리에 들어왔다. 양측은 마을 회관 앞에 모여 피해 보상이니 뭐니 하며 한참 동안 말싸움을 벌였다. 소식을 듣고 달려온 마을 사람들이 하나둘 모여들어 나중에는 마치 추석날 씨름 구경이라도 하듯 그들을 에워쌌다.

"송전 철탑이 마을 바로 위로 지나가는 것도 아니잖습니까? 마을에서 저렇게 멀리 떨어져 있는데 무슨 불임에 기형 송아지가 난다고 우기세요?"

"저쪽하고 저쪽 것은 마을 바로 옆이잖아. 그것뿐이 아냐! 저게 마을 경관을 완전히 망가뜨려! 그리고 우리 마을의 복줄을 끊어 놓고 있어!"

"애초에 왜 우리한테 위험성에 대해 말을 안 했어? 쟤들이 그러는데 저런 공사는 사전에 주민들에게 충분히 설명하고 동의를 얻어야 한다던데. 완전 우리를 깔보고 무시해서 그런 거잖아! 이제 대화고 뭐고 필요 없으니 다신 우리 마을에 나타나지마!"

마을 사람들은 육법대사와 아이들에게 들은 얘기에 자기들 나름대로의 생각을 덧붙이며 따지고 들었다. 1차 시위 때 입은 가벼운 상처를 내보이면서 여차하면 폭력이라도 행세하겠다는 듯 무섭게 노려보기도 했다. 위기감을 느낀 김 과장이 손을 내저으며 뒤로 한 발 물러섰다.

"이게 벌써 며칠째입니까? 그동안 우리가 손해 본 게 이억이 넘어요, 이억이!"

"손해는 당신네만 봤어? 우리 손해는 어떡하고? 우린 오억도 넘어!"

"정 이러시면 정말 업무방해죄로 고소를 하겠습니다. 이게 최후통첩입니다!"

엄포를 주려고 하는 말 같았는데 그게 오히려 마을 사람들의 심기를 자극하고 말았다.

"최후통첩? 협박하는 거야? 내가 방위 출신이지만 사단장 표창까지 받은 사람이야! 하나도 겁 안 난다구! 나, 홍이헌, 예비

역 일병을 뭘로 보고 까불어, 까불긴!"

"고소? 어디 해 봐! 이것들이 어디서 고소를 들먹이며 겁을 주려고 해? 늙은이들뿐이라고 깔보는 거야, 뭐야?"

"법대로 하면 우리도 무서울 거 하나 없어! 당신네만 법을 아는 줄 알아? 흥!"

다분히 육법대사를 의식하고 하는 말이었다. 그런데 육법대사는 웬일인지 며칠째 미륵암에서 내려오지 않고 있었다.

그렇게 서로가 고소를 하겠다며 언성을 높이다가 결국 감정만 더 상한 채 헤어지고 말았다. 양 대리와 김 과장, 본사 전무는 굳은 표정으로 추동교 위 경운기를 넘어갔다. 그리고 차 옆에 모여 서서 잠시 쑥덕이더니 양 대리가 이쪽을 돌아보았다.

"야, 손재웅, 오기준, 너희 이리 좀 와 봐!"

재웅이와 기준이가 서로의 얼굴을 바라보며 머뭇거리자 양 대리가 다시 소리쳤다.

"빨리 와 봐, 시끼들야!"

천천히 다리를 건너 그들에게 다가가자 김 과장이 앞으로 나섰다.

"곧 공사 재개를 할 건데, 너하고 너, 또다시 마을 주민들 편에 서면 국물도 없어! 알았지?"

김 과장이 얼굴을 무섭게 찡그리며 협박을 했다.

"대신 일 잘하면 급료도 올려 주고 내년에 정식으로 채용도 해 줄 거야! 알았지?"

"……!"

"이 자식들, 얼른 대답해!"

전무라는 사람은 차 속에서 묵묵히 바라보고만 있고 김 과장이 나서서 윽박질렀다. 하지만 재웅이는 아무 대답도 하지 않았다. 기준이도 두 눈만 껌벅일 뿐 역시 대답하지 않았다.

"또 까불면 즉각 근로계약 위반으로 고소해서 거액의 손해 배상을 청구할 거야. 너네 부모들 완전 똥거지로 만들 거라고. 내 말 알아들었지?"

"……!"

"대가리에 피도 안 마른 녀석들이 세상 무서운 줄 모르고……. 양 대리, 이 두 놈 잘 감시해. 마을 놈들도 잘 살피고. 곧 특단의 조치를 취할 거니까! 무식한 촌 늙은이들이 우릴 우습게 봐! 흥!"

"예. 근데 무슨 조치……?"

"이따가 잠시 본사로 나와! 그럼 알게 돼!"

김 과장이 신형 그랜저를 타고 떠나자 양 대리가 차 뒤꽁무니를 보며 입술을 씰룩였다. 김 과장에게 무언가 불만이 있는 눈치였다. 그러고는 재웅이와 기준이를 붙잡고 또 잔소리를 퍼부었다.

"과장 말 들었지? 알아서 해! 괜히 큰 손해 보지 말고!"

재웅이는 양 대리를 맞바라보며 속으로 마구 욕을 해 댔다. 이 날도둑에 깡패 같은 놈! 생돈을 그리 많이 받아 처먹고 시치미를 뚝 떼? 가장 크게 화난 이유는 무엇보다 철창에 갇힌 약점을 이용해 양 대리가 거액을 챙겼다는 사실이었다. 경찰서에서 나왔을 때, 아버지는 양 대리와 이백만 원에 합의를 봤고 은향이 치료비로도 오십만 원을 지불했다고 분명히 말했다. 그러면서 그 돈을 벌어 벌충해 놓을 때까지 집에 들어올 생각을 말라고 소리를 쳤었다. 은향이 치료비야 조금도 아깝지 않았지만 양 대리에게 줬다는 이백만 원은 너무 아까워 배가 끊어질 듯 아팠다.

재웅이와 기준이는 천천히 아지트로 올라갔다. 거기 있어 봐야 할 일도 없었고, 그렇다고 점심을 먹으러 숙소로 들어가기에는 너무 일렀다. 잠시 머뭇거리던 호철이와 성민이도 마을 사람들의 따가운 시선을 의식했는지 멀찍이서 뒤따라왔다.

"김 과장 그 사람, 양 대리보다 더 무섭다! 우리 이제 어떡하지, 재웅아?"

"뭘 어떡해, 조뺑아! 내가 그런 협박에 겁먹을 줄 알아? 넌 오기도 없어? 깡다구 없어? 남자 짜식이! 암튼 어른 놈들은 정말 더럽고 치사해! 카악 퉤!"

재웅이는 계곡을 향해 가래침을 힘껏 내뱉었다.

아지트에는 아무도 없었다. 그동안 청소를 하지 않아 음료수 캔, 막걸리 병, 과자 봉지, 옥수수 껍질, 담배꽁초 등이 지저분하게 널려 있을 뿐이었다.

"아무도 없네."

"세연이한테 전화 걸어!"

생각 같아서는 은향이한테 전화하고 싶은데, 희진이도 세연이도 단단히 함구령을 받았는지 그 애 전화번호를 한사코 알려 주지 않았다. 세연이 휴대폰으로 신호가 가는 사이 마을 회관에서 고성이 몇 차례 들려왔다. 창구멍을 통해 바라보니 마을 회관 앞마당에는 여전히 사람들이 몰려서서 양 대리에게 삿대질을 해 댔다. 회관 옆길에는 숙소 주인집 송아지가 나와 신나게 뛰어놀고 있었다. 다시 고성이 몇 차례 들리더니 양 대리가 마을 주민들에게 밀려 주춤주춤 다리로 물러났다. 그러다가 끝내 뒤돌아서서 경운기를 넘어 새로 구입한 자기 차로 들어가 버렸다. 곧 차를 돌려 아주 빠른 속도로 마을 들판길을 내달리자 흙먼지가 구름처럼 일어났다.

"야, 살벌하다. 살벌해! 산골 동네가 완전 전쟁터로 변해 버렸어!"

"하여튼 어른들은 기회만 있으면 싸우지 못해 안달이야! 서로 죽일 듯이 으르렁대고."

"맞아! 너도 봤지? 국회의원들이 패가 갈려 서로 멱살을 잡고 완전 개판으로 싸우는 거."

"많이 봤지. 어른들이란 참, 도통 모르겠어! 애들이랑 뭐가 달라?"

재웅이와 기준이는 묵묵히 밖을 바라보고 있었고 호철이와 성민이가 주로 대화를 나눴다.

"저러다 정말 큰 싸움 나는 거 아냐?"

"먼젓번에 조립팀들 화가 이만큼 나서 돌아갔잖아? 그땐 봐 줘서 그렇지, 계속 저렇게 다리를 막으면 그 사람들이 가만히 있겠어?"

"동네 사람들도 물러날 기세가 아닌데, 뭐! 아무래도 뭔 일이 나기는 나겠어!"

"우리, 이 동네에서 쫓겨나는 것 아냐?"

재웅이는 공사고 뭐고 정말 철수하게 될까 봐 걱정이었다. 그러면 은향이를 못 보게 될 텐데. 여태 마음을 전하기는커녕 전화번호조차 알아내지 못했으니 보통 신경이 쓰이는 게 아니었다. 세연이는 휴대폰 신호는 가는데 전화를 받지 않았다. 낮잠이라도 자는 모양이었다.

휴대폰을 내려놓고 마을 들판길로 멀어져 가고 있는 양 대리의 차를 바라보았다. 엄청난 양의 흙먼지를 피워 올리면서 언덕길을 오르는 중이었다. 잠시 뒤 그 먼지 구름 속에서 서서히 오토바이가 한 대 나타났다. 터미네이터 영화에서 보았던 장면만큼 그리 멋지지는 않지만 비슷하기는 했다. 오토바이는 차와는 반대로 녹색 벼 포기들이 펼쳐져 있는 들판길을 따라 마을로 들어오고 있었다.

"희진이하고 세연이다, 야!"

"교복을 입었네?"

면 직원 뒤에 희진이가 붙고 그 뒤에 세연이가 바짝 매미처럼 붙어 있는 모습이었다. 오토바이 엔진 소리가 점차 크게 들려왔다. 그 소음 때문에 세연이가 휴대폰 벨소리를 못들었던 것 같았다.

"벌써 개학을 했나? 그런 말 없었잖아?"

이장과 유씨엘 할아버지가 경운기를 치워 주자, 오토바이가 마을 회관 앞 주민들이 몰려 있는 곳에 가서 멈췄다. 희진이와 세연이가 오토바이에서 내려 걸어왔다. 둘 다 가방은 들지 않고 있었다. 오다가 희진이는 자기 집이 있는 골목으로 들어가고 세연이는 계속 길을 따라 올라왔다. 세연이는 무슨 기분 나쁜 일이 있었는지 씩씩거리며 자기 집 쪽으로 뛰어갔다.

"우린 그냥 건빵이나 사다 먹자!"

호철이의 말을 기준이가 받았다.

"그래! 누가 갔다 올래?"

"내가 돈 낼 테니 기준이 네가 갔다 와. 나하고 성민이는 저번 시위 때 자기네 편 안 들었다고 동네 사람들이 좋아하지 않잖아!"

"그래!"

기준이가 선뜻 호철이의 돈을 받았다. 가며 오며 희진이네 집을 기웃거려 볼 속셈이었다. 그사이 세연이가 은향이랑 삶은 옥수수를 싸 가지고 아지트로 올라왔다. 은향이는 안경의 부러진 다리를 스카치테이프로 붙여서 끼고 있었다. 저번처럼 화장을 했는지 입술이 촉촉하니 반짝였다. 양쪽 귓불에는 앙증스러운

229

십자 모양의 은귀고리가 달려 흔들거렸다. 그런 대로 잘 어울렸지만 부러진 안경 때문에 재웅이의 마음이 썩 좋지는 않았다. 원주 시내에라도 나갈 수 있으면 좋은 걸로 맞춰 주고 싶은 마음이 굴뚝같았다.

"안경, 그거 비싸니?"

"뭐, 그렇게 비싼 건 아냐. 서울 가서 새로 하면 돼."

"내가 물어 줄게."

"아니야, 집에 또 하나 있어."

"그래도 미안해서……."

재웅이는 무슨 핑계로든 이번 달 월급에서 십만 원 정도 빼내 안경 상품권을 선물하기로 마음먹었다. 언젠가 춘천 시내 지하상가에서 그것을 파는 걸 본 적이 있었다.

조금 있으려니 희진이도 올라왔다. 한껏 치장을 한 모습이었다.

"너희 벌써 개학했니? 왜 학교에 갔었어?"

재웅이가 희진이와 세연이에게 물었다.

"기념식 하러. 오늘 광복절이잖아!"

그러고 보니 아침에 숙소 문간에 태극기가 달려 있던 것도 같았다.

"아, 말 마! 청소만 죽싸리 하고 왔어! 안 가도 됐는데……. 오늘 우리 아빠 바빠서 못 나와서 그냥 걸어오고 있는데 오토바이가 와서 태워 달라고 했어. 면사무소 직원 아저씨인데 폭우 피해 상황 조사하러 오는 거래!"

희진이는 묻지도 않은 말까지 장황하게 늘어놓으며 자꾸 성민이를 바라보았다. 가능한 한 이야기를 길게 해서 한껏 멋을 부리고 온 자기에게 시선을 돌리게 하려는 의도였다. 그러나 성민이는 창구멍 밖 하늘을 간간히 바라볼 뿐 희진 이에게 시선을 주지 않았다.

횡성경찰서에서 돌아온 이후 성민이는 더욱 말이 없었다. 양 대리와는 더 친해진 것 같았으나 친구들과는 거리를 두려는 기 색이 뚜렷했다. 친구들이 자기 가족 상황과 가정 형편을 알게 되어 자존심이 많이 상한 모양이었다. 풀이 죽은 성민이의 모습 을 보니 재웅이는 속이 편치 않았다.

곧 기준이가 건빵 몇 봉과 페트병에 든 사이다를 사 가지고 올라왔다. 녀석은 올라오자마자 희진이의 옷차림새를 보고 놀 라 입이 떡 벌어져서 좋아했다.

건빵과 음료, 삶은 옥수수를 나눠 먹으면서 이런저런 잡담이 오갔다. 먼저, 노래방에서의 세연이 브레이크 댄스를 도마에 올 려 한참 요리를 한 다음, 은향이의 춤과 탬버린 치는 솜씨를 올 렸다.

"야, 너 대단하던데! 완전 프로급이었어!"

"보통 솜씨가 아닌 걸 보니, 공부는 안 하고 만날 노래방에만 다녔던 거 아니야?"

기준이와 호철이의 칭찬에도 은향이는 살며시 웃기만 할 뿐

별말이 없었다. 그러자 세연이가 뜻밖의 말을 꺼냈다.

"이 누나, 그거야! 왜 있잖아? 길에서 북치고 그러는 거. 거리 밴드라던가?"

은향이가 놀라며 급히 제지했지만 이미 늦었다. 희진이가 벌써 뒷말을 잇고 있었다.

"밴드가 아니고 고적대. 은향이 거기서 작은북 담당이야. 문광여고 고적대, 유명하잖아? 오빠들 몰라?"

"그래서 그렇게 탬버린을 잘 쳤구나!"

"아직 정식 대원은 아니고 후보야. 2학기 때 정식 대원이 될 거야."

도마 위에서 길게 진행되던 은향이 요리가 끝나고 이제 희진이 요리가 시작되었다. 당연히 옷차림부터 시작해서 목걸이를 거쳐 몸무게와 눈 쌍꺼풀 수술에 이르러서야 겨우 끝을 맺었다. 그리고 이야기는 집중호우 쪽으로 흘러 잠시 맴돌다가 8·15 해방을 거쳐 일본의 독도 망언 문제로 이어지는가 싶더니 안중근으로 넘어갔다.

"어쩜, 비가 그리도 많이 내리냐? 삼 일 동안 삼백 밀리가 넘게."

"근데 그걸 누가 잰 거야? 누가 밖에서 비를 맞으면서 재 본 건가?"

"아 맞아! 그게 누구지? 강수량 재는 기계 만든 사람."

희진이의 질문에 세연이 녀석이 느닷없이 기계 얘기를 꺼냈다. 그러고는 재웅이, 기준이, 호철이, 성민이를 차례로 둘러보았다.

"강수량 재는 기계?"

"응, 형네 전부 기계과라며? 근데 그 기곌 몰라?"

"우린 인마, 그런 기계 안 만들어!"

"왜 세종대왕 때 그 사람. 아, 생각날 듯 말 듯하면서 안 나네. 희진이 누나는 알아?"

모두의 눈이 희진이에게로 쏠렸다.

"그런 기계도 있었니? 에디슨인가? 나도 잘 모르겠는데."

"은향이 누난?"

이번에는 모두 은향이를 바라보았다. 하지만 은향이는 가볍게 웃기만 할 뿐 끝내 입을 열지 않았다. 너무 쉬운 문제라 말하기조차 창피한 모양이었다. 세연이가 입술을 한 번 씰룩인 뒤 다른 말을 했다.

"오늘 우리 교장 선생님이 안 와서 교감 선생님이 대신 광복절 축사를 했는데, 짧게 끝냈어. '광복절 의미를 되새기자. 요즘 일본이 또 독도를 자기네 땅이라고 우기고 있으니 정신 바짝 차려야 한다.' 그리고 끝이었어."

"오호호! 정말 간단해서 좋다."

"거기까진 좋았지. 대신 청소를 얼마나 길게 했게? 그런데 일본이 왜 독도를 자꾸만 자기네 땅이라는 거야?"

"그러게 말이다! 또 중국 놈들은 고구려가 자기네 거라고 우긴다잖아? 백두산은 벌써 반이나 가져갔대!"

기준이가 언젠가 담임 선생에게 들었던 말을 늘어놓았다.

"야! 이러다 우리 이것저것 다 빼앗기고 아무것도 안 남는 거
아냐?"

"에이, 설마! 나라에서 가만히 있을려고? 확실하게 꼭 지키
겠지!"

"글쎄……. 야, 우리 「독도는 우리땅」 한번 불러 보자!"

"울릉도 동남쪽 뱃길 따라 이백 리. 외로운 섬 하나 새들의
고향. 그 누가 아무리 자기네 땅이라고 우겨도 독도는 우리땅."

재웅이의 제안에 기준이, 호철이, 세연이는 아지트가 들썩들
썩 할 만큼 큰 목소리로 합창했다. 은향이와 희진이, 성민이는
손뼉을 치며 장단을 맞춰 주었다.

"하여튼 안중근 의사가 다시 나타나야 해! 탕! 탕! 탕!"

희진이가 손을 권총 모양으로 하고 앞으로 쭉 내밀며 쏘는 시
늉을 했다.

"참, 안중근 의사는 무슨 과 의사였어? 치과? 산부인과?"

또다시 세연이의 돌발 질문에 모두들 멍한 표정으로 서로의
얼굴을 바라보았다. 여태 단 한번도 생각해 보지 않은 문제였다.

"나도 사실 그게 무척 궁금했어."

"안과 아닐까?"

"내가 중2 때 학교에서 안중근 영화를 봤는데, 칼도 막 보이
는게 외과 같던데?"

"피부과일 수도 있어."

한마디씩 자기 생각을 말했다. 하지만 은향이는 이번에도 아무 말 없이 커다란 두 눈만 껌벅이고 있었다. 그런 것도 모르느냐는 경멸의 눈빛 같았다. 재웅이는 다시 한 번 수치심을 느끼며 어금니를 깨물어야 했다. 자꾸만 작아져 가는 자신이 싫었다.

첫눈에 봐도 은향이는 전형적인 우등생 스타일이었다. 하얀 얼굴, 검은 테 안경, 초롱초롱한 눈, 깊은 생각에 잠긴 듯한 표정, 쉽게 말하지 않고 뜸을 들이는 태도 등등. 하지만 곰곰이 생각해 보니 조금씩 의문이 들기 시작했다. 옷차림, 머리 스타일, 귀고리, 입술 화장 등이 우등생들의 그것과는 차이가 있었고, 무엇보다도 노래방에 갔을 때 그 노래 솜씨와 춤 솜씨는 분명한 가닥 하는 여자애임이 확실했다. 더욱이 인문고라면서 방학때 보충수업을 안 하는 게 의심스러웠다. 미꾸라지 박충수 녀석도 거의 내내 보충수업을 한다고 그랬다. 희진이도 자기가 안나가서 그렇지, 보충수업을 한다고 했고. 그리고 공부 시간을 많이 빼앗길 것 같은 고적대원은 또 무엇이란 말인가?

"세연아, 이리 따라와 봐! 나랑 여기 이 쓰레기 좀 치우고 오자. 지저분하고 냄새도 나고, 혹시 쥐가 또 올라올지 몰라."

"아, 나 오늘 학교에서 존나 청소하고 왔는데, 또 청소야?"

그동안 치우지 않은 쓰레기를 대충대충 주워 담아 두 봉지를 채우고, 세연이를 반 강제로 끌고 내려왔다. 그런 다음 가까운 옥수수밭으로 깊숙이 들어가 다그치듯 물었다.

"너 새꺄, 똑바로 말해!"

"뭘?"

"은향이 말야!"

"은향이 누나가 뭐?"

"야, 은향이 정말 학교에서 공부 잘하니? 정말 전교에서 일등
하는 애야?"

세연이는 딱 부러지게 대답을 못하고 실실 웃기만 했다.

"아무것도 말하지 말랬어. 형이 직접 물어봐."

"그런 걸 어떻게 직접 물어봐? 일등 아니지? 네가 다 뻥친 거
지? 그리고 그 학교 인문고 아니지?"

세연이가 대답 대신 고개를 끄덕였다. 반가움에 재웅이의 눈
동자가 주먹만큼 커졌다.

"그리고 또 한 가지, 그 충수라는 놈이랑은 언제부터 사귄 거
야? 네가 소개시켜 준 거지? 너 맞지, 새꺄?"

"아, 말하면 나, 존나 혼나는데……."

"내가 비보이 시디 사 줄게! 너 지난번에 그거 갖고 싶다고
그랬잖아."

"시디 꼭 사 주는 거지? 두 장, 우리나라 거하고 외국 거!"

"그래, 새꺄! 자, 내일 당장이라도 읍에 가서 사!"

재웅이는 주머니를 톡톡 털어 만육천 원을 세연이에게 건네
주었다. 녀석은 얼른 돈을 챙겨 제 주머니에 넣으면서 부족한
사천 원은 내일 마저 달라고 한 뒤 입을 열었다.

"아, 말하면 나 죽는데…… 쩝! 희진이 누나가 그 둘을 작년에 소개시켜 줘서, 가끔 이메일 주고받고 그러나 봐. 둘이 만난 건 저번 겨울 방학 때 몇 번이고."

"은향이도 그놈 좋아하니?"

"뭐, 그렇게 좋아하는 것 같지는 않아."

"그래? 정말이지?"

"내가 볼 땐 그래. 저번엔 문자도 보내고 그랬는데, 요즘엔 안 보내."

재웅이의 표정이 갑자기 밝아지며 힘이 불끈 솟구쳤다. 은향이와의 사이에 가로놓여 있던 열 척 장벽이 와르르 무너져 내리는 것 같은 통쾌함이 느껴졌다. 너무도 반갑고 기뻐 자기도 모르게 웃음이 줄줄 새어 나왔다.

재웅이는 승천하는 용이라도 된 듯이 가볍게 사다리를 뛰어 올라 아지트로 들어갔다. 기준이 녀석이 무슨 얘기를 했는지 여자애들이 까르르 웃고 있었다. 자리를 잡고 앉은 재웅이는 이제부터 이야기의 주도권을 자기가 잡아야겠다고 생각했다. 그러려면 모두의 관심거리가 될 만한 공통 소재가 필요했다. 머릿속을 한참 뒤져서 드디어 다 같이 공감할 만한 단어를 찾아냈다.

"야, 너희들 이 세상에서 제일 공포스럽고 짜증스러운 단어가 뭔 줄 아니?"

질문을 던지자 아이들이 잡담을 멈추고 재웅이에게로 시선을 모았다. 그러고는 고개를 갸웃거리며 머릿속을 헤집기 시작했다.

"미친놈? 바보?"

"또라이? 쪽발이?"

"몽달귀신? 홍콩할매귀신? 모르겠다."

"뭐야? 말해 봐!"

"우리 모두 다, 이 말만 들으면 기분 완전 잡쳐서 미치고 팔딱 뛴다."

"글쎄, 그게 뭐야? 뜸 들이지 말고 빨리 말해, 짜샤!"

모두 애원하는 눈빛으로 재웅이를 바라보았다. 은향이 역시 재웅이의 대답에 몹시 목말라하는 표정이었다.

"그래! 그거, 엄마 친구 아들!"

호철이가 먼저 크게 소리쳤다.

그제야 다른 아이들도 알아채고 손뼉을 치며 낄낄낄 웃었다. 곧 엄친아를 주제로 각자 자기 엄마의 잔소리에 대해 집중적인 성토를 벌이기 시작했다.

"우리 엄만 꺼떡하면, 엄마 친구 아들은 전교 몇 등을 해서 장학금을 받았느니 뭐라니 하는데, 햐! 돈다, 돌아!"

"야, 우리 엄만 더하다. 엄마 친구 아들이 자장면 배달을 해서 내복을 사다 줬는데, 그게 그렇게 좋은 거였다나. 그러면서 나보고 아르바이트 하라고 지난겨울 내내 달달 볶았다."

"우리 엄마 친구 아들은 집안 청소는 물론 설거지와 빨래까지 한단다. 밤마다 안마도 해 주고. 나 참, 열 받아서!"

성민이는 그냥 빙그레 웃기만 했고, 은향이는 옆에 앉은 세연이의 어깨를 치며 깔깔거렸다.

"맞아, 맞아! 엄마들은 다 똑같나 봐! 나도 죽겠어! 오호호!"

재웅이는 그곳에 모여 앉은 아이들을 한 명 한 명 차례대로 살펴보았다. 마음이 훈훈해지며 새록새록 정이 솟았다. 자기처럼 공부에는 영 젬병인 아이들이 사방이 꽉 막힌 두메산골, 손바닥만 한 마을, 코딱지만 한 다락방에 이렇게 모여 있다니. 아무리 우연이라 하더라도 기막힌 인연인 것 같았다.

"히히! 이히히!"

갑작스러운 웃음소리에 아이들의 눈길이 일시에 재웅이에게 쏠렸다.

"히히히!"

"야, 너 왜 갑자기 웃어?"

한번 터져 나온 웃음을 도무지 멈출 수가 없었다. 생각하면 할수록 우스워 배까지 움켜잡고 떼굴떼굴 구르기까지 했다. 아이들을 한 명 한 명 바라보고 있으려니, 아버지가 했던 끼리끼리 논다는 말이 생각나서였다.

"도대체 왜 그러는 거냐고?"

"아무것도 아냐. 우리 이렇게 만난 것도 인연인데, 모임 하나 만들자!"

"무슨 모임?"

"기념 삼아 클럽 하나 만들지, 뭐!"

"그래, 그거 좋겠다!"

희진이가 손뼉을 치며 성민이를 쳐다보았다.

"오빠들 곧 돌아가고 은향이도 가고 세연이도 엄마한테 가고 나면 우리 못 만나잖아? 인터넷 카페를 만들면 전국 어디에서고 언제든 만날 수 있잖아!"

"뭐, 나쁘진 않겠네."

은향이도 관심을 보이자 재웅이의 눈이 번쩍 빛났다. 성민이만 확실한 의사 표현을 안 하고 모두 찬성 쪽이었다. 재웅이는 이미 마음이 들떴다.

"그럼 뭐라고 이름을 짓지? 추동리의 7인?"

"오늘 광복절이니까, 대한광복회?"

"태사모가 어때? 태기산을 사랑하는 사람들의 모임!"

"나한테 좋은 이름이 있어!"

재웅이는 아까부터 머릿속에 생각해 둔 이름을 꺼내기로 했다. 처음엔 거부감이 좀 들겠지만, 아주 안성맞춤이라는 확신이 섰다.

"뭔데?"

"놀라지 마. 꼴찌클럽!"

"뭐? 꼴찌클럽? 에이, 그건 좀……."

"이 짜샤, 이거 엉뚱하기는! 하고많은 이름 중에 하필이면 꼴찌클럽이 뭐냐? 존심 상하게."

예상대로 아이들이 그리 좋아하지 않는 표정이었다. 재웅이는 얼른 보충 설명을 했다.

"딱 까놓고 말해서, 우리 다 공부 못하잖아? 다들 꼴찌나 다름없잖아?"

모두들 입을 다물고 아무 말도 못했다. 얼굴도 굳었다. 재웅이는 다시 진지한 표정으로 평소에 느꼈던 바를 차분히 얘기했다.

"솔직히 세상에 누구 하나 꼴찌에게 관심이 있냐? 무시하고, 깔보고, 사람 취급도 안 하려고 하고. 그동안 스트레스 얼마나 받았어?"

모두 고개를 끄덕거렸다. 잠시 후 호철이가 먼저 입을 열었다. 횡성경찰서에서 엄마가 잡아끄는 손길을 뿌리치고 남아 준 고마운 호철이였다.

"사실 꼴찌들은 공부 잘하는 애들보다 스트레스 열 배는 더 많다. 개네들은 가끔 칭찬이라도 받아서 해소가 되지만 우리는 허구한 날 꾸지람에 욕만 줄창 얻어먹으니, 풀 길이 없잖아?"

"맞아! 똑같은 실수를 해도 꼴찌들은 더 많이 혼나! 나, 저번에 학교에서 물컵 깼다가 혼나 죽는 줄 알았어! 반장 새끼가 깼을 땐 별말 안 하더니."

"그러니까 우리끼리 스트레스 해소의 장을 만들어 보는 거야! 전국적으로 뭉쳐서 서로 위로도 하고 또 격려도 하며, 스트레스 팍팍 푸는 거야!"

"그래, 서로 일촌도 맺고 정보도 교환하고 자신감도 키우고. 좋겠다, 오빠!"

희진이의 말에 은향이도 드디어 고개를 끄덕였다. 이때다 싶어 재웅이는 목소리를 높였다.

"좋아, 당당히 꼴찌라고 밝히는 거야! 꼴찌가 뭐 어때? 어느 학교든, 어느 반이든, 또 어느 동네든, 꼴찌는 다 있을 것 아냐? 그리고 우리가 설마 사회에 나가서도 꼴찌겠어? 우리도 맘만 먹으면 뭐든 할 수 있다고!"

말이 왜 이렇게 술술 잘 나오는지, 자기가 생각해도 육법대사를 능가할 것 같았다. 아무래도 은향이가 자기와 같은 실업계 학생이고, 또 꼴찌그룹에 속한다는 사실을 알았기 때문 같았다. 그리고 은향이가 그 미꾸라지처럼 생긴 박충수 녀석을 별로 좋아하지 않는다는 말을 들어서인 것 같았다.

"좋아! 까짓것, 한번 해 보자! 우리도 뭔가 할 수 있다는 걸 보여 주자고!"

호철이를 선두로 기준이, 희진이, 세연이, 은향이가 찬성을 표했고 결국 성민이도 히죽이 웃으며 고개를 끄덕였다. 그 모습을 보고 희진이가 몹시 좋아했다.

"당장 클럽을 개설하자! 희진이, 너네 집에 컴퓨터 있잖아?"

"그게 완전 구닥다리라, 그리고 아버지가 하루 한 시간밖에 못하게 해!"

"세연이 컴퓨터는 너무 느린 것 같던데……."

장날에 횡성 읍내 피시방에 가서 하든지 그냥 세연이 것으로 하든지, 가능한 한 빨리 클럽을 개설하기로 합의했다.

"근데 꼴찌클럽이라고 영어로 써야 하는 거 아냐? 영어로 써야 뽀다구가 나지. 어떻게 꼴찌라고 한글로 써서 대문에 턱 붙이냐? 쪽시럽게시리."

"그건 좀 그렇다!"

은향이가 이맛살을 찡그리며 재웅이를 향해 가볍게 눈을 흘겼다.

"그래? 그럼, 영어로 꼴찌를 뭐라 하지?"

이번에는 또 꼴찌를 영어로 어떻게 쓰느냐 하는 문제를 가지고 한참 의견이 오갔다. 그러고 보니 재웅이 자신도 확실하게 쓸 수 있는 영어 단어라고는 손에 꼽을 정도였고 그나마도 중3 때 클럽 운영을 해 봐서 알게 된 것이었다. 그동안 은여우가 심심하면 단어 시험을 봐서 손바닥을 때리기는 했으나, 골치 아픈 영어 단어를 외우느니 차라리 맞는 쪽을 택했다. 아무튼 영어하고는 철천지원수로 지냈으니 알 턱이 없었다.

"한국 사람이 왜 영어를 그렇게 죽어라 해야 하는 건지. 난 사실 이해가 안 돼! 우리나라에서 우리말보다 영어를 더 잘해야 되다니? 여기 한국 맞는 거야?"

"누가 아니래? 우리가 뭐 미국 가서 철탑 공사 할 일 있냐? 아니면 영국에 가서 시위할 일이 있겠냐? 필요한 사람만 배우면 되는 거지. 이건 뭐, 유치원 때부터 영어, 영어……, 아, 또 돌겠네!"

결국은 아무도 몰라서 육법대사에게 물어보기로 했다. 어떻든 소기의 목적을 달성한 재웅이는 속으로 쾌재를 불렀다.

"참, 더덕 그거 잘 팔리니?"

문득 생각이 난 듯 재웅이가 세연이에게 물었다.

"잘은 모르는데 예전 같지 않은가 봐. 다른 지방에서도 더덕 생산이 많이 늘었대. 중국산도 들어오고."

희진이가 근심스러운 표정으로 세연이의 말을 받았다.

"마을이 점점 쪼그라들고 있어. 사람들도 기운이 빠져 골골하는 것 같고……. 우리 마을, 내가 저 위 폐분교 다닐 때만 해도 거의 오십 집도 넘었는데 한두 집씩 떠나더니 지금은 서른 집쯤 되나?"

"내가 세어 봤는데, 서른네 집이던데. 버려진 집들 빼고."

"무너져서 없어진 집들도 많아. 이달 말에 두 집이 또 떠날지 모른대. 먹고살기 힘들다고. 울 아빠가 설득 중인데 잘 안되나 봐. 울 아빠 마을을 살려야 한다고 만날 고민하더니, 요즈음 머리카락이 이만큼씩 빠져. 하긴 나도 이 동네 떠나서 도시로 가고 싶어. 내년에 세연이 부천으로 고등학교 가면 달랑 나 혼자 남는 거잖아."

"가뜩이나 어려운데, 그 큰 물난리를 겪고, 송전탑 회사랑 싸움을 벌이고, 거기다가 도둑까지 맞고, 정말 동네 분위기가 말도 아니다, 얘!"

은향이가 고개를 끄덕이며 뒷말을 이었다. 진지한 표정에 무거운 말투였다.

"우리가 동네 분위기 한번 살려 볼까?"

재웅이가 농담 삼아 던진 질문을 호철이가 갑자기 자세를 고쳐 앉으며 진지하게 받아들였다.

"그거, 그 더덕, 인터넷으로 팔면 안 될까?"

모두들 눈을 동그랗게 뜨고 호철이를 바라보았다.

"인터넷?"

"응, 우리 사촌 형이 홈쇼핑 회사에 다니는데, 거기 올리면 꽤 잘 팔린대! 재수 좋으면 전국적으로 대박도 나고."

"그래? 그럼, 이장님한테 말해서 아예 추동리 더덕 직판 사이트를 개설하면 어떨까? 꼴찌클럽 만드는 김에 함께 만드는 거야!"

재웅이가 문득 머릿속에 떠오른 생각을 말했다.

"맞아! 마을 홈페이지를 만들어서 옥수수, 감자도 팔고."

기준이가 덧붙였다.

"여긴 더덕밭이 제일 많으니까 우선 더덕이나 잘 해야지! 감자나 옥수수는 덤으로 조금씩 주고."

성민이까지 자기 의견을 제시했다. 세연이와 은향이의 눈빛이 반짝였다. 희진이도 작은 눈을 보름달만 하게 떴다.

"저기 텅 비다시피 한 마을 회관을 수리하고 손을 좀 봐서 전화를 가설하고 컴퓨터를 들여놓는 거야!"

모두들 관심을 갖고 재웅이의 설명에 귀를 기울였다.

"앞마당이 넓은 데다 내부 공간도 커서 그 일을 하기에 딱이야!"

은향이가 고개를 끄덕거리며 계속 말해 보라는 눈빛을 보냈
다. 재웅이가 거침없이 덧붙여 설명했다.

"마을 사람들은 저녁 시간 이후에 별달리 하는 일이 없어 보
이던데. 각자가 주먹구구식으로 재배하고 수확해서 장에 내다
팔거나 중간 상인에게 헐값에 넘기는 것보다 공동으로 생산하
고 공동으로 판매한다면 일도 훨씬 쉽고 소득도 좋아질 것 같
아."

"그래. 영농 법인인지 뭔지 공동으로 만드는 회사가 있대. 재
웅이 말처럼 농산물을 공동으로 생산해서 공동으로 판매하
는……."

의외로 성민이가 적극적으로 나서 주었다.

"그런 게 있어? 그럼, 좀 더 자세히 알아보자. 육법대사한테
도 물어보고."

"다 좋은데, 컴퓨터를 할 줄 알아야 하잖아? 마을에 다들 노
인들뿐이라 컴퓨터를 어떻게 해?"

세연이가 축 처진 목소리로 찬물을 뿌렸다.

"그게 뭐 어렵냐? 일단 사이트만 만들어 놓으면, 사진 찍어
올리고 주문 받고 하는 건 어렵지 않아. 정 뭐하면 우리가 가르
쳐 드리지 뭐! 컴퓨터는 다들 웬만큼 하잖아?"

호철이의 말에 모두 동의하며 고개를 끄덕였다.

"쇠뿔도 단김에 빼랬잖아?"

"맞아! 내일 점심 먹고 이장님한테 찾아가서 말해 보자!"

논두렁을 걸으며 살펴보니 침수된 논의 물이 반쯤 빠져 있었
다. 쓰러졌던 벼들도 세 포기나 네 포기씩 서로 묶여진 채 바르
게 서 있었다. 침수 피해를 입었던 논마다 농부들이 몰려다니는
것 같더니 일일이 세워 그렇게 묶은 모양이었다. 벼들은 그 물
난리 중에도 키가 한 뼘 쯤 더 자란 것 같았다. 서로가 서로에게
다리 역할을 하며 서 있는 벼들이 신기하면서도 묘한 감정을 불
러일으켰다.

"야, 빨리 안 오고 뭐 해?"

벼 포기를 보느라 걸음을 늦췄더니 저만큼 앞서 가던 기준이
가 불렀다.

"알았어!"

구불구불한 산길을 오르고 올라 산 중턱 바위 무더기 밑에 자
리 잡은 미륵암으로 들어섰다. 미륵암은 본채인 대웅전을 가운
데 두고 그 좌우에 요사채가 하나씩 있는 작은 암자였다. 구경
을 하고 말 것도 없어 보였다. 목이 말라 우선 본채 뒤쪽으로 가
바위틈에서 솟아나는 물부터 표주박 가득 떠 마셨다. 시원했다.
육법대사는 금방 찾을 수 있을 것 같았다. 대웅전에서는 낭랑한
목탁 소리가 들려오고 있었고, 누런 강아지 한 마리가 어슬렁거
리는 좌측 요사채에서도 스님들의 독경 소리가 조용하게 울려
퍼지고 있었다. 그렇다면 우측 요사채에 있을 게 뻔했다. 우측

요사채로 다가가 보니, 세 문 중에서 가운데 문 앞 쪽마루에 분홍색 수건이 놓여 있었다. 섬돌 위의 신발도 육법대사가 신고 있던 신발이었다. 문을 두어 번 가볍게 두드렸다. 늦잠이라도 자는지 반응이 없었다. 다시 좀 더 세게 두드리자 문이 살며시 열리고, 꾀죄죄한 육법대사의 얼굴이 빼죽이 나왔다. 막 잠에서 깨어난 게슴츠레한 눈이었다.

"어? 아니, 너희가 여길 웬일이냐? 이장님이 올라가 보라던?"

"아니요. 그냥 바람도 쐬고, 절 구경도 하고……."

"허허, 짜식들. 우선 이리, 이리 앉아."

쪽마루에 앉자 육법대사가 다시 방으로 들어가 커피를 탔다. 그사이 방 안을 들여다봤다. 조그마한 좌식 책상 위에는 최신형 노트북 컴퓨터가 놓여 있었고, 책상 양옆으로 책이 꽤 많이 쌓여 있었다. 그리고 한쪽 벽면에는 보약이 든 것으로 보이는 작은 단지들과 건강식품 상자가 나란히 놓여 있었다. 얼핏 봐도 상당히 값이 나갈 만한 것들이었다. 정면 벽에는 흔히 보던 '하면 된다'가 아닌 '해야 된다'라고 쓴 길쭉한 종이가 붙어 있었다.

커피를 마시며 마을측과 천마측의 대치 상태와 냉랭한 분위기를 먼저 전했다.

"경운기 두 대를 더 끌어와 다리를 완전히 막아 버렸어요. 낮에는 할아버지 두 명이 틈틈이 보초를 서서 천마측 차는 절대 들여보내지 않아요."

"천마측에서 두세 번 들어와서 뭐라 하는 것 같았는데, 마을 사람들이 안 들어줬어요. 아마 그 상태가 오래갈 것 같아요."

"그리 오랜 안 갈 거야!"

"예? 왜요?"

"하루하루 손해가 얼만데. 곧 뭔 수를 쓰겠지. 적당한 선에서 타협하면 서로 윈윈을 할 수도 있고."

어제 김 과장이 불러서 회유와 협박을 하던 말이 떠올랐다. 재웅이는 그 얘기를 해 줄까 하다가 그만두고 윈윈에 대해 물었다.

"윈윈이요? 그게 뭐예요?"

"상생이라고, 뭐 쉽게 말해 서로 살고 서로 이기는 거지."

"서로 이겨요?"

"응. 이쪽도 좋고 저쪽도 좋은. 말하자면 누이도 좋고 매부도 좋다는 말이야."

육법대사가 윈윈을 영어로 써 보이며 좀 더 자세히 설명을 해 주었다. 그의 말을 다 듣고 나서 재웅이가 슬쩍 물었다.

"윈윈은 알겠는데요. 그런데 저, 꼴찌를 영어로 뭐라고 그래요?"

"뭐? 꼴찌를 영어로 뭐라고 그러냐고? 그건 왜?"

"그, 그냥요!"

눈치 빠른 육법대사가 물었다.

"척 보니 너희, 학교에서 꼴찌하나 본데, 꼴찌가 그렇게 좋냐?"

"뭐 나쁠 것도 없지요!"

"허허, 당당하네!"

"빨리 말해 봐요, 빨리요!"

"꼴찌를 구태여 영어로 하면 에, '보텀'이라 할 수 있지. 바닥을 뜻하는 '보텀' 말야. 아, 그리고 '라스트'도 되겠다. 에, 또 꼬랑지를 말하는 '테일'도 되고 끝을 나타내는 '엔드'도 되고. 많지 뭐!"

"그게 다 꼴찌라는 말이에요?"

"허! 이것들이 날 뭘로 보고. 다 꼴찌라는 뜻이 들어 있어, 짜식들아!"

"아니, 뜻이 아니라 꼴찌라고 쓰는 거요, 알파벳으로요!"

"아, 스펠링으로? 아이 언더스탠! 그러니까 꼴찌를 발음 나는 대로 쓰면 뭐냐, 이거지?"

"예, 바로 그거요!"

"그거야 뭐 쉽지! 쥐-오-엘-지-아이, 아니지 이건 '골지'로 발음되니까, 쥐-쥐-오-엘-지-지-아이, 꼴찌. 응, 이러면 되겠다."

늘 들고 다니던 법전 겉장에 볼펜으로 큼직하게 써 보이면서 친절하게 알려 주었다. 법전은 베개 역할도 하는지 머릿기름이 묻어 번들번들했고, 머리카락도 몇 올 붙어 있었다.

"이거예요?"

"그래, 어차피 발음만 비슷하면 되니까."

250

"쥐-쥐-오-엘-지-지-아이!"

"발음이 그게 아니야! 이거는 길게 쥐, 이거는 짧게 지. 해 봐!"

"쥐, 지."

둘이서 발음 교정까지 받아가며 두어 번 따라했다. 듣기에는 그게 그거인 것 같아 잘 되지 않았다.

"알았지? 자, 이제 빨리 가. 나 공부시간이야!"

"한 가지 더요!"

육법대사가 가라고 손을 내저은 뒤 방문을 닫으려는 걸 재웅이가 막았다.

"뭔데?"

"영농 법인이 뭐예요?"

"영농 법인? 그건 농업인 5인 이상을 조합원으로 하여 설립할 수 있는 거야. 다음에 설명해 줄게. 어서 가."

"아차, 딱 한 가지만 더요!"

"또 뭘 자꾸 물어? 뭔데?"

재웅이가 뒤통수를 긁적이며 머뭇머뭇하다가 물었다. 이왕 올라온 김에 마저 물어보는 게 좋을 것 같아서였다.

"저, 안중근 의사 아시죠?"

"야, 인마! 안중근 모르는 사람도 있냐, 한국 사람이? 그런데 안중근 의사가 왜?"

"저 근데, 안중근 의사가 어느 과 의사였죠? 치과였죠? 그죠?"

"아니야! 안과였죠? 그죠?"

육법대사는 한동안 두 눈만 멀뚱멀뚱하며 재웅이와 기준이를 번갈아 바라보았다.

"푸하하하!"

육법대사는 갑자기 미륵암이 떠나갈 듯 큰소리로 웃으며 방바닥을 데굴데굴 굴러다녔다. 그 소리에 양쪽 방문이 벌컥 열리더니 두 사람이 동시에 밖을 내다보았다. 굳은 표정에 따가운 눈총. 공부 방해 말고 썩 꺼지라는 경고였다. 한 명은 알이 두꺼운 안경을 끼고 있었고 다른 한 명은 축농증 환자인지 코를 연신 킁킁거렸다. 1차 시위를 하던 날 육법대사가 말한 깜깜이하고 킁킁이가 분명했다. 하루 종일 방에만 틀어박혀 지내는지 얼굴이 하얗고 양쪽 볼이 홀쭉한 게 꼭 병자들 같았다.

"쉿! 조용히, 조용히 하자! 너희 정말 몰라서 묻는 거야?"

"예."

"이놈들 정말 모르나 보네. 나 원! 안중근 의사 할 때, 그 의사는 사람 병을 고치는 의사가 아니라, 의로운 일을 하다 죽은 사람한테 붙여 주는 일종의 존칭이야. 초등학교 때 배웠을 텐데? 응?"

육법대사의 설명을 듣고 얼굴이 빨개진 재웅이와 기준이는 서둘러 미륵암을 빠져나왔다. 그리고 곧장 산길을 내려가며 혹 잊어버릴지도 몰라, 꼴찌 스펠링을 반복해서 외워 댔다.

"쥐-쥐-오-엘! 지-지-아이!"

자꾸 외우다 보니 좀 전에 미륵암에서 들려오던 스님들의 염불 소리 같기도 했다. 킬킬거리며 더 큰 소리로 외웠다. 그러자 점점 신이 나고 재미도 있어 나름대로 리듬에 장단까지 넣으며 산이 울리게 외쳐 댔다.

"쥐-쥐-오-엘! 지-지-아이!"

홍이헌 일병 구하기

미륵암에서 내려와 점심을 먹고 일단 구판장 앞에서 모두 모였다.

"재웅이 형, 나 사천 원!"

세연이가 손을 내밀며 돈을 요구했다. 약속한 비보이 시디 살 돈을 마저 달라는 것이었다.

"알았어. 자식, 아주 지독하다, 지독해! 그리고 이거 만 원은 나중에 미꾸라지 만나면 꼭 전해 줘."

주는 김에 충수에게 꾼 돈도 건네주었다.

"이 돈 꼭 줘야 돼?"

"그럼, 줘야지, 인마! 어려울 때 꿔 준 건데."

은향이가 뭐냐고 물었지만 별거 아니라며 얼버무렸다.

모두 이장네 집으로 갔다. 대문간에서 안을 슬쩍 보니까 이장이 마루에 혼자 앉아 술을 마시고 있었다.

"흐흠, 도시로 나가면 무슨 뾰족한 수가 있나? 하루 벌어 하루 먹기도 힘들지. 젊은 애들도 펑펑 놀고 있는 세상인데, 누가 늙은이들을 써 준대? 아휴!"

심각한 표정으로 연신 술잔을 비워 대며 혼잣말로 중얼거리는 소리였다. 땅이 꺼질 듯한 한숨 소리가 길게 이어지기도 했다. 곧 마을을 떠날 예정이라는 두 집을 설득하러 갔다가 허탕을 치고 돌아온 모양이었다. 이장의 기분이 좋지 않은 것 같아 잠시 다음에 올까 하는 생각도 들었으나, 그냥 마당으로 들어섰다. 널찍한 마당 한쪽에는 비료 포대가 층층이 쌓여 있었고, 부엌에서는 한약 달이는 냄새가 솔솔 풍겨 오고 있었다. 마침 자기 방에 있던 희진이가 발소리를 듣고 나와 맞아 주었다.

"아빠, 애네들이 할 말이 있대!"

"예, 이장님! 드릴 말씀이 있어서 왔습니다."

아이들이 한꺼번에 몰려들어 죽 늘어서자 이장이 놀라서 어리둥절한 표정을 지었다.

"할 말?"

"예! 저희가 생각한 게 있는데, 그거 말씀 드리려고요."

재웅이와 기준이의 말에 이장은 오히려 호철이와 성민이를 바라보았다. 탐탁지 않아 하는 표정이었다. 그러더니 고개를 건성으로 두어 번 끄덕거렸다.

"뭐, 어디 해 봐, 그럼. 쩝쩝."

아침 일찍, 우선 대대적인 마을 회관 청소부터 했다. 지난번 물난리를 겪고 나서 대충 청소를 한 것 같았으나 곳곳에 흙먼지와 물때가 끼어 곰팡이가 핀 곳이 많았다. 안에 있던 잡동사니들을 모조리 꺼내 앞마당에 쌓아 놓고 수차례 물걸레질을 한 다음, 유리창도 말끔히 닦았다. 기준이와 성민이가 고장 난 확성기를 손보는 사이 다른 아이들은 물품들을 분류해서 못 쓸 것들은 버리고 책상과 의자, 액자, 청소 도구 같은 쓸 만한 것들만 안으로 들였다. 회관 내부 앞쪽에 책상 두 개를 나란히 놓은 후에 희진이 컴퓨터와 세연이 컴퓨터를 옮겨 오고 인터넷 선도 끌어와 연결했다. 접속 실험을 마친 재웅이는 이장에게 마을 카페에 대해 말했다.

"어제 말씀 드린 것처럼 직판 사이트는 시간이 걸리고 돈이 좀 드니까 나중에 하기로 하고 오늘은 마을 카페부터 만들게요."

"응, 그래. 어서 해 봐."

재웅이는 먼저 포털사이트에 접속해서 이장 아이디를 만든 뒤 카페를 개설했다. 어젯밤에 아이들과 상의해서 결정한 인터넷 카페 '웰컴투 추동리'. 카페 이름을 눈에 확 띄도록 크게 해서 붙이고, 희진이와 은향이가 앞산에서 휴대폰으로 찍어 온 마을 전경 사진을 배경 화면으로 깔았다. 그리고 이장의 사진과 인사말을 넣었다. 이장이 밤새 편지지에다 쓴 것이었다. 사실감을 살리고 정감을 주기 위해 삐뚤빼뚤한 손 글씨가 적힌 편지지를 사진으로 찍어 그대로 올렸다.

"안녕하십니까, 추동리 이장 홍이헌입니다. 정든 고향을 떠나 멀리 타지에 나가 사시는 우리 고향분들, 이 무더운 여름을 어떻게 지내고 계신지 궁금합니다. 이번에 우리 추동리는 집중호우로 인하여 막심한 피해를 보고 말았습니다. 그리고 또 다른 어려움을 겪고 있는 중이지만, 마을 주민 모두가 힘을 합쳐서 열심히 견뎌내고 있으니까 아무 걱정 마시기 바랍니다. ……."

이장은 자기가 쓴 인사말을 읽어 보며 매우 흡족해했다.

"아이구, 보기 좋네! 허허, 그러니까 이게 카페다 그거지?"

"예. 컴퓨터만 있으면 전국 어디서나 볼 수 있어요. 카메라를 요 위에 달아 놓으면 서로 얼굴을 보면서 인사도 나누고 대화도 할 수 있고요."

"거 참 희한하구만!"

몇몇 사람들이 몰려와 신기해하면서 살펴보았다. 재웅이는 간단하게 메뉴판을 짜서 붙이고 마무리를 했다.

"이쪽은 메뉴판인데요. 이게 가입하는 곳이고, 이게 가입 인사말 남기는 곳, 이건 추동리의 새로운 소식을 올리는 곳이고, 이건 사진을 올리는 곳이에요."

"음, 그렇구만!"

"나머지는 차차 알려 드릴게요. 나중에 직판 사이트를 개설하고 거기에 카페를 링크시키면 더 좋아요. 두 곳을 서로 연결하는 거죠."

"응, 그래! 그래!"

"이제 마을 사람들한테 컴퓨터 교육만 시키면 돼요."

"그거 어렵지 않을까?"

메리야스 할아버지가 고개를 저으면서 물었다.

"어렵지 않아요. 하루에 한 시간씩 일주일만 배우면 누구나 할 수 있어요. 낮에는 대부분 일하느라 바쁘시니까 밤에 나오셔서 배우세요."

"그럼, 배워 봐야지!"

"여기 희진이, 세연이, 기준이, 호철이가 자세히 가르쳐 드릴 거예요. 성민이하고 저도요."

"좋아, 좋아! 한번 해 보자구!"

일을 마치자 시간은 열한 시가 다 되어 있었다. 어젯밤 이장이 집집마다 다니며 제대로 말을 전했는지 마을 사람들이 속속 몰려들고 있었다.

"그럼 곧 시작하죠."

"그래, 시작해. 음식은 내가 말해 뒀으니까 점심때 이리 배달될 거야. 사실 너희들이 말 안 했어도 진즉에 내 한번 하려고 그랬어."

마침 확성기도 고쳐져 이장이 다시 한 번 방송을 하자 금세 마을 사람들이 삼사십 명 모여들어 마을 회관이 꽉 들어찼다. 마당에 서 있는 사람들까지 합하면 족히 육십 명 가까이 됐다. 추동교에서 보초를 서던 유씨엘 할아버지와 세연이 할아버지도 다른 사람과 교대를 하고 와서 앞쪽에 앉았다.

은향이와 세연이가 회관 뒤쪽 구석에 처박혀 있던, 낡은 북과 녹슨 꽹과리 두 개를 가져와 바닥에 나란히 엎어 놓았다. 그리고 은향이가 자리를 잡고 양손에 막대기를 들었다.

"주민 여러분! 오늘 아주 불볕더위랍니다. 그러니 오늘 들일은 잠시 쉬시고 우리 마을 카페도 생겼고 하니, 한두 시간 정도 주민 위안 잔치를 하겠습니다. 오늘이 마침 음력 칠월 보름, 백중날이 아닙니까! 아시다시피 예전에는 백중날이면 마을 잔치를 크게 열곤 했었는데⋯⋯."

"암, 그랬었지! 예전에야 백중날이 아주 큰 날이었지."

"예! 그래서 카페 개설 축하도 하고 주민 단합도 다질 겸, 겸사겸사 오늘 이 자리를 마련했습니다. 저기 저 형님하고 이 형님, 이 형님이 닭 두 마리씩을 내고 충수 할아버지와 세연이 할아버지가 막걸리 한 말씩을 내셨습니다. 에, 그리고 밥하고 부침개, 반찬은 제가 내기로 했습니다."

주민들이 크게 박수쳤다.

"지금 가마솥에 백숙을 끓이고 있고 다른 음식들도 마련 중입니다. 막걸리는 면에서 곧 배달 차가 올 것이니, 우선 소주와 음료수로 목을 축이면서 놀이판을 벌이기로 하겠습니다. 기특하게도 여기 이 애들이 우리 주민들을 위해 준비를 했답니다."

또다시 박수가 터지고 세연이가 마이크를 넘겨받았다. 은향이는 양손에 잡은 막대기를 가슴 높이로 들더니 이윽고 북과 꽹과리를 번갈아 치면서 빠르고 신나는 리듬을 만들어 냈다. 성민이만 옆으로 빠지고 재웅이를 비롯한 기준이, 호철이, 희진이도 세연이 뒤에 서서 리듬에 맞춰 몸을 흔들며 분위기를 잡았다. 분위기가 점차 고조되자 주민들도 한두 명씩 어깨를 들썩이기 시작했다. 곧이어 은향이의 리듬을 따라 모두 손뼉을 치며 즐거워했다.

이윽고 마이크를 잡고 목청을 가다듬던 세연이가 큰 목소리로 노래를 부르기 시작했다.

"행운을 드립니다, 여러분께 드립니다. 삼태기로 퍼 드립니다. 에루아 둥실 두둥실, 두리두리둥실 두둥실."

세연이가 신나는 곡만 골라 세 곡을 메들리로 부르고 아이들이 뒤에서 백댄스를 추며 화음을 맞춰 주자, 마을 회관 안은 금세 전국 노래자랑이라도 하는 듯 분위기가 한껏 달아올랐다. 다음은 호철이가 마이크를 넘겨받아 그 특유의 코믹송과 몸동작으로 할아버지, 할머니들의 배꼽을 몽땅 잡아 뺐다. 이장도 코가 바닥에 닿도록 허리를 꺾었다.

"아, 장사하자, 아 장사하자. 아 장사하자 먹고살자. 오늘도 방실방실 밝은 대한민국의 하늘. 사치기 삿, 사치기 삿, 도대체 누구를 믿어야 하나. 아무것도 보이지 않는 어둠 속에서, 지푸라기라도 잡고 싶습니다. 알라 하느님 부처님이여, 사치기 삿, 사치기 삿."

"쟈는 누구여? 그놈 아주 사람 죽이네! 으허허허!"

"그러게 말야! 개그맨 뺨 치는구먼그래!"

"기운 센 천하장사 무쇠로 만든 사람. 인조인간 로보트 마징가 제트. 콩딱콩딱 삐약삐약, 우리들을 위해서만 힘을 쓰는 착한이. 나타나면 모두 모두 벌벌벌 떠네. 꽁딱콩딱 삐약삐약. 무쇠 팔 무쇠 다리 로켓트 주먹. 목숨이 아깝거든 모두 모두 비켜라."

호철이가 홍콩강시처럼 깡충깡충 뛰면서 노래를 끝마치자 희진이가 마이크를 넘겨받았다. 희진이는 잠시 뜸을 들이다가 한창 유행하는 노래를 멋들어지게 불러 젖혔다.

"어머나! 어머나! 이러지 마세요. 여자의 마음은 갈대랍니다."

희진이가 물러나고 호철이가 마이크를 잡고 다음 차례를 안내했다.

"다음은 어제 밤새도록 연습한 오늘의 특별 공연 순서입니다. 이름하여 번데기 트위스트! 주민 여러분, 박수로 환영해 주십시오!"

주민들의 박수를 받으며 재웅이와 기준이가 꿈틀꿈틀 무대 중앙으로 기어 나갔다. 얼굴과 다리에는 두루마리 화장지를 둘러 감고 몸통에는 구멍 낸 비료 포대를 끼워 입고 있었다. 은향이의 드럼 소리에 맞춰 느리게 느리게 기어갔다. 애벌레를 표현한 것이었다. 그 모습에 주민들은 또 한차례 배꼽을 잡으며 웃음보를 터뜨렸다. 주민들의 웃음소리와 환호 속에, 재웅이는 재웅이대로, 기준이는 기준이대로 얼마간 무대를 기어 다니다가

가운데로 다시 모여 타원형이 되게 몸을 움츠렸다. 그러고는 그 자리에서 좌우로 실렁실렁 움직였다. 이따금 바르르 떨기도 하고 뒤틀기도 하면서. 그렇게 자극에 반응하며 안에서 성장 중인 호랑나비의 번데기를 표현했다. 춘천 국제연극제에서 봤던 무언극 작품으로 기준이의 제안에 의해 밤새 연습한 것이었다. 번데기의 움직임이 완전히 정지되고 이 분쯤 흘렀다. 비료 포대를 찢으며 벌떡 일어서서 펄럭펄럭 날개 짓을 하는 나비로 변신하기 직전이었다.

밖에서 누군가가 큰 목소리로 외치며 회관 안으로 헐레벌떡 뛰어 들어왔다.

"놈들이 왔어! 놈들이 또 나타났어!"

"에잉, 뭐야?"

이장이 호철이에게서 마이크를 빼앗듯 넘겨잡고 급하게 지시를 했다.

"여러분! 저 뒤에 피켓 들고 머리띠 두르고 나갑시다! 나가서 놈들에게 우리 주민들의 단결된 힘을 또 한 번 보여 줍시다!"

"그래! 나가자구! 나가서 이번엔 확실하게 본때를 보여 주자구!"

"다신 우리 동네에 얼씬도 못하게 아주 기를 꺾어 놓아야 해요! 얼른 나갑시다!"

주민들이 제각기 피켓을 들고 머리띠를 두르고 우루루 추동교로 몰려 나갔다. 그러고는 육법대사가 일러 준 대로 겹겹으로 늘어서서 산길을 바라보았다. 재웅이와 기준이, 희진이, 세연이도 공연을 걷어치우고 밖으로 뛰어나가 자리를 잡았다. 은향이도 피켓을 하나 들고 와 옆에 섰다.

마을로 들어오는 길을 살펴보니 조립팀의 무쏘가 앞서고 기초반의 소형 트럭이 그 뒤를 따르고 있었다. 그러나 그게 끝이 아니었다. 다시 그 뒤로 코란도 한 대와 에쿠스 한 대가 나타났다. 고급 승용차에는 아마도 천마산업 사장이 타고 있는 모양이었다. 그리고 맨 마지막에는 양 대리의 차가 조금 떨어져서 다가오고 있었다. 합의금을 받아서 새로 구입한 중고 세피아Ⅱ였다. 그 차를 보니까 재웅이는 또 빠드득 이가 갈렸다.

잠시 후 그들의 차가 추동교 앞에 도착했다. 조립팀장을 비롯한 얼룩 반바지, 장발 사내, 금목걸이가 내려와 경운기 앞에 나란히 섰다. 조립팀장이 추동교 위에 도열해 서 있는 주민들을 노려보더니 씨익 비웃음을 지었다. 경운기 위에 올라가 있던 이장도 역시 그들을 향해 비웃음을 지어 보였다. 그리고 곧 뒤쪽 주민들에게 손을 흔들어 신호를 보냄과 동시에 구호를 선창하기 시작했다.

"철탑 공사 중지하라!"

"철탑 공사 중지하라!"

"피해 배상 즉시 하라!"

"피해 배상 즉시 하라!"

"천마산업 물러가라!"

"천마산업 물러가라!"

옆에 은향이가 있어서 용기가 배가 된 재웅이는 목이 터져라 따라 외쳤다. 은향이도 재미있다는 표정으로 열심히 구호를 복창했다. 1차 시위 때 천마 사람들을 물리친 경험이 있어서인지 마을 주민들은 다소 여유 있는 표정으로 임했다. 세연이 할아버지와 유씨엘 할아버지는 삽을 들고 이장이 올라간 경운기 옆에 호위하듯 서 있었고, 메리야스 할아버지는 또 소똥과 돼지 오줌을 가지러 갔는지 보이지 않았다. 호철이와 성민이는 이번에도 시위에 가담하지 않고 구판장 앞 평상에 앉아 천마측의 눈치를 살피고 있었다.

한참 동안 비웃음을 지으면서 주민들을 노려보던 조립팀장이 시선을 돌려 까딱 고갯짓을 한 번 했다. 그러자 뒤쪽에 서 있던 코란도와 에쿠스의 차 문이 벌컥 열리더니 건장한 청년들이 우르르 내렸다. 모두 열 명이나 되었다. 짧은 머리에 덩치가 백두급 씨름 선수 같은 청년들은 곧장 앞으로 다가왔다. 제각기 손에 쇠파이프를 하나씩 들고 있었다. 추동교로 바짝 다가온 덩치들은 느닷없이 일시에 웃통을 훌렁 벗어 던졌다.

"으어!"

마을 사람들이 놀라서 신음을 내뱉으며 뒤로 한발씩 물러났다. 덩치들의 상반신에는 커다란 문신이 새겨져 있었다. 용, 뱀, 코브라, 악어 등 대부분이 파충류였고 호랑이와 전갈도 보였다. 팔뚝에도 제각각 또 다른 문신을 하고 있었다. 그림 문신과는 상대적으로 작은 글자 문신이었다.

"조폭이다!"

세연이가 겁먹은 목소리로 외쳤다. 아마도 조립팀이 직접 주민들과 부닥치는 게 껄끄러우니까 조폭을 동원한 모양이었다.

다시 조립팀장이 눈짓을 보내자 덩치들이 움직이기 시작했다. 마치 파충류와 맹수 무리의 움직임처럼, 보는 것만으로도 위압적이었다.

"이거, 2차 대전이다."

겁먹은 표정으로 어쩔 줄 몰라 하던 이장이 나지막이 소리쳤다. 어떻게 대처를 해야 할지 선뜻 방법이 떠오르지 않는 눈치였다.

"고, 고시 총각, 고시 총각."

이장이 휴대폰을 꺼내 급하게 번호를 눌렀다. 너무 당황을 해서인지 양손이 고장 난 엔진처럼 덜덜 떨리고 있었다. 그러는 사이 덩치들이 쇠파이프로 앞쪽 경운기의 전조등을 후려쳐 박살을 냈다. 놀란 이장이 얼른 뒤쪽 경운기로 뛰어 넘어왔고 주민들은 다시 두어 걸음 뒤로 물러섰다. 덩치들은 조금도 망설임 없이 무슨 운동 연습이라도 하듯 경운기의 엔진, 운전대, 의자, 바퀴, 짐받이 등을 마구 두드려 댔다. 순식간에 앞쪽 경운기 두 대가 걸레가 되어 버렸다. 하지만 그들은 망가진 경운기를 들어서 다리 옆에 모로 세워 두고는 다시 뒤쪽 경운기를 부서 대기 시작했다. 뒤쪽 경운기 두 대도 순식간에 걸레처럼 찌그러져 다리 옆으로 치워졌다. 이제 주민들과 덩치들이 서너 걸음의 간격을 두고 마주하게 되었다. 덩치들이 능글능글한 웃음을 띠고 쇠파이프로 자신의 손바닥을 툭툭 치며 한 발 한 발 접근해 왔다. 마을 사람들은 아까보다 빨리 뒷걸음질을 쳐 추동교 끝 부분에 다다랐다. 이미 추동교를 벗어나 구판장 앞에까지 간 사람들도 몇 있었다. 재웅이는 구판장 평상에 앉아 있는 호철이에게 휴대폰으로 촬영을 하라는 신호를 보냈다. 호철이가 알아듣고 휴대폰을 꺼내 덩치들 몰래 촬영을 하기 시작했다.

"괜히 피 보지 말고 멀리 물러나! 엉?"

그들 중 행동 대장으로 보이는 빡빡머리 덩치가 무서운 인상을 쓰면서 소리를 질렀다. 몸통에는 대형 악어 그림이, 팔뚝에는 '차카게 살자'라는 문신 글자가 뚜렷이 새겨져 있었다.

"신고! 경찰에 신고해요!"

뒤쪽에서 누군가가 말을 꺼냈다. 그러자 모두들 웅성거리며 고개를 끄덕였다. 재웅이도 은향이를 바라보고 그러면 되겠다는 시선을 보냈다. 그때였다.

"뭐여? 신고? 해 봐! 어디 한번 해 봐! 경찰이 오기 전이 이 동넬 완전 개작살을 낼 거인께!"

'차카게 살자'가 그렇게 말하며 쇠파이프를 허공에 크게 한 번 휘둘렀다. 다른 덩치들도 그를 따라 쇠파이프를 한 번씩 힘껏 휘둘러 보였다. 쓩! 쓩! 쓩! 허공을 가르는 소리가 섬뜩하게 느껴졌다. 이제 주민들은 뒤로 밀리고 밀려 맨 앞줄에 서 있던 사람들마저 추동교를 다 벗어난 상태였다. 아무도 감히 그들에게 대항할 엄두를 내지 못했다.

"신고를 하면 뭐해? 저놈들은 꼭 보복을 한다잖아!"

"맞아! 뉴스에서 봤어! 그럼 어쩌냐, 응?"

모두 두려움에 떨며 걱정스러운 말만 주고받을 뿐이었다. 이장은 연신 미륵암 쪽을 바라보면서 육법대사가 나타나 주기를 바라고 있었다. 그러나 육법대사는 코빼기는커녕 그림자도 보이지 않았다. 다시 조폭들이 쇠파이프를 허공에 휘두르며 추동교에서 구판장 앞까지 밀고 들어왔다. 그때, 메리야스 할아버지가 나타났다. 양손에 고무 양동이를 하나씩 든 채였다. 가까이 다가온 메리야스 할아버지는 소똥 양동이를 땅에 내려놓았다. 그러고는 숨을 헐떡이며 다른 손에 들고 있던 돼지 오줌을 덩치들을 향해 뿌리려는 자세를 취했다.

"이 염병할 놈들! 어디 와서 행패여, 행패가?"

하지만 오줌을 뿌리기도 전에 옆에서 노려보던 '인내는 써다'에 의해 제지를 당하고 말았다. '인내는 써다'가 쇠파이프로 양동이를 내려쳐 메리야스 할아버지가 그만 양동이를 놓치고 만 것이었다. 그 바람에 오히려 메리야스 할아버지가 오줌 세례를 받았고 일부가 다른 덩치들에게도 튀었다.

"아니, 이 쓰벌 늙은이가 죽으려고 환장을 했나? 늙었으면 방구들이나 지고서 얌전히 죽을 날이나 기다리고 있을 것이지, 잠자는 호랭이 코털을 뽑아? 엉?"

'인내는 써다'가 욕설을 퍼붓고 '엄마 사랑혀'가 눈을 부릅뜨며 메리야스 할아버지의 가슴팍을 밀쳤다. 메리야스 할아버지가 힘없이 땅바닥으로 쓰러졌다. '엄마 사랑혀'는 여전히 씩씩거리면서 오줌 양동이를 멀리 차 버렸다. 이어 다른 덩치가 소똥 양동이를 집어 들더니 주민들을 향해 뿌렸다.

"방해하면 국물두 없어! 줄초상 나고 싶으면 어디 막아 봐!"

팔뚝에 담뱃갑만 한 하트 문신이 새겨져 있고, 그 하트 속에는 '영원한 나으 숙'이라는 글자가 꽉 들어차 있었다. 주민들이 '영원한 나으 숙'이 뿌린 소똥을 피해 뒤로 우르르 물러났다. 벌써 마을 회관 앞마당까지 밀린 상태였다. 이제 더 이상 물러날 곳이 없었다. 그사이 조립팀의 무쏘가 다리를 건너와 구판장 앞에 자리를 잡았고 장비를 가득 실은 기초반의 더블캡 트럭도 그 옆에 나란히 섰다. 웬일인지 양 대리는 다리 건너편에 혼자 서서 이쪽을 물끄러미 바라보고 있을 뿐이었다.

"이제 더 이상 물러날 곳이 없어! 어떡하든 막아야 할 텐데!"

뒤에서 그런 말이 들리는가 싶더니 누군가가 앞으로 돌을 던졌다. 그러자 너 나 할 것 없이 모두 회관 마당의 돌을 집어 덩치들을 향해 던지기 시작했다. 수십 개의 돌멩이가 일시에 앞으로 날아가고, 그중 한 개에 '차카게 살자'가 맞은 것 같았다. '차카게 살자'가 이마를 문지르면서 고함을 내질렀다.

"아니, 이 쌍것들이 봐 주니까 기어코 피 맛을 보려 하네! 야들아, 빨리 끝내 불자!"

그 말과 동시에 덩치들이 주민들에게 바짝 접근해 쇠파이프를 마구 휘둘러 댔다. 여태까지와는 달리 그 강도가 매우 셌고 위협적이었다. 앞쪽에 있던 사람들이 피켓으로 막아 보았지만 역부족이었다. 피켓이 한 방에 박살 나면서 조각조각 흩어져 버렸다. 덩치들 중 특히 '차카게 살자'와 '인내는 써다', '엄마 사랑혀', '영원한 나으 숙'이 가장 악랄해 보였다. 인정사정 보지 않고 쇠파이프를 막무가내로 휘두르며 무대뽀로 밀고 들어왔다.

"이것들이 사람 죽이네! 아이구!"

"아니, 이 시벌눔들이 늙은이 젖팅이까정 치네, 그려!"

"내 신발! 신발 벗겨졌어!"

그 난리 통에 주민 여럿이 넘어지면서 손목을 삐고 무릎이 까졌다. 그리고 일부는 마을 골목으로, 또 다른 일부는 회관 뒷마당으로 흩어져 버려, 앞마당에는 20여 명밖에 남지 않았다. 재웅이와 기준이, 은향이, 희진이, 세연이는 몇몇 할아버지들과 함께 회관 출입문까지 바짝 밀려와 있었다.

"니놈이 이장이야?"

"어디 맛 좀 봐!"

그 와중에 이장이 덩치들에게 포위를 당해 오도 가도 못하고 있었다. '엄마 사랑혀'가 이장의 멱살을 잡고 마구 흔들어 댔고, '영원한 나으 숙'과 '인내는 써다'는 쇠파이프로 이장의 어깻죽지며 배, 엉덩이를 때리기까지 했다. 강도가 그리 세어 보이지는 않았어도 꽤 아플 것 같았다. 상처가 나지 않을 곳만 골라서 적당히 때리라는 지시를 사전에 받았음이 틀림없었다.

"아빠! 아빠!"

희진이가 울음을 터뜨리며 아빠를 불러 댔다. 하지만 덩치들은 여전히 이장을 붙잡은 채 욕설을 퍼부으면서 괴롭히고 있었다. 이장의 빛바랜 새마을 모자가 벗겨지고, 머리띠가 풀려지고, 웃옷이 찢어지며 단추가 떨어져 나갔다.

"이게 겁도 없이 마을 사람들을 꼬드겨서 공사를 방해해?"

"마을을 쑥대밭으로 만들고 싶은 모양이지, 뭐!"

"그, 그게 아니라……."

겁을 잔뜩 집어먹은 이장은 말도 제대로 못하고 일방적으로 당하고만 있었다.

"확실히 말해! 더 이상 공사 방해 않겠다고!"

"안 그러면 오늘 뼈다귀도 못 추릴 줄 알아!"

'영원한 나으 숙'과 '인내는 써다'가 쇠파이프로 다시 이장의 배를 쿡쿡 찔렀다. 헉! 신음 소리와 함께 이장의 허리가 앞으로 꺾어졌다. 그때였다.

"놔! 놓으라고 이 개새끼들아!"

누군가가 쩌렁쩌렁하게 고함을 치며 그곳으로 달려왔다. 삽을 조자룡 장검 휘두르듯 마구 휘두르면서였다. 놀란 '영원한 나으 숙'과 '인내는 써다'가 옆으로 한 발 비켜섰다. 다른 덩치들도 잠시 멍한 표정으로 서서 느닷없이 뛰어들어 삽을 휘두르는 그를 바라보았다.

"빨리 놔주라고!"

뜻밖에도 성민이었다. 구판장 평상 한쪽에 앉아 구경만 하던 성민이가 어디서 구했는지 삽을 들고 달려와 이장을 구하려 하고 있었다.

"성민이다! 우리도 나가서 이장님을 구하자!"

그때 재웅이가 소리치면서 앞을 막고 서 있던 덩치를 힘껏 밀쳤다. 그러고는 바닥에 떨어진 쇠파이프를 주워 들고 이장을 향해 뛰어갔다. 기준이와 세연이도 각목을 들고 뒤따랐다. 그러자 주변에 있던 주민들도 서너 명씩 덩치들의 팔다리를 붙들고 늘어졌고 그러는 사이 다른 사람이 얼른 쇠파이프부터 빼앗았다. 이장에게 다가간 세연이가 '엄마 사랑혀'의 허벅지를 물고 늘어지고 기준이가 사타구니를 걷어차자, '엄마 사랑혀'가 비명을 내지르며 이장의 멱살을 놓아 주었다. 그 틈을 타서 재웅이는 이장을 이끌고 잽싸게 마을 회관 안으로 들어갔다. 성민이가 죽기 살기로 삽을 휘둘러 '영원한 나으 숙'을 막아 줬고, 유씨엘 할아버지와 세연이 할아버지, 메리야스 할아버지, 몇몇 동네 어른들이 '차카게 살자'와 '엄마 사랑혀'를 막아 주었기 때문에 가능한 일이었다.

하지만 그것도 잠시, 전열을 정비한 덩치들의 반격이 시작되었다. 불시의 습격에 허를 찔린 덩치들은 화가 머리 꼭대기까지

나서 쥐약 먹은 미친개처럼 날뛰었다. 그들은 쇠파이프를 다시 빼앗아 든 다음 두 눈에 살기를 띠고 달려들었다. 위협만 하려는 게 아니라 사람을 정말 죽일 것만 같았다. 겁에 질린 주민들이 한꺼번에 마을 회관 안으로 피신해 서둘러 출입문을 잠갔다. 그러나 출입문은 금세 박살이 나고 말았다. '차카게 살자'의 발길질 한 방에 출입문이 통째로 떨어지며 산산조각이 난 것이었다. 회관 안으로 우르르 뛰어 들어온 덩치들은 닥치는 대로 때려 부수기 시작했다. 바닥에 있던 소주병과 음료수 병을 집어던지고, 쇠파이프로 유리창을 남김없이 깨뜨렸다. 유리 조각이 사방으로 튀고 바닥에도 수북하게 쌓였다. 그뿐만이 아니었다. 책상과 의자는 물론 컴퓨터, 전화기, 마이크, 확성장치까지 순식간에 가루로 만들어 버렸다. 눈물을 머금고 항복할 수밖에 다른 방법이 없었다.

덩치들은 주민들을 한쪽 구석으로 몰아붙여 놓고 다시 협박을 가했다.

"이에는 이, 눈에는 눈이지! 크흐흐!"

"우린 받은 것의 두 배를 갚는 의리의 사나이들이여!"

세연이에게 허벅지를 물렸던 '엄마 사랑혀'가 세연이를 찾아 내 무릎을 꿇렸다.

"요 코딱지만 한 새끼가 겁대가리 없이 내 귀중헌 허벅지를 물어뜯어, 개새끼마냥!"

그러고는 쇠파이프로 세연이의 등을 세게 후려쳤다.

"아니, 이 개망나니 같은 놈들이?"

그것을 본 세연이 할아버지가 앞으로 나오려는 걸 '인내는 써다'가 쇠파이프로 가슴을 밀어 제지했다.

"또 누구지? 너하고 너, 이리 나와!"

"네놈도 나가!"

'엄마 사랑혀'가 성민이와 재웅이를 가리켰다. 그리고 '영원한 나으 숙'이 뒤쪽에 있던 기준이를 찾아내 앞으로 나오라고 명령했다.

"무릎 꿇어!"

'차카게 살자'의 호통 소리에 모두 세연이 옆으로 죽 무릎을 꿇고 말았다.

"이 싸가지 없는 새끼들, 감히 어른한테 덤벼?"

'차카게 살자'가 쇠파이프를 치켜들더니 성민이, 재웅이, 기준이 순으로 등을 한 대씩 후려쳤다. 그리고 다시 반대 순으로 한 대씩 더 때리려는 순간, 성민이가 쇠파이프를 잡으며 벌떡 일어섰다.

"아니, 얘네는 왜 때리는 거예요? 때리려면 나만 때려요!"

"뭐? 너 이 새끼, 죽고 싶어?"

양 대리의 진실

"됐어. 그만 해도 돼. 수고했어."

'차카게 살자'가 성민이의 멱살을 잡아채려는 찰나, 조립팀장이 안으로 들어섰다. 그의 뒤를 양 대리가 바짝 따랐다. 조립팀장과는 달리 양 대리의 얼굴 표정은 매우 굳어 있었고 아주 심각해 보였다. 재웅이는 조립팀장과 양 대리, 조폭들을 노려보며 더러운 놈들이라고 속으로 욕을 퍼부었다.

"이제 나가들 봐!"

조립팀장의 말에 덩치들은 어슬렁어슬렁 걸어 회관 밖으로 나가 버렸다.

"우린 이제 작업하러 올라갈 테니, 양 대리도 쟤들 데리고 빨리 올라가! 벌써 이게 며칠이나 늦은 거야! 이달 들어 일을 거의 못 했잖아!"

조립팀장이 나가자 양 대리가 다가왔다. 언제 들어왔는지 기초반원들이 출입구에 서서 근심스러운 얼굴로 바라보고 있었

274

다. 호철이도 그 옆에 서 있었다.

"자, 이제 일어나! 나가서 좀 씻고 일하러 가자! 폭우에 시위에, 게다가 이틀 걸러 하루 꼴로 비가 내렸으니, 늦어져서 큰일이다. 어서!"

부드럽게 타이르는 말투였다. 아이들은 일어서기는 했으나 양 대리를 따르지는 않았다.

"너희들 맘, 내 다 이해해. 그러니까 일단 올라가서 작업부터 하고 밤에 나랑 얘기 좀 나눠 보자."

"안 갑니다! 일 안 해요!"

성민이었다. 성민이가 단호하게 거부 의사를 나타냈다. 누구보다 열심히 일했고 양 대리와 가장 가깝다고 할 수 있는 성민이가 일을 안 하겠다고 한 것이었다. 성민이의 그런 태도에 당황한 양 대리의 얼굴이 벌겋게 달아올랐다.

"성민이, 너, 너……."

"절대 안 합니다."

그 말을 남기고 성민이는 성큼성큼 걸어 회관 밖으로 나갔다.

"우리도 안 합니다."

재웅이와 기준이가 뒤를 따랐다. 호철이도 합류했다.

숙소 윗방에 성민이를 중심으로 둘러앉았다.

"야, 너, 대단하던데!"

"아주 멋졌어!"

재웅이와 기준이의 칭찬에도 성민이는 별다른 반응을 나타내지 않았다. 표정 없는 얼굴로 그저 묵묵히 방바닥만 내려다볼 뿐이었다. 무언가 또 말 못할 고민이 있는 듯했다.

"너 아니었으면 이장님, 조폭들한테 개아작 날 뻔했어!"

"짜샤, 이거 다시 봐야겠어! 근데 왜 갑자기 가담을 한 거냐? 구경만 하고 있더니."

"그래. 그때 나도 겁에 질려서 이장님을 구할 생각은 미처 못 했어. 성민이 네가 삽을 휘두르며 나오는 걸 보고 얼떨결에 달려 나간 거야. 정말 대단했어!"

하지만 성민이는 좀체 입을 열지 않았다. 오히려 아이들과의 대화를 귀찮아하는 눈치였다. 아무리 생각을 해 봐도 성민이의 그런 행동을 이해할 수가 없어서 고개만 갸웃거리고 있는데 양 대리가 들어왔다.

"너희, 나랑 얘기 좀 하자."

다들 양 대리를 외면하고 시선을 맞추려 하지 않았다. 다만 재웅이 혼자만 뚫어져라 양 대리를 노려보았다. 생각 같아서는 주먹을 날려 턱이라도 한 대 갈기고 싶은 심정이었다.

"본의 아니게 불미스러운 일이 생겨서 미안하다. 하지만 이해를 좀 해 주고 일을 시작하는 게 좋지 않겠니?"

"······!"

"너희도 알다시피 요즘 인부 구하기가 하늘에 별 따기라······. 다들 임금이 센 저 아파트 공사장으로 다 가고······. 솔직히 너희 도움이 꼭 필요해!"

276

뻔뻔스러운 양 대리의 애원을 건성으로 들으며 재웅이는 두 주먹을 으스러지도록 움켜쥐었다.

"내가 과장한테 잘 말해서 임금 좀 올려 주라고 할게. 그러니 협조를 좀 해 줘라, 응? 성민아, 호철아, 재웅이하고 기준이도."

"안 해요!"

성민이가 또다시 단호하게 거절했다. 양 대리를 쳐다보지도 않고 여전히 등을 돌린 채였다. 재웅이가 꾹 참고 있다가 한 마디 툭 던졌다.

"그 조폭 새끼들 데려다가 일 시키면 되잖아요? 씨!"

"너, 조폭들이 막노동하는 것 봤어? 그랬으면 벌써 데려다 시켰게. 야, 너희 모두 내년에 정식 채용도 약속할게. 원하는 부서에 배치도 다 시켜 주고. 삼척에 있는 제2공장에도 갈 수 있고, 지금 문막에 짓고 있는 제3공장에도 갈 수 있어. 문막 공장은 정밀기계만 다루니까 너희 적성에 딱 맞을 거야. 야, 성민아, 나 좀 봐!"

양 대리가 성민이의 어깨를 톡톡 치며 돌아앉으라고 말했다.

"아, 씨발! 싫다잖아요! 존나 열 받네, 이거!"

지켜보던 재웅이가 양 대리를 향해 욕설을 퍼부었다. 여태껏 누르고 있던 감정이 드디어 폭발한 것이었다. 양 대리가 깜짝 놀라서 재웅이를 쳐다보았다. 그러고는 입을 닫고 잠시 기가 막힌다는 표정을 지었다. 그러더니 손바닥으로 옆머리를 후려치려는 동작을 하며 소리를 질렀다.

"뭐, 이 시끼야? 씨발?"

"그래, 씨발! 이백만 원이나 받아 처먹고, 뭘 잘했다고 지랄이야! 씨발!"

"뭐? 뭐라고? 이백만 원을 받아 처먹어? 그게 뭔 소리야, 이 시끼야?"

양 대리가 황당하다는 표정으로 눈알을 대룩대룩 굴리며 언성을 높였다. 그러고는 아이들을 번갈아 바라보았다. 그 소란을 밖에서 들었는지 주인집 할아버지가 방으로 들어왔다. 아이들도 자세를 고쳐 앉고 양 대리와 재웅이의 말다툼을 지켜보았다.

"우리 아버지한테 합의금 받았잖아, 씨발! 그 돈으로 차 새로 샀잖아, 씨발!"

"내가 받긴 뭘 받아, 이 시끼야? 나 참! 허!"

헛웃음을 길게 내뱉고 난 양 대리는 한참을 어이없다는 눈으로 천장을 응시했다. 그러더니 자초지종을 더듬더듬 들려줬다.

"엘란트라는 그렇잖아도 폐차를 하려던 참이었어, 시끼야! 그리고 새로 구입한 저 세피아는 겉만 좀 깨끗해 보이지, 칠 년 된 중고차야, 인마! 그것도 육 개월 할부로 해서 백사십만 원에 구입했어!"

재웅이는 믿지 못하겠다는 표정으로 양 대리를 노려보았다.

"그리고 돈을 받은 것은 사실인데……."

"거봐!"

"내 말 마저 들어 봐! 돈을 받은 건 사실인데, 이백만 원이 아니라 이십만 원이야. 그것도 안 받으려고 극구 뿌리치는데, 네 아버지가 강제로 내 주머니에 쑤셔 넣으신 거야."

"흐흥!"

콧방귀를 내쏘며 입술을 삐죽거렸지만, 곰곰이 생각해 보니 아버지라면 충분히 그러고도 남았다. 다시는 운전을 못하게 하기 위해 엄마와 짬짜미를 하고 거짓말을 했을 게 분명했다.

"그렇게 본의 아니게 받은 돈 이십만 원도 성민이에게 몽땅 줬어, 이 시끼야!"

돈을 성민이에게 주다니? 이건 또 웬 뚱딴지같은 소린가? 그 말에 놀라서 성민이를 바라보니 성민이가 고개를 끄덕거렸다. 양 대리가 좀 더 자세한 설명을 덧붙였다.

"성민이 어머니는 야채 좌판 장사를 하시느라 아침 일찍 나갔다가 밤 늦게 들어오신대. 퇴행성 무릎 관절염으로 걸음도 잘 못 걸으신댄다. 지금 춘천 소양로 언덕 꼭대기 판잣집에 단칸방을 얻어 살고 있는데……."

성민이가 더 이상 말하지 말라는 손짓을 했다. 하지만 양 대리는 뒷말을 계속 이었다.

"고1인 여동생과 중2인 남동생은 새벽에 신문을 배달해서 어머니 수술비를 모으고 있는 중이고, 성민이도 주말마다 토마토 농장에서 일을 하다가 정식 취직을 위해 실습을 나온 거야. 너희는 시끼들아, 친구네 사정도 여태 몰랐었니? 한심한 놈들!"

재웅이는 잠시 말을 잊고 있다가 성민이를 쳐다보며 신경질적으로 물었다.

"우리한테는 왜 그런 얘기 안 했어, 새꺄? 너 때문에 쪽 다 깠잖아!"

그리고 아버지 휴대폰으로 전화를 해 보니 양 대리의 말은 모두 다 사실이었다. 아버지는 은향이 치료비도 오십만 원이 아니라 오만 원이라며, 약간 미안해하는 목소리로 실토했다.

"아씨, 왜 거짓말했어요?"

"너도 거짓말했잖아?"

"내가 언제요?"

"임금이 구십만 원인데 육십만 원이라고 그랬잖아, 이놈아! 나, 바쁘니까 끊어!"

재웅이는 얼굴이 화끈거려 어찌할 바를 몰랐다. 목뼈가 부러진 듯 고개를 숙이고 손가락만 꼼지락거렸다. 그러자 옆에서 지켜보고 있던 주인집 할아버지가 슬며시 나섰다.

"이 총각이 너희들을 얼마나 생각한다고. 친동생처럼 잘해 주려고 매일 애를 써."

총각이라는 말을 듣고 모두들 놀라 양 대리를 쳐다보았다. 성민이도 매우 놀라는 표정을 지었다.

"총각이요?"

재웅이와 기준이가 동시에 물었다. 더 이상 숨길 수가 없었던지 양 대리가 사실을 털어놓았다. 자기는 서른세 살 노총각으로 엘란트라 룸미러에 걸려 있던 그 스티커 사진은 조카들이라는 말이었다. 몇 가지 오해가 있는 모양이라며 주인 할아버지가 다른 이야기도 들려주었다. 언젠가 양 대리가 원주 본사로 전화를 걸어 김 과장과 대판으로 싸웠다는 얘기였다. 첫 월급 지급 문제를 놓고, 김 과장이 보름치를 깔아 놓고 지급하겠다는 걸 양 대리가 어린 학생들에게 그럴 수는 없다며 마구 따지고 들었다는 말이었다. 그것도 한두 번이 아니었다고 했다. 그래서 첫 달은 며칠 늦어졌고 다음 달부터는 제때에 입금이 되었다는 것이었다.

또 있었다. 갑자기 빠져나간 김 씨하고 이 씨를 대체할 인부를 찾았으나 오랫동안 구할 수가 없어서 춘천공고에 실습생 추천 의뢰를 했다는 말이었다.

"원주도 있는데 왜 하필 춘천에다 했어요?"

"원주는 두세 사람 건너면 서로 다 아는 사이고, 또 회사 소문이 나쁘게 날 수도 있다며 김 과장이……."

겉으로는 기계 실습생을 받는다고 해 놓고 속으로는 다른 꿍꿍이가 있었던 거였다. 그렇게 해서 걸려든 자기들을 추동리 공사 현장에 편법으로 투입했다는 얘기였다. 그리고 혹시 아이들이 도망칠까 봐 추동리에 숙소를 마련해 놓고 양 대리가 함께 지내며 감시했다는 소리였다. 그것이 모두 김 과장의 아이디어로 양 대리는 그의 지시에 따른 것이었다.

"김 과장이 그래서 점수를 많이 땄댄다. 곧 공석인 총무부장 자리로 승진할 거래. 그러니까 물은 건너 봐야 깊이를 알고, 사람은 겪어 봐야 속을 아는 거야."

"너희를 이곳에 투입한 거, 내 정중히 사과하마! 어떻든 내 책임도 있는 거니까."

"그러면? 아까 조폭들을 동원해서 개지랄을 치게 한 건 누구예요?"

"그 점도 사과하마. 내 힘으로는 막을 수가 없었어. 역부족이었어. 미안하다."

김 과장의 짓이 분명해 보였다. 조립팀장과 김 과장이 고등학교 선후배 사이라 했으니까, 그 둘이 모의를 한 뒤 조폭들을 동원했을 게 뻔했다.

"김 과장하고 조립팀장이 그런 거죠?"

재웅이가 다그쳐 묻자 양 대리가 고개를 끄덕였다. 그리고 설명을 덧붙였다.

"팀장과 안면 있는 조폭 두목에게 부탁한 거야! 열 명 동원하는 데 삼백만 원 주기로 하고. 애초에는 위협만 해서 주민들을 해산시키고 다리 길만 열기로 한 것이었는데 그만 일이……."

양 대리는 김 과장의 비리에 대해 몇 가지 더 말해 주며 자기와는 마음이 맞지 않는 사람이라고 했다. 더러운 기생충 같은 놈! 재웅이는 속으로 욕을 퍼부었다.

"내가 대신 사과하마! 공기를 못 맞추면 우리 회사는 끝이야! 그동안 까먹은 일수를 따라잡으려면 숙련된 인부가 서너 명은 더 필요한데……. 먼저 기초 공사가 안 돼 있으면 조립팀도 일을 못하게 될 거고 그러면 연쇄적으로……. 하 참!"

양 대리는 곤혹스러운 표정으로 아이들을 살펴본 후 성민이에게 시선을 주었다. 애원하는 눈빛이었다. 성민이는 고개를 가로저었다. 그러고는 무겁게 입을 열었다.

"작년에 어머니가 노점상 단속반원들에게 잡혀서 폭행을 당했어요. 무릎이 아프셔서 도망을 못 쳐서……. 그때 허리를 다쳐서 허리가 더 구부정하게 되고……. 그런데 그 단속반은 시에서 용역을 준 조폭들이었어요."

두 눈에 눈물을 글썽이면서 성민이가 더듬더듬 말을 이었다. 재웅이는 코끝이 찡해지며 자기도 모르게 또 두 주먹이 불끈 쥐어졌다. 방 안에는 얼마간 침묵이 이어졌다.

재웅이는 양 대리가 점차 다르게 보이기 시작했다. 그리 크지 않은 체격, 까만 얼굴, 약간 넓은 듯한 앞이마, 어눌한 말투가 오히려 매력적으로 느껴졌다.

"저, 이보게, 양 대리!"

침묵을 깨고 주인집 할아버지가 낮은 목소리로 양 대리를 불렀다. 어두운 표정이었다.

"예. 왜요?"

"조금 전에 회관에서 얘기가 있었는데……."

"예. 누구 많이 다친 사람 있습니까?"

"많이 다친 사람은 없고. 그게 아니라, 자네 얘기를 했어!"

"제 얘기를요? 무슨?"

주인집 할아버지는 시원하게 말하지 않고 자꾸 머뭇거렸다. 아이들이 의아해하며 할아버지를 바라보았다.

"미안하지만 저…… 방을 좀……."

"방이요? 혹시 방을 비워 달라는 말씀이세요? 숙식비 섭섭지 않게 쳐 드리는 건데요!"

양 대리의 물음에 주인집 할아버지가 난감해하면서 사실을 털어놓았다.

"그거야 고맙지만……. 아, 낸들 어떡하나? 마을 회의에서 당장 내보내라니. 미안하이!"

"후, 알았어요! 카악 퉤!"

양 대리가 인상을 쓰며 가래침을 마당에다 힘껏 내뱉었다. 송아지가 거름 더미 옆에서 멀뚱히 바라보고 있다가 놀라 어미 소에게 뛰어갔다.

"내일까지 비워 주면 돼."

"예. 근데 애들은요?"

"애들 얘기는 없었어. 애들은 당분간 여기 있어도 되지, 뭐! 내일모레부터 또 비가 온다니까 작업도 못 할 거고. 물론 애네 의견을 들어 봐야 하겠지만."

주인집 할아버지가 서로 잘 상의해서 좋게 해결하라는 말을 남기고 밖으로 나갔다. 또다시 방 안에는 답답한 침묵이 흐르고 아무도 먼저 입을 열려 하지 않았다. 그렇게 거의 십오 분가량이 지났을 때였다.

"실례합니다. 안에 누구 계십니까?"

"아, 어서 와요! 어서 와!"

마당에서 주인집 할아버지가 반갑게 손님을 맞는 소리가 들렸다. 곧 누군가가 걸어와 방문 앞에 섰다.

"안녕하세요!"

뜻밖에도 육법대사였다. 웬일인지 늘 들고 다니던 법전은 보이지 않고, 한 손에 검은 봉지를 들고 문밖에 서 있었다. 재웅이는 진짜 매형이라도 본 듯 반가운 마음에 얼굴에 웃음기를 띠었다. 그러나 양 대리는 그를 힐끔 보고 나서 퉁명스레 물었다.

"아니, 여긴 웬일이요?"

전에 다툰 일이 있어서 그런지 전혀 반갑지 않다는 표정이었다.

"이장님 전화 받고서, 그리고 커피하고 담배도 필요하고 해서 내려왔지요. 좀 전에 회관에서 얘기를 듣고……. 뭐, 그냥 술이나 한잔하려고요."

육법대사가 검은 봉지를 들어 보였다. 소주 두 병이 든 부피였다.

"대낮에 술은 뭔 술? 애들도 있는데, 안 먹어요!"

양 대리가 딱 부러지게 안 마시겠다는 의사를 표시했다.

"그래도 나 혼자 마시기도 뭐하고 해서……. 자, 일단 들어가겠습니다."

육법대사가 제멋대로 들어와 자리를 잡고 앉았다. 이미 그의 몸에서는 술 냄새가 약하게 풍기고 있었고 혀도 약간 꼬여 말꼬리가 길게 이어졌다. 마을 회관에서 이장하고 동네 어른들과 몇 잔 마시고 온 게 분명했다.

"야, 잔 할 만한 거 뭐 없냐? 거기 코펠 공기라도 이리 줘 봐라! 너희들 석 달 만에 아주 건강해졌다. 얼굴이 시커멓게 타고, 보기 딱 좋다. 처음 봤을 때는 꼭 횟가루 뒤집어쓴 꺼벙이들 같았는데. 어때? 일할 만하냐?"

"예? 예! 그냥 뭐……."

양 대리는 육법대사가 또 아이들을 충동질하는 게 아닐까 싶어 경계의 눈빛을 띠고 힐끔거렸다. 송충이 씹는 표정으로 입술을 연신 씰룩거리기도 했다.

"자, 형님, 제 잔 한 잔 받으세요!"

양 대리에게 코펠 공기를 내밀며 다짜고짜 형님이라 불렀다.

"형님은 무슨 얼어 죽을 형님이요?"

육법대사가 잔을 들어 한참을 기다리자 양 대리가 마지못해 잔을 받아들었다. 그러나 얼굴은 여전히 굳어 있었다. 육법대사가 두 손으로 공손히 술을 따랐다.

"앞으로 제가 형님이라 부르지요. 정식으로 제 소개를 드리지요. 저는 이진우라 합니다. 나이는 올해 서른둘이고요, 집은 저 경기도 하남시입니다."

"나는 양건찬이요. 서른다섯 됐수다."

양 대리는 두 살이나 뻥튀기를 해서 나이를 댔다.

양 대리가 잔을 비울 때마다 육법대사는 공손하게 술을 따라 주었다. 그러나 양 대리는 육법대사가 잔을 비워도 술을 따라 주지 않았다.

"내 잔은 안 따라 주는군요. 뭐, 그렇다면 지따지처를 해야 죠. 지가 따라서 지가 처먹는다. 푸하하! 농담이었고요. 사실은 형님한테 제가 긴히 드릴 말씀이 한 가지 있어서 이렇게 왔는데……."

"해 보슈!"

"너희들은 좀 나가 있어라. 우리 조용히 얘기 좀 나누게."

방을 나온 아이들은 집 뒤꼍 펌프가로 가서 웃통을 벗고 대충 씻었다. 호철이가 수건에 물을 묻혀 성민이, 기준이, 재웅이의 등판에 난 멍 자국을 살살 닦아 주었다.

"멍 자국이 길게 났어. 약 좀 발라야겠는데."

"내가 주인 할아버지한테 약 좀 있나 물어볼게."

성민이가 웃옷을 들고 집 앞쪽으로 걸어갔다. 그를 본 재웅이가 옷을 입으며 낮은 목소리로 말했다.

"야! 쟤, 성민이 말야."

"응. 성민이가 왜?"

"사정을 알았으니, 우리도 한 십만 원씩 걷어서 수술비 좀 보태야 하지 않을까?"

"그래. 그런데 일단은 비밀로 하자. 저놈 자존심이 세서……."

재웅이의 제안에 호철이와 기준이가 흔쾌히 승낙하며 고개를 끄덕였다.

최후의 담판

아이들은 아무 결정도 못 내리고 사흘째 그냥 숙소에 틀어박혀서 시간만 보내고 있었다. 어제와 그제, 기초반은 폭우 피해가 있는 현장을 보수하고 조립팀은 조립이 가능한 현장부터 철탑을 조립하느라 바쁘게 움직였다. 하지만 대부분의 철탑 부지가 피해를 입어 보수 작업을 서두르지 않는다면 조만간 작업이 전면 중단될 것이었다. 원주에서 출퇴근을 하는 양 대리가 연이틀이나 찾아와서 사정을 했으나 아이들은 확답을 하지 않았다. 아이들 사이에도 의견이 나뉘어져 일치를 보지 못했기 때문이었다. 그사이 마을 주민들과 천마측 사람들의 감정 대립은 더욱 심해졌다. 주민들은 추동교를 다시 봉쇄하지는 않았지만 소를 길가에 매어 놓거나 경운기를 삐뚜름하게 세워 놓아 작업 차량이나 자재 운반 트럭이 지나가기 어렵게 했다. 종종 기초반이나 조립팀의 자재와 연장을 훔쳐 가서 애를 먹이는 경우도 있었다. 마을 주민들의 그런 행위에 천마측은 감자밭이나 옥수수밭,

더덕밭을 마구 짓밟고 다녔고 큼지막한 돌멩이를 논으로 던져 넣기도 했다. 그렇게 양측 간에는 부풀대로 부푼 고무풍선처럼 언제 또 터질지 모르는 긴장감이 형성되어 있었다.

오늘도 늦은 아침을 먹고 나자 마땅히 할 일이 없었다. 휴대폰에 내장된 게임은 난이도가 워낙 낮은 것들뿐이라 재미가 없었다. 비좁은 방 안에 여럿이 앉아 지붕에 떨어지는 빗소리만 듣고 있으려니 오금이 저려 오기 시작했다. 아지트에라도 올라갈까 생각했지만 은향이와 희진이가 없으니 가 봐야 별 재미도 없을 것 같았다. 천마측과 2차 충돌이 있은 후, 은향이와 희진이는 무슨 꿍꿍이속인지 세연이도 따돌리고 둘이서만 어울렸다.

"아, 따분하다! 뭐 하면서 또 이 긴 하루를 보내나?"

"후텁지근하고 심심하고!"

"비가 오려면 시원하게 좍좍 오든지!"

아이들이 나누는 소리를 들었는지 밖에서 소여물을 나르던 주인집 할머니가 한마디했다.

"아까 뉴스에서 그러는데, 지금 남쪽에 큰 태풍이 올라오고 있대. 이름이 뭐랬드라? 저번 달까지만 해도 비가 안 와서 난리를 치더니, 이번 달엔 비가 너무 자주 내려 난릴세!"

재웅이가 기준이와 까치발을 하고 창밖 마을 회관 쪽을 내려다보고 있을 때였다. 마을 회관 앞과 구판장 쪽이 부산스러웠다. 주민들 여럿이 이 집 저 집으로 급하게 오갔다.

"마을에서 또 시위를 준비하나?"

"곧 알게 되겠지, 뭐! 야, 우리 아지트에나 올라가자, 오랜만에."

아지트에 올라가니 역시 세연이가 귀에 이어폰을 끼고 혼자 콧노래를 흥얼거리고 있었다. 휴대폰으로 엠피쓰리를 듣는 것이었다.

"은향이하고 희진이는?"

"은향이 누나는 머리 감고 온댔어. 그런데 희진이 누나는 아마 못 올걸."

"왜?"

기준이가 눈을 크게 뜨며 물었다. 세연이가 손가락으로 창구멍 밖 어느 한 집을 가리켰다. 대추나무에 가려 잘 안 보였지만 마당에 천막이 쳐져 있고 사람들이 꽤 많이 몰려 있는 집이었다.

"희진이네 집이잖아? 그런데 웬 사람들이 저리 많냐? 또 시위 준비 하냐?"

재웅이의 질문에 세연이가 고개를 두어 번 가로젓더니 말했다.

"아니야! 아까 아침에 희진이 누나 할머니 돌아가셨어!"

막대 사탕 할머니가 돌아가셨다는 말에 모두 놀랐다. 한동안 보이지 않더니 집에 몸져 누워 있다가 결국 돌아가신 모양이었다.

점심때가 지나자 비는 조금씩 잦아들었다. 아침을 늦게 먹었기 때문에 점심을 먹으러 가지 않고 그냥 아지트에 죽치고 있었다. 기준이와 창구멍에 머리를 넣고 잦아드는 빗줄기를 바라보고 있으려니 은향이가 올라왔다. 재웅이는 반가운 마음에 눈웃음을 지으며 은향이를 바라보았으나 은향이는 한 번 슬쩍 쳐다보기만 하고 그만이었다. 게다가 더 이상 위로 올라오지 않고 사다리에 서서 세연이를 불렀다.

"세연아. 점심 먹으래. 빨리 가자!"

"응, 누나!"

아쉬운 마음에 재웅이가 물었다.

"너희, 밤에 올 거니?

"난 희진이네 집에 가야 해서 못 와."

은향이가 대답했다. 재웅이는 무릎 걸음으로 입구로 다가가 은향이가 사다리를 내려가는 것을 물끄러미 지켜보았다. 은향이는 위 한 번 쳐다보지도 않았다. 서운했다. 착잡한 심정으로 담뱃갑만 만지작거렸다.

세연이와 은향이가 돌아가자 아지트 안에는 다시 무료한 침묵이 흘렀다. 그게 싫었던지 호철이 녀석이 휴대폰을 꺼내 여자친구에게 문자를 보내기 시작했다. 웬일로 기준이 녀석까지도 휴대폰을 꺼내 엄마 아버지한테 문자를 보낸다고 설쳐 댔다. 잠시 후 재웅이도 휴대폰을 꺼내 들었다. 말로 하자니 왠지 쑥스럽고 어색해 계속 미뤄 왔던 말을 문자로 보내면 조금 덜할 것 같았다.

— 아버지, 힘드시죠? 저번에 바쁘신데 경찰서까지 직접 오시고 무척 고마웠어요. 그리고 합의 금액 거짓말하신 거 다 이해해요. 운전 조심하세요!

— 엄마, 보고 싶어요! 엄친아 같은 아들이 못 돼 드려 죄송해요. 하지만 앞으로 많이 노력할게요. 사랑해요!

솔직히 사랑한다는 말은 은향이에게 하고 싶었는데, 용기가 없어 우선 엄마한테 연습 삼아 해 본 말이었다. 내친 김에 누나에게도 문자를 보냈다.

— 누나, 그때 와 줘서 고마웠어. 난 우리 식구 아무도 안 올 줄 알았거든. 참, 다음에 만나면 내가 멋진 남자 소개해 줄게.

거기까지 써 놓고 재웅이는 잠시 고민에 빠졌다. 육법대사와 양 대리 중, 누구를 소개시켜 줄까. 두 눈을 껌벅이며 창구멍 밖 빗줄기를 바라보다가 다시 휴대폰 문자 버튼을 눌렀다.

— 우리 회사 총각 대리님인데, 아주 남자답고 화끈해. 누나도 보면 아마 필이 팍 꽂힐 거야. 누나와 아주 잘 어울릴 것 같아. 그러니까 기대하고. 건강 조심해!

공부를 잘하지 못했다는 점, 더위를 싫어해 여름이면 땀띠를 달고 산다는 점, 체격이 큰 편이 아니라는 점, 씨발 소리를 잘한다는 점 등, 곰곰이 생각해 보니 아무래도 양 대리가 자기와 닮은 점이 더 많은 것 같아 그를 소개해 주기로 결정했다. 누나는 물론 아버지와 엄마에게 문자를 보내기는 난생처음이었다. 그래도 일단 보내고 나니 가슴 한쪽이 뭉클해지며 코끝도 찡해졌다. 함께 살면서 수시로 지지고 볶고 했지만, 마음 밑바탕에는 따뜻한 가족애가 깔려 있다는 걸 느낄 수 있었다. 가족 모두가 건강하게 살아 있다는 것만으로도 고마운 생각이 들었다.

저녁을 먹기 위해 아지트에서 내려왔다. 비는 그쳤으나 길 곳곳에는 크고 작은 물웅덩이가 많았다. 네 명이 일렬로 서서 빗물이 고인 곳을 피해 지그재그로 걸었다. 어디선가 돼지 비명 소리가 들려왔다. 동네가 떠나갈 듯한 울부짖음이 대여섯 차례나 반복되었다. 아마 희진이네 집에서 돼지를 잡는 모양이었다. 숙소로 가니 주인 할머니가 안채 마루에 밥상을 차려 놓고 기다리고 있었다.

저녁을 먹고 방에 둘러앉자 자연스레 또 작업 얘기가 나왔다.

"일을 할 건지 말 건지, 빨리 결정해야 되는 거 아냐?"

"그 나쁜 놈들 일을 왜 해? 그냥 돌아가자고!"

"그래! 우리가 이 달에 며칠 일했지? 사오 일? 그것만 달라고 해서 가자!"

대충 합의를 보았다. 천마측 일을 하자니 썩 내키지 않았고,

그렇다고 마을에 마냥 남아 있을 수도 없었기에 내린 결론이 었다.

밤 늦게 재웅이는 자리에 누웠으나 착잡한 기분에 잠이 오지 않아 엎치락뒤치락하며 한숨만 내뿜었다. 이대로 떠난다고 생각하니 뭔가 계속 찜찜했다. 기준이와 성민이도 쉽게 잠들지 못하고 반복해서 마른침을 삼켰다. 외양간 송아지도 잠이 안 오는지 굵직한 목소리로 어미 소를 보챘다. 호철이만 가끔씩 입맛을 쩝쩝 다시면서 잘도 잤다. 눈을 멀뚱거리며 어두운 천장만 바라보고 있으려니까 새벽녘에 희진이네 집에 가셨던 주인 할아버지가 돌아오는 소리가 들렸다. 마당을 가로질러 안채로 다가가는 발소리에 안방 문이 열리며 주인 할머니가 나지막이 묻는 소리가 났다.

"늦었구랴?"

"응. 술 한잔 하느라고. 큰일이야. 온통 늙은이들만……, 이장이 아주 난감……."

송아지 울음 때문에 무슨 말인지 잘 들리지가 않았으나, 이장이 무슨 곤란을 겪고 있다는 얘기 같았다. 2차 시위 때 허리를 조금 삔 것 같다더니 그게 덧난 것일까. 아니면 마을을 곧 떠날 예정이라는 그 두 집과 다툼이라도 있었나. 어머니 상을 당한 사람에게 또 무슨 곤란한 일이 있다는 것일까. 궁금하기도 하고 은향이 생각도 나서 재웅이는 더욱 잠이 오지 않았다.

세피아Ⅱ는 엘란트라보다는 조금 나아 보였지만 거의 마찬가지였다. 외양만 조금 깨끗할 뿐 내부는 오히려 더 못한 것 같았다. 천장에 검은 때가 짙게 끼어 있고 시트가 너덜거려 앉아 있기조차 께름칙했다. 오디오도 상태가 좋지 않아 잡음이 많이 섞여 나왔다.

"그때 육법대사는 왜 찾아온 거예요?"

"육법대사? 아, 그 거지 고시생?"

기준이의 물음에 양 대리가 라디오 볼륨을 낮추고 대답했다.

"뭐, 그냥 좋게 해결하라고 하면서 차를 좀 빌려 달라고. 내 차를 일주일에 두 번만 쓰면 안 되겠느냐고 그러더라."

"왜요?"

재웅이가 의아해하며 물었다.

"다음 달부터 원주에 사는 고3생 과외를 하기로 했는데, 필요하다면서……."

아마도 박충수 그 녀석의 영어를 돌봐 주기로 한 모양이었다.

"그래서 뭐랬어요?"

"하도 사정하고 조르기에 생각해 본다고 그랬지, 뭐! 돈이 궁한 모양이야."

"돈이요?"

"그러니까 과외를 하려는 거겠지. 고시 공부 벌써 칠 년째라는데, 자금이 딸리나 봐. 절에 생활비 주고, 책 사고, 뭐 하고. 게다가 가끔 보약도 챙겨 먹어야 하는가 보던데. 그나마 여기 미륵암은 싼 편이란다."

고시 공부를 하는데 돈이 그렇게 많이 들어가나, 생각하며 재웅이는 고개를 갸웃거렸다.

"삼세번이라고, 세 번 정도 떨어지면 얼른 방향을 바꿔야지, 저것도 인생을 낭비하는 병이 될 수 있어! 여러 사람 힘들게 하고. 그런데 조금 이상한 것 같기도 해. 요즘 하도 가짜들이 판치는 세상이라……."

"에이, 설마요!"

"설마가 아냐! 가짜가 더 그럴듯하고 꼭 진짜 같은 거야!"

양 대리가 육법대사를 의심하는 말을 하니까 재웅이는 기분이 별로 좋지 않았다.

"일꾼들은 구하셨어요?"

묵묵히 듣고 있던 성민이가 물었다.

"구하기는 뭘? 생활 정보 신문에 구인 광고를 냈는데, 아무도 안 와. 지금 원주에 아파트 붐이 일어서 그리로 다 가 버렸어. 곧 조립팀이 기초 공사를 빨리 하라고 난리를 칠 텐데, 보수 작업도 제대로 못하고 있으니……. 임 반장하고 염 씨 몸이 아직도 성치 않아. 그 42현장 싸움 때 다친 게 아직 다 안 나았어."

"아직도요?"

"응. 나이가 있으니 쉽게 낫지 않을 거야. 그래서 너희에게 다시 부탁하려고 숙소에 간 거야. 마침 사무실에서 제3공장 신축 어쩌고저쩌고하면서 좀 들어오라고 해서 원주로 나가는 중이었거든. 아, 그런데 걱정이다. 일단 과장한테 너희 의견을 전해 보겠지만 나한테 권한이 있는 것도 아니고……."

양 대리가 말을 채 끝내기도 전에 재웅이가 입을 열었다.

"우리를 거기까지 데려다 주면 나머지는 우리가 알아서 할게요."

고층아파트 공사장이 즐비하게 이어진 도시 초입을 지나 본사에 도착했다.

"먼저 들어가서 분위기 좀 파악해 주세요."

"그래, 여기서 잠시 기다려 봐. 너희들이 모두 마을 편에 섰다는 걸 알고 뿔따구가 이만큼 나서 매일 신경질이거든. 사실, 나도 그냥 확 때려치우고 싶은 적이 한두 번이 아니야."

양 대리가 본관 1층 총무과 사무실로 들어간 사이에 재웅이와 아이들은 계획대로 살금살금 2층으로 올라갔다. 가슴이 조금 두근거리기는 했으나 지체해서는 안 되는 일이었다. 밖에 서 있다가 혹 김 과장에게 걸리기라도 하면 낭패를 보기 십상이었다. 2층에 올라가니 연구실과 회의실 중간에 사장실이 있었다. 노크도 없이 무작정 사장실 문을 열고 안으로 들어갔다. 두 여직원이 놀라서 엉거주춤 일어섰다.

"사장님 안 계십니까?"

"무, 무슨 일로……."

"드릴 말씀이 있어서요."

"추동리 현장에서 왔거든요. 사장님 어디 계세요?"

"꼭 만나야 돼요! 안 만나면 안 돼요! 어디 계세요?"

아이들이 쉴 새 없이 물어 대며 소란을 피우자, 두 여직원은 어안이 벙벙한 표정으로 어쩔 줄 몰라 했다. 그때, 안쪽으로 나 있는 연구실 문이 스르륵 열리더니 머리가 희끗한 할아버지가 나타났다. 기름때가 묻어 있는 작업복 차림이었고 세연이 할아버지 연배쯤 되어 보였다.

"왜 그러나?"

"저, 사, 사장님을……."

"내가 사장인데?"

아이들이 사장 앞으로 다가가 섰다.

"사장님, 추동리에서 왔습니다."

"추동리?"

사장이 아이들을 훑어보며 고개를 갸웃거렸다. 잘 모르는 눈치였다.

"송전 철탑 공사장이요!"

"아아!"

사장이 고개를 끄덕거리며 기억난다는 표정을 지었다.

"그런데 무슨 일로 직접 나를?"

"드릴 말씀이 있어서요!"

"그래? 우선 거기 앉아. 자, 앉아. 최 양, 여기 음료수라도 내와요."

사장이 먼저 소파에 자리를 잡고 앉자 아이들도 두 명씩 양쪽에 자리를 잡았다.

"보아하니 실습 나온 학생들 같은데, 철탑 공사장에서 실습을 하나?"

사장이 의아해하며 물었다.

"예. 저희가 거기서 벌써 석 달째 일했습니다."

"그래?"

사장이 놀라며 눈을 똥그랗게 뜨고 바라보았다.

"아직 어린 학생들이 거기서 무슨 실습을 했다는 거야?"

예상과는 달리 사장이 인자하게 생긴 할아버지라, 재웅이는 음료수로 목을 축이고 그동안 추동리에서 있었던 일을 대충 설명했다. 빠뜨리거나 부족한 부분은 기준이와 호철이가 교대로 보충으로 설명했다. 성민이는 음료수 잔을 들고 묵묵히 있을 뿐이었다.

"지난번 폭우로 조금 늦어져서 그렇지 잘 진행되고 있다는 보고를 받았는데? 마을 주민들과도 아무 문제 없고. 일꾼들 보충도 끝내서 오히려 예정보다 일주일 정도 빨리 끝날 거라던데? 그런데 그런 일이 있었단 말이야?"

사장이 도무지 믿지 못하겠다는 눈빛으로 아이들을 쳐다보았다. 아이들이 모두 고개를 끄덕이자 얼굴이 서서히 굳어지는가 싶더니 여직원에게 지시했다.

"거기, 전무 좀 올라오라고 그래! 김 과장도! 그리고 그 현장

소장이 누구야? 있으면 다 함께 오라고 해!"

여직원이 인터폰으로 연락하는 사이, 사장은 아무 말 없이 손으로 이마를 짚고 무언가를 생각하는 표정을 지었다.

잠시 후 전무와 김 과장이 사장실로 들어왔다. 김 과장은 아이들을 보자마자 대뜸 눈을 부라렸다.

"이놈들이 감히 여길……?"

"아는 아이들인가?"

"예. 그런데 그게, 저……."

"전무는 이 아이들 아는가?"

사장이 옆에 서 있는 전무를 올려다보며 물었다.

"저는 모르는 애들입니다, 사장님!"

전무가 고개를 가로저으며 시치미를 뗐다. 추동리에서 김 과장이 협박과 회유를 할 때 분명히 차 안에서 보고 있었는데도 오리발을 내밀었다.

"이 아이들한테 얘기를 대충 들었는데, 사실대로 대답하게!"

사장은 김 과장에게 자기가 들은 말을 하나하나 확인하는 질문을 했다. 김 과장은 허리를 굽실거리면서도 당당하게 대답했다.

"모두 다 사실이 아닙니다. 철탑 현장은 이 애들이 먼저 원해서 보낸 것입니다. 네놈 다 기계과에 배치하려고 했는데, 공장 안은 소음도 심하고 먼지도 많고 답답해서 싫다며, 지들이 먼저 철탑 현장에 가고 싶다고 했습니다."

"……!"

"이놈들이 급료를 더 올려 달라고 꾀를 부리는 겁니다, 사장님! 요즘 아이들은 아주 영악해서 곧이곧대로 들으시면 절대 안됩니다, 사장님!"

재웅이와 기준이, 호철이, 성민이는 뒤통수를 얻어맞은 듯 어리벙벙한 표정으로 김 과장을 쳐다보았다. 너무나 큰 충격에 뭐라고 반박할 말조차 떠오르지 않았다.

"그리고 마을 사람들과의 충돌은 일절 없었습니다. 사전에 저희가 고압 송전탑에 대해 충분히 설명을 했었거든요! 진입로를 만드느라고 베어 낸 나무를 마을 사람들에게 땔감으로 나눠 줘서, 오히려 주민들이 고맙다고 적극 협조까지 해 주었습니다. 저번에 보고 드린 것처럼 폭우 때문에 공사가 약간 지체돼서 그렇지, 아무 문제 없습니다, 사장님!"

기가 막혔다. 어쩌면 저렇게 눈 한 번 깜짝 안 하고 거짓말을 하는지. 입이 대형 트럭 바퀴보다 더 크게 벌어졌다.

재웅이는 더 이상 듣고 있을 수가 없어서 자리를 박차고 일어났다. 그러고는 김 과장을 향해 소리쳤다.

"뭐라고요? 며칠 전에도 폭력배들을 동원해서 마을 사람들을 두둘겨 패고 마을 회관을 다 때려 부셨잖아요?"

"너, 지금 무슨 소릴 하는 거야, 이놈아!"

김 과장이 별 미친놈 다 보겠다는 표정으로 재웅이를 바라보았다. 재웅이는 웃옷을 훌렁 벗고 등판을 사장에게 내보였다.

"사장님, 보세요! 조폭들에게 맞은 겁니다, 쇠파이프로!"

멍 자국이 굵직하게 일직선으로 나 있었다. 기준이와 성민이 도 옷을 벗어 등을 내보였다. 그들도 역시 재웅이와 같은 크기, 같은 형태의 멍 자국이 길쭉하게 나 있었다. 하지만 김 과장은 조금도 당황해하지 않았다. 오히려 느긋한 목소리로 반문했다.

"그게 뭐 어쨌다는 거야? 이놈들 어디서 패싸움하고 여기 와 서 행패야, 행패가! 사장님, 아시다시피 요즘 청소년들, 아주 골 치 아픕니다. 특히 실업계 녀석들, 오토바이 타고 떼로 우르르 몰려다니며 패싸움이나 하고, 여자들 희롱이나 하고, 온갖 못된 짓을 다 합니다. 사회적으로 아주 큰 문제예요, 큰 문제!"

김 과장의 너무도 당당한 말투에 사장이 다시 아이들을 찬찬 히 살폈다.

"호철아, 네 휴대폰 줘 봐!"

낌새가 이상하게 돌아가는 것을 느낀 재웅이는 호철이에게 서 휴대폰을 건네받아 즉시 폴더를 열고 동영상을 실행시켰다. 그리고 화면을 사장에게 보여 주었다.

"사장님, 보세요! 여기 증거가 있습니다."

사장이 동영상을 자세히 바라보았다. 김 과장도 고개를 숙여 동영상을 꼼꼼히 살폈다. 다 보고 난 사장이 눈빛으로 김 과장 에게 사실이냐고 물었다.

"이놈들 이거, 아주 질이 나쁜 놈들이네! 그 깡패들이랑 우리 회사랑 무슨 관계가 있어? 그리고 거기가 추동리인지 어딘지 어떻게 알아? 그거 무슨 조폭 영화에 나오는 장면 같은데, 그거 복사해 온 거 아냐?"

예감대로 역시 호락호락하지 않은 김 과장이었다. 조금도 인정하려 하지 않고 오히려 더욱 기세를 높였다. 말로만 듣던 적반하장이었다. 문제는 화면이 흐리고 심하게 흔들린다는 데에 있었다. 게다가 길이도 짧아 마을 회관 앞마당에서의 대치 상황까지만 보였다. 현장에 있었던 사람이야 알겠지만 제삼자는 그곳이 어디인지 전혀 알 수 없는 화면이었다. 그리고 화면 속의 어느 누구도 천마측 사람이라는 단서가 없었다.

"속지 마십시오, 사장님! 돈을 더 뜯어낸 뒤 그만두려는 잔꾀입니다. 우리가 이런 놈들 어디 한두 번 봤습니까? 막노동하는 무식한 것들 속셈이야 뻔하죠."

"아닙니다, 사장님! 우린 그런 애들이 아닙니다!"

"맞아요! 저희 말 다 사실입니다. 믿어 주세요!"

거짓과 술수에 익숙한 어른들을 원망하면서 그저 사실이라고, 믿어 달라고 애원하는 수밖에 어찌할 방법이 없었다.

"이봐, 전무! 거기 철탑 공사장 현장 소장이 누구지?"

"예. 야, 양 대리라고……."

"빨리 올라오라고 해!"

"현장 소장은 지금 작업을 감독하러 가고 없습니다, 사장님!"

김 과장이 나서서 말했다.

"그래?"

그때 호철이가 벌떡 일어나며 소리쳤다.

"아닙니다! 밖에 있을 겁니다! 제3공장 신축 일로 본사에서 들어오라고 했다며 우리랑 같이 왔습니다."

"예, 좀 전에 우리 모두 양 대리님 차를 타고 왔습니다."

"제3공장? 무슨 소린가, 전무?"

"예. 저, 시, 실은 양 대리를 제3공장 신축 현장의 소장으로 보내고 거기 소장을 철탑 공사장으로 보내 서, 서로 바꾸려고 요!"

사장의 질문에 전무가 더듬거리며 겨우 대답을 했다.

"아니, 왜?"

"그, 그……."

"양 대리 빨리 올라오라고 그래!"

사장의 목소리가 커졌다. 여직원이 나가서 양 대리를 데리고 올라왔다. 아이들이 보이지 않자 숙직실과 휴게실, 공장 구석구석을 찾아다녔는지 양 대리의 이마에 땀방울이 송골송골 맺혀 있었다. 아이들이 그대로 줄행랑이라도 친 줄 안 모양이었다.

"너네 어떻게 여기에……?"

"자네, 이리 가까이 와 보게!"

"예, 사장님."

사장은 양 대리에게 이제까지의 일을 다 말하고 호철이가 촬영한 동영상까지 보여 준 뒤 무겁게 입을 열었다.

"현장 소장인 자네가 제일 잘 알 것 아닌가? 말해 보게. 이게 모두 다 사실인가?"

전무와 김 과장이 양 대리에게 따가운 시선을 보내고 헛기침까지 하면서 무언의 압력을 가해 댔다.

"어서 말해 보래도!"

아이들도 모두 양 대리의 입에 시선을 꽂고 그의 말을 기다렸다. 입술이 마르고 손바닥에 땀이 고였다. 양 대리는 입을 굳게 닫은 채, 잠시 갈등을 하는가 싶더니 드디어 입을 열었다.

"사실입니다. 다 사실입니다."

"틀림없는가?"

"네, 틀림없습니다, 사장님!"

사장이 싸늘한 눈빛으로 전무와 김 과장을 번갈아 쏘아보았다.

"사장님! 아니, 아버님! 저는 정말 모르는 일입니다. 이 김 과장이 모두……."

"시끄러워! 이놈, 내가 전권을 넘겨 준 지 채 삼 년도 안 돼서 회사를 말아먹으려고 해? 이 못된 녀석! 기업이란 신용이 최우선이라고 내 그렇게 일렀건만!"

"아버님, 그게 아니라 이 김 과장이……."

"시끄럽다니까!"

사장이 냅다 소리를 지르고는 탁자 위에 놓여 있던 유리 재떨이를 전무에게 집어던졌다. 재떨이가 아슬아슬하게 전무의 머리를 비켜 날아가 문에 부딪혔다.

"자식이라는 이유만으로 회사를 물려주려 한 내가 잘못이지!

으이그! 최 양하고 오 양은 총무부로 내려가서 회계장부 일체하고 실습생들 배치 현황표하고, 자재 납품 계약서하고 또 하도급 발주서, 다 가지고 올라와! 김 과장, 자넨 전무 데리고 나가서 꼼짝 말고 대기하고 있어!"

김 과장이 전무와 함께 씩씩거리면서 밖으로 나가고 여직원이 차례로 그 뒤를 따랐다. 사장은 다시 여직원에게 지시를 내렸다.

"윤 상무하고 관리부장, 노무과장, 회계과장, 자재과장은 즉시 올라오라고 해! 그동안 저것들 둘이서 대체 무슨 짓을 했는지 철저히 파헤쳐 봐야겠어!"

삶의 모자이크

아침에 일어나니 양 대리는 어디에 갔는지 보이지 않았다. 아이들은 세수와 양치질을 마치자마자 모두 깨끗한 옷을 꺼내 입고 이장네 집으로 향했다. 비는 내리지 않았으나 하늘에는 먹구름이 옅게 끼어 있었다. 쉽게 개일 것 같지 않았다. 하지만 더위에는 이제 질려서 흐린 날이 훨씬 더 좋았다. 초상집에 간다는 게 왠지 무섭고 꺼려졌다. 분위기가 음산할 것만 같았다. 모두 슬픔에 잠겨 끊임없이 반복되는 곡소리, 흐르는 눈물, 영정 사진, 향냄새 등. 재웅이는 김문규 장례식에서 보았던 부정적인 이미지만 자꾸 떠올라 께름칙했다.

마을 회관 옆을 지나 구판장을 통과해서 희진이네 집이 있는 골목으로 들어섰다. 시끌벅적한 사람들 소리가 들려왔다. 대문 앞에는 화환이 두어 개 세워져 있었다. 아이들은 그중 제일 큰 것을 보며 입가에 미소를 지었다. 천마산업 사장이 보낸 것이었다. 안으로 들어가 몇몇 안면이 있는 동네 어른들에게 인사를 하자 반갑게 맞아 주었다.

"그래그래, 어서들 오너라!"

희진이의 모습은 보이지 않았다. 어디로 갈지 몰라 마당 한구석에 서 있는데 부엌에서 숙소 주인 할머니가 나왔다. 아침 일찍부터 와서 일을 도와주고 있는 모양이었다.

"저 방으로 들어가 있어. 내 금방 아침 차려 줄 테니."

할머니가 가리키는 바깥채에 딸린 희진이 방으로 들어갔다.

조금 있으려니 할머니하고 누런 삼베 상복을 입은 아가씨가 푸짐하게 차린 상을 가지고 들어왔다.

"난 희진이 언니야. 너희들 모두 고마워. 많이들 먹어!"

모두 고개를 꾸벅여 인사를 건넸다.

밥상을 물리고 조금 지나서 세연이와 은향이가 왔다. 서로 상의한 후 은향이는 세연이와 함께 손님 안내를 맡았고 재웅이, 기준이, 호철이, 성민이는 두 조로 나뉘어 상을 들고 나르거나 거두는 일을 도왔다. 8시가 넘자 문상객들이 본격적으로 밀려들었다. 추동리 주민들은 물론 산 너머 다른 마을에서도 꽤 많은 사람들이 몰려왔다. 하지만 거의 대부분 노인들뿐이었다.

"재웅이, 성민이, 너희 둘 이리 좀 따라와라!"

대문 밖까지 상을 날라다 주고 서 있는데 숙소 주인집 할아버지가 불렀다.

"너희가 애 좀 써 줘야겠다. 가자!"

재웅이와 성민이는 주인집 할아버지를 따라 경운기에 올라

탔다. 경운기는 고샅길을 빠져나가 구판장 앞을 지나 다리를 건
넜다. 그러더니 곧장 왼쪽으로 방향을 틀어 둑길로 들어섰다.
은향이와 첫 데이트를 했던 바로 그 둑길이었다. 재웅이는 그날
밤이 떠올라 기분이 묘해졌다. 왜 그리 가슴이 두근거리고 온몸
이 떨렸는지. 마음과는 달리 자꾸 엉뚱한 말만 나오고. 오늘은
꼭 용기 있게 말하리라 속으로 다짐한 뒤 소리 없이 웃었다. 계
곡 주변 논에는 집중 폭우를 견뎌 낸 벼들이 무럭무럭 자라 어
느새 대부분 이삭이 패여 있었다. 더러는 고개를 숙이고 누런색
을 띠는 것들도 보였다.

"너희가 참 큰일을 했다."

"큰일은요, 뭘!"

"아니야. 너희 아니었으면 이장이 크게 곤란할 뻔했어. 이장
뿐 아니라 우리 마을 전체가 말이야."

주인집 할아버지의 칭찬이 쑥스러워 재웅이와 성민이는 서
로의 얼굴을 쳐다보며 히죽이 웃었다.

"서로 다 잘됐으니 나도 좋구나."

"윈윈이죠, 뭐!"

"윈윈? 아, 상생! 그래, 그거 참 좋지! 세상은 서로 양보도 하
고 타협도 하면서 살아가야 돼. 자기주장만 내세우면 결국 서로
망하는 거야. 그런데 그 천마 사장님, 보통이 아니더라!"

어제 오후, 천마 사장이 직접 추동리로 들어와 이장과 동네
어른들을 만났을 때 주인집 할아버지도 함께 있었고 나중에 구

판장 평상에서 천마산업 사장과 별도로 자리를 갖고 많은 이야기를 나누었다.

"능력도 없는데 제 자식이라고 무턱대고 회사며 재산을 물려주는 건, 독을 주는 것과 마찬가지야. 그 독이 당사자만 죽이는 게 아니야. 회사를 아니, 사회를 죽일 수도 있어. 회사가 일정 규모 이상이 되면 더 이상 개인회사가 아니야. 기업 윤리를 지켜야 할 사회적 공기가 되는 거지."

주인집 할아버지는 어제 천마 사장과의 만남을 회상하면서, 조금 이해하기 어려운 말을 혼잣말처럼 중얼거렸다. 어제 본사에서는, 김 과장하고 전무하고 짜고 그동안 회사 돈을 상당액 횡령해 왔던 사실이 들통 났다. 있지도 않은 유령 근로자를 열 명이나 인부 명단에 올려놓고 임금을 빼돌렸던 것이다. 실습생들 급료도 애초에 백만 원이 책정되었는데 당사자에겐 구십만 원이라고 알리고 그 차액을 착복하고 있었다. 그 밖에 자재 납품 비리와 부정 용역 계약, 정식 사원 채용 시 금품 요구 등의 부정이 밝혀지고 말았다.

경운기는 둑길이 끝나는 곳에서 멈추었다. 마을 어귀의 커다란 고목나무 아래였다.

"다 왔다. 내려서 이리 따라오너라!"

주인집 할아버지는 일자형 낡은 집으로 다가가더니 판자문을 열고 들어가 커다란 나무 상자들을 가리켰다.

"여기는 상엿집이야. 이거 네 개 싣고, 저 긴 나무들만 실으면 돼!"

상엿집이라는 말에 혹 죽은 사람의 혼이라도 붙을 것만 같아 만지기가 꺼려졌다. 성민이와 서로 눈치를 보며 마지못해 하고 있는데 주인집 할아버지가 재촉했다.

"빨리 서둘러야 돼! 상여 나갈 시간이 다 정해져 있어!"

둘이서 낑낑거리자 할아버지가 거들며 물었다.

"참, 성민아, 어머니 수술 날짜는 잡혔니?"

"아니요. 찬바람이나 불거든 하신다고……."

"인생엔 별별 난관이 다 있는 거야. 성공보다 실패가 더 많고. 그래도 이겨 내야 해! 저 벼며 콩이며 깨를 좀 봐라. 봄부터 모진 비바람에 가뭄, 땡볕, 폭우, 다 견뎌 내면서 여물어 가잖니?"

짐이 다 실리고 주인집 할아버지가 운전석에 올라타고 재웅이와 성민이도 자리를 잡고 앉았다.

"버려진 집을 얻어 이 동네에 들어온 지도 벌써 십오 년이 넘었구나."

"여기가 고향 아니세요?"

"응. 나도 인천에서 중소기업을 하나 했었는데, 온갖 험한 꼴을 다 겪고. 집사람과 함께 죽으려고 바닷가까지 갔……. 그런데…… 사니까 또 살아지더구나. 목숨이란 나 혼자만의 것이 아닌 거야."

경운기 시동 거는 소리 때문에 중간 중간엔 무슨 말인지 잘

들리지 않았다.

이장네로 돌아와 상자를 내리고 있을 때, 양 대리가 제법 깔끔하게 차려입은 기초반과 조립팀을 이끌고 들어왔다. 기초반의 임 반장과 염 씨, 장 씨는 무덤덤한 표정인데 비해 조립팀장을 비롯한 장발 사내, 얼룩무늬 반바지, 금목걸이의 표정은 그리 밝아 보이지 않았고 마지못해 오는 것 같은 인상을 주었다.

"아이고, 어서들 오시요! 어서 와!"

마루에 서 있던 이장이 황급히 뛰어나와 그들을 반갑게 맞았다.

"자, 자, 저기, 저리로!"

이장이 그들을 아침상 겸 술상이 차려진 차양 아래로 데려갔다. 미리 시간에 맞춰서 상을 봐 놓은 것이었다. 음식이며 그릇, 수저가 새로 놓여 있었다.

"시장하실 텐데, 먼저 밥 좀 드시고 술도 한잔씩 하시오!"

이장의 권유에 기초반과 조립팀이 합석하기는 했지만, 서로 여전히 감정이 남아 있어 어색한 자리였다. 기초반은 기초반원들끼리, 조립팀은 조립팀원들끼리 따로 몰려 앉아 술상을 가운데 두고 서로 마주보는 형국이 되었다. 그러나 서로 얼굴을 마주치지 않으려는 기색이 역력했다. 게다가 마을 사람들과도 앙숙이 되어 버린 사이라 양 대리가 가운데서 신경을 많이 쓰고 있었다.

그들이 서로 말없이 밥을 먹고 술을 마시는 사이, 숙소 할아버지와 마을 어른 두 명이 마당 한가운데서 상여를 꾸미기 시작했다. 조금 후에, 세연이 할아버지와 유씨엘 할아버지, 메리야스 할아버지가 함께 들어왔다. 다들 평상시와 다른 깔끔한 옷차림이었다. 그들은 이장의 안내로 천마측 사람들과 합석했다. 이장이 직접 술 주전자를 들고 다니며 모두에게 일일이 술을 따라 주었다. 안방에서는 간헐적으로 곡소리가 나고 있었다.

"저번에 미안했소."

"뭐, 우리도 마찬가지지요."

세연이 할아버지가 먼저 입을 떼자 임 반장이 말을 받았다. 그러자 옆에 앉아 있던 염 씨가 잔을 치켜들며 한마디했다.

"자, 근배 짠하게 허고 다 풀어 버립시다요, 이!"

"그러지. 자, 건배헙시다!"

기초반원들과 세 할아버지가 조립팀원들을 바라보았다. 말은 하지 않았지만 같이 화해의 건배를 하자는 의미였다.

"조립팀도 같이 건배하시죠!"

양 대리의 말에 그제야 조립팀원들도 앞에 놓인 잔을 집어 들었다. 그렇게 해서 마을 사람들과의 화해가 먼저 이루어졌고, 어정쩡한 분위기에서 기초반과 조립팀의 화해도 성사되었다. 속으로야 감정이 완전히 풀어지진 않았겠지만, 겉으로는 일단 그런 걸로 비쳐졌다.

술잔이 서너 순배 돌아 취기가 좀 오르자, 한두 사람씩 뱃속에 든 말을 슬슬 토해 내기 시작했다. 먼저 임 반장이 세연이 할아버지에게 잔을 건네며 위로의 말을 했다.

"어르신, 더덕 도둑 못 잡았지요?"

"그럼. 경찰서서 아직 소식이 없는 걸 보면 뭐, 물 건너갔어!"

"마음이 많이 아프시겠습니다. 누가 그런 못된 짓을……."

"말해 뭐해? 속만 더 상하지. 벼농사, 담배 농사, 배추 농사하다가, 이번 더덕 농사가 내 마지막 희망인데……."

세연이 할아버지는 시무룩한 얼굴로 말끝을 흐렸다.

"아니, 어디 훔칠 게 없어서 이런 산골에 들어와 애써 지은 농산물을 훔쳐 가?"

유씨엘 할아버지가 흥분해 눈을 부라렸다. 메리야스 할아버지도 한 마디 보탰다.

"산 너머 마상리에서는 옥수수를 모조리 따 갔대잖아! 참!"

"전문적으로 전국 농촌을 돌아댕기며 고추, 참깨, 그런 것들을 골라 훔치는 일당들이 많대유!"

"애들 짓은 아니고, 분명 어른 짓일 텐데. 그런 놈은 잡아서 삼족을 멸해야 해! 정직하게 일해서 정직하게 돈 버는 게 진짜 어른이지. 그게 어른이 할 짓이야?"

장 씨가 유씨엘 할아버지에게 술을 따랐다.

"세상에 제일 나쁜 것이 뭐냐면, 바루 도둑질이여, 도둑질!"

세연이 할아버지가 술잔으로 상을 탕탕 내려치며 침을 튀겼다. 양 대리가 일어나 세연이 할아버지에게 술을 따라 주고 마루에서 문상객을 받고 있는 이장에게 갔다.

"농사 짓기가 점점 더 힘들어지시죠?"

조립팀장이 유씨엘 할아버지에게 물었다. 그러자 이번엔 농사얘기를 주고받으며 술잔을 나눴다.

"아, 말 말어! 나이 예순넷이 되도록 여태 농사를 짓고 있는데, 비료값 품값은 해마다 오르지, 미국 쌀 본격적으로 들어온다고 하지, 죽지 못해 짓는 거야!"

"그런 데다 물난리를 겪었으니. 아, 정부에서 우리 농민들을 홀대하니까 하늘도 우릴 돕질 않는 거야!"

세현이 할아버지가 시무룩한 표정으로 술잔을 비운 뒤 산등성철탑을 보며 말했다.

"아무튼 대단하네, 대단해! 저 높은 걸 어떻게……. 기술도 참 좋구만!"

"우리가 대한민국에서 최고의 철탑 조립팀이 되려고 합니다. 그게 제 꿈입니다. 우리들은 공부에는 소질이 없어 다들 고등학교만 나왔지만, 철탑을 조립하는 일만큼은 최고라고 자신합니다."

"꼼꼼하고, 빠르고, 공사 기일 확실히 지킵니다."

양 대리가 자기 자리로 돌아와 앉으며 추켜세웠다. 옆에 앉은 임 반장도 고개를 끄덕거려 인정해 줬다. 그러자 임 반장과 염 씨를 힐끔거리던 조립팀장이 흐뭇해하며 먼저 임 반장에게 술잔을 건넸다.

"제가 술 한 잔 따라 드리지요. 저번 일 사과 드립니다. 염 씨 아저씨도 한 잔 받으세요. 연세가 있는 분을……, 죄송합니다."

"살다 보면 별일 다 있는 법이지요. 싸울 수도 있고……. 그럴 때마다 가슴에 한을 품으면 그 긴 세월을 어떻게 살겠소?"

"뭐, 다 지난 일을……, 나도 잘한 거이 읎은께 깨끗이 잊어버립시다. 이!"

장발 사내와 얼룩무늬 반바지, 금목걸이도 사과의 말을 한 마디씩 건넸다. 하지만 얼굴 표정이며 말의 억양이 진심에서 우러나온 것이라 하기엔 조금 부족한 것 같았다. 그러나 서로 으르렁거리며 싸우는 것보다는 훨씬 보기 좋았다.

"거기끼리도 뭔 일 있었나 보네? 뭔 일인진 몰라두 오늘 여기서 다 잊어버리게. 싸울 땐 싸우더라도 풀 땐 풀 줄도 알아야 제대로 철이 든 거야."

"그럼, 그럼! 그게 참 어른이지!"

기초반원들과 조립팀원들도 할아버지들을 바라보며 고개를 끄덕였다.

술이 거나하게 취한 세연이 할아버지와 유씨엘 할아버지가 어깨동무를 했다.

"한 동네서 태어나 지지고 볶고 하면서도 환갑이 넘도록 이리 함께 살아왔지. 앞으로도 사이좋게 오래오래 살자, 친구야!"

"암, 그래야지! 참 많이도 싸웠지. 싸우고 풀고, 싸우고 풀고."

상여는 이제 거의 다 꾸며져 휘장이 덧둘러지고 지붕 역할을 하는 비단 차양을 씌울 차례였다. 마루에서 문상객을 받던 이장이 다가와 필요한 게 있으면 부엌에 더 시키라고 말한 뒤, 상여 옆에 서서 마무리 조립을 지켜보았다.

"저 이장이 이장되기 전에, 내가 이 동네 이장을 십팔 년이나 했어. 내가 이장이었을 때 마을에 전화도 끌어오고 전기도 끌어오고 그랬어! 저 다리도 그때 새로 놓고."

유씨엘 할아버지가 은근히 자기 자랑을 늘어놓았다.

"오, 그러세유? 참 큰일 하셨네유!"

"누구를 이장으로 뽑느냐에 따라 마을 형편이 획각 달라지는 거야."

결국 현재 이장인 희진이 아버지가 이장 일을 잘 못한다는 말이었다. 아이들은 희진이 아버지가 들을까 봐 조마조마했지만, 술이 얼큰히 취한 유씨엘 할아버지는 계속 떠들어 댔다.

"아, 하느라고 열심히 하는 사람을 왜 그래? 자네는 자네가 최고라는 그 생각 좀 버려! 사람은 나중을 보랬어!"

금방 사이좋게 지내자고 해놓고 두 할아버지는 또 티격태격했다. 세연이 할아버지가 그만 하라며 눈살을 찌푸렸으나 유씨엘 할아버지는 막무가내였다.

"이장이 똘똘해 봐! 면으로 군으로 부지런히 뛰어다니면, 우리 동네 진작에 삐까뻔쩍한 동네로 만들 수 있다구! 나라도 마찬가지야. 누굴 대통령으로 뽑느냐에 따라 국민 꼬라지가 획각 달라진다니까!"

유씨엘 할아버지가 갑작스레 대통령이라는 단어를 꺼내는 바람에 이야기의 방향이 정치 쪽으로 틀어졌다.

"먹고살기 힘들어서 애들을 고아원에 버리고 가는 부모들도 많다더군요."

"농촌에서는 농민들이 빚 때문에 분신하고 그랬잖아요."

"우랄 라운든진 부랄 라운든지, 그때도 몇 자살했었지, 아마!"

유씨엘 할아버지가 술을 한 잔 홀짝 들이켜고 또 앞으로 나섰다.

"글쎄, 그것이 다 대통령을 잘못 뽑아서 그런 거야. 엉뚱한 데 돈 쓰지 말고, 우리 같은 농민들에게 팍팍 풀면, 아, 우리가 볏가마니 풀어헤쳐 놓고 몸에 불을 붙이겠느냔 말이야!"

모두 고개를 끄덕거렸다. 세연이 할아버지는 표정이 시무룩해지며 뒷말을 이었다.

"우리 아들은 즈덜 먹구살기도 힘든데, 내년에 세연일 데려간대. 나한테 미안하다구. 다 부모 잘못 만난 죄지! 방구깨나 뀌며 떵떵거리는 부모를 만났으면 지들도 다 대학도 나오고 출세도 하고 재산도 물려받고 그랬을 텐데……."

"아, 우리가 어때서? 우리가 이 산골에서나마 매일 땀을 흘리며 살고 버텼기에 그나마 즈덜이 그렇게라도 된 거야, 이 사람아! 그렇잖고 꽥 죽었어 봐? 저기 구판장 칠남이 어렸을 때마냥 고아로 생고생하며 진짜 그지 새끼처럼 살았을 거야!"

메리야스 할아버지가 언성을 높여 세연이 할아버지에게 핀잔을 줬다.

"그건 그래."

"그럼, 그럼! 에, 그리고 말야, 물, 물가를 또 잡아야 해! 올해도 농약값 비료값 좀 많이 올랐어? 그러면 이 물가를 어떻게 잡느냐? 에, 경제를 살리고……. 거 점잖은 양반, 어떻게 생각하시나?"

두서없이 횡설수설하던 유씨엘 할아버지가 말문이 막히는지, 그때까지 묵묵히 듣고만 있던 임 반장을 끌어들였다.

"그런 큰 문제는 우리보다 더 많이 배우고 더 똑똑한 사람들이 풀 문제지요. 우리는 그냥, 할 일만 성실히 하면 되지요."

임 반장의 맥없는 대답에 유씨엘 할아버지가 눈을 부라렸다.

"뭐니뭐니 해도 우리 농민들을 잘살게 하는 게 최고여! 아, 옛말도 있잖아! 농자천하지…… 뭐 그런거."

이젠 모두들 술이 거나하게 취해 말이 많아지고 목소리 또한 높아졌다. 재웅이는 그런 시끌벅적한 분위기가 싫지 않았다.

"미국 소고기 땜에 우리 한우 농가 피해가 커! 내 첨에 두 마리로 시작해서 지금 서른 마리가 넘었거든. 쉰 마리가 목표야."

"어차피 개방된 거, 그걸 사 먹는 사람들이 더 문제랑께요. 아, 한국 사람이믄 한국 걸 우선 애끼고 챙겨야 허지라, 이!"

"에이, 국제화 시댄데 필요하면 사 먹는 거지요. 아저씨는 외국산 하나도 안 사요?"

장발 사내가 염 씨에게 슬쩍 눈을 흘겼다.

"나는 백 빠센토 국산품 애용자랑께! 빤쓰두 쌀두 모두 말이시! 아, 빤쓰는 의복의 기본이구, 쌀은 식량의 기본인디, 그런 기본을 안 지키믄 쓰것소, 이? 다른 것은 물라두. 외국산 싸다고 함부루 막 사 묵었다간 큰일 나부요! 근본을 썩게 한단 말이시. 아, 신토불이라는 말이 왜 있것소, 이!"

별도로 조립하던 상여는 이제 다 꾸며져 화려한 꽃상여가 되었다. 숙소 할아버지와 마을 사람 둘이 기다란 광목천을 기본틀의 가로 막대 사이사이에 걸어 두 줄 멜빵을 만들고 나서 담배를 피워 물었다.

"여보게, 상여가 다 꾸며졌어, 아 벌써부터 취하면 어떡허나? 그만 하자구!"

"응? 알았어! 우리 동네 꽃상여가 꾸며지는 게 이 년 만이구만!"

"그렇지. 재작년 5월에 명자 할머니가 타고 간 뒤로……."

모두 술자리에서 일어나 상여를 둘러싸고 바라보았다. 과묵한 임 반장이 조용히 혼잣말을 했다.

"도시에선 영구차에 싣고 후딱 가서 화장해 버리고 오면 끝인데……."

"오랜만에 보니 그런 대로 이쁘고 좋네요."

조립팀장도 상여를 살펴보며 고개를 끄덕거렸다.

그때였다. 상여 꾸미기를 주도했던 어느 마을 사람의 주머니에서 휴대폰이 울렸다. 그가 얼른 휴대폰을 꺼내 받더니 놀란 표정을 지었다.

"아니, 뭐야? 그럼 이를 어쩌나?"

그가 마루에 있는 이장에게로 다가갔다.

"이봐, 상주! 글쎄, 마상리 용득이가 못 온다는데!"

"예?"

이장의 얼굴이 굳어지며 낭패스런 표정을 지었다.

"새벽에 물꼬 보러 갔다가 미끄러졌대. 발목을 심하게 삐어 지금 읍내로 침 맞으러 갔다는데!"

"어허! 기껏 상여꾼들을 맞춰 놨더니……."

"거, 왜 그러나?"

세연이 할아버지가 이장에게 다가서며 물었다.

"마상리 용득이 형님이 갑자기 못 오겠다고 연락이 와서요!"

"용득이라면 선소리하는 그 친구?"

"예. 이거 큰일이네요, 참!"

"어쩐지 일이 잘 풀린다 했더니만……. 쯧! 쯧!"

그 순간, 그들의 대화를 듣고 있던 염 씨가 앞으로 나서면서 큰소리로 말했다.

"그럼 그거 나가 한번 해 보지라, 이!"

모두들 놀라 염 씨에게 시선을 집중했다. 술기운이 올라 그냥 하는 소리로 여기는 눈치였다.

"아, 나가 쪼까 헐 줄 안당께요! 예전에 몇 번 해 봤당께요!"

"정말입니까?"

이장이 물었다. 선뜻 믿지 못하겠다는 표정이었다. 다른 사람들도 마찬가지였다.

"아, 글씨, 걱정 말드라고요! 나가 돈이 읎어 부주는 못 허지만, 그 대신 선소리 부주는 확실허게 헐 거구마요, 이!"

이장이 세연이 할아버지, 메리야스 할아버지, 유씨엘 할아버지, 숙소 할아버지와 잠시 의견을 묻는 눈빛을 교환했다. 잠시 후 숙소 할아버지가 입을 열었다.

"할 사람이 없으니 어쩌겠나?!"

"예, 그럼, 잘 좀 부탁합니다."

이장이 공손히 머리를 숙여 보였다.

"걱정 마시고, 얼른 저그 문상객이나 받으랑께요, 이!"

숙소 할아버지와 상여 조립을 했던 마을 사람 둘, 그리고 또 한 사람이 안방으로 들어간 후 안방에서 통곡 소리가 크게 울렸다. 곧 그들이 관을 들고 마루를 거쳐 마당으로 나왔다. 이어 제사상이 상여 앞에 차려지고 발인제가 시작되었다.

"좀 편찮으시긴 했지만 심하진 않으셨잖아?"

"그럼. 그리고 연세가 여든하구두 여덟이시니, 호상이지, 호상이야!"

"살아생전에 늘 불쌍한 사람들을 거두시고 지성으로 보살폈으니, 틀림없이 극락왕생하실 게야!"

"암! 팔 하나가 없는 저 구판장 칠남이도 데려다가 친자식처럼 키워 장가까지 보내 줬잖아. 여보게, 이장! 거 신나게 춤춰 봐! 자넨 효도를 다한 거야!"

그 말을 들은 이장이 꽃상여 앞에서 덩실덩실 춤을 추기 시작했다. 상복의 긴 소매 자락을 펄럭이고 손에 든 대나무 지팡이를 흔들며 엉덩이를 씰룩거렸다. 그에 맞춰 동네 어른들은 "얼쑤! 얼쑤!" 하며 추임새를 넣어 주기까지 했다. 재웅이와 아이들은 도무지 이해할 수 없는 행동들이었다.

발인제에 쓰인 술을 한 잔 꿀꺽꿀꺽 들이켠 염 씨가 드디어 요령을 집어 들었다. 그러고는 상여 앞으로 가 두어 번 목청을 가다듬었다. 모두들 긴장한 표정으로 염 씨의 입을 바라보았다.

"자, 상여꾼들 키 맞춰 자리에 드시오!"

요령을 서너 차례 흔들며 염 씨가 상여꾼들에게 지시했다. 곧 임 반장과 장 씨, 양 대리, 조립팀원들이 상여의 횡목 사이사이로 들어가 섰다. 맨 뒤 염 씨가 들어갈 자리엔 구판장 할아버지가 들어가 양쪽에 여덟 명이 되었다. 미리 키를 맞춰 보았는지 기초반원과 조립팀원이 키 순서대로 뒤섞여 있었다.

숙소 할아버지가 기다란 대나무 깃발을 가져와 아이들에게 하나씩 나눠 주었다.

"이거 만장이니까 들고 상여 앞에 먼저 가라! 뒤에서 길을 알려 줄 거야!"

길쭉한 흰 비단과 붉은 비단, 파란 비단, 노란 비단에 각기 다른 한문 글자가 쓰인 대나무 깃발이었다. 그 전체 길이가 키의

두 배는 됐다. 재웅이는 재미 삼아 펄럭펄럭 흔들어 보았다.

"앉아서 준비!"

상여꾼들이 각자 자기가 들어간 칸에 쭈그려 앉았다.

"상여꾼이 모자라 쌍줄메기는 못하고 외줄메기로 하는구만!"

"그럼, 그래야지! 제대로 하려면 스무 명이 있어야 하는데. 아, 요즘 이런 시골에 스무 명이나 되는 젊은이들이 어딨어? 그러니 없으면 없는 대로 한쪽에 네 명씩 외줄메기로 해야 해. 이장 선자당께선 몸피가 아담하신 분이셨으니 그래도 너끈할 겨."

옆에서 지켜보고 있던 칠순 할아버지 두 분이 고개를 끄덕이며 대화를 나누었다.

"저 양반들 우리 동네에 와서 좋은 일 하는구만. 처음엔 아옹다옹하더니……."

"저 양반들 아니었으면 오늘 상여 못 나가지. 아, 누가 상여를 메고 그 가파른 산길을 오르겠나? 온통 늙은이들뿐인 동넨데."

"그렇지. 우리는 지팡이 들기도 힘든 나인데. 참 고맙구만! 저 애들이 주선을 했대."

"글쎄 그랬다는구만. 저 애들 아니었으면 이장은 아마 죽을 똥을 쌌을 게야. 그런데 그 사장이 다리도 새로 놔주고 마을 회관도 새로 지어 주기로 약속했다며?"

"응, 그랬대. 마을이 이제 제법 번듯해지겠어."

문상객들 사이에서 기초반원과 조립팀원들, 그리고 자기들을 칭찬하는 소리가 들려와 재웅이와 아이들은 기분이 좋았다.

상여꾼들이 자리를 잡자 희진이 작은 아버지가 수건을 한 장씩 나눠 줘 모두 목에 걸었다. 그러자 염 씨가 다시 요령을 흔들며 지시했다.

"멜빵!"

모두 앉은 자세로 광목 멜빵을 집어 양쪽 어깨에 걸쳤다.

"기립! 천천히!"

상여꾼들이 천천히 수평을 맞춰 일어났다. 그에 따라 상여도 서서히 위로 솟아올랐다.

"자, 나가 앞소릴 하며 이끌 팅께, 뒷소리 입 맞춰서 잘들 받아 주시오, 이? 아, 그래야 망자께서 극락가시는 길이 펜안허고 즐거울 것잉께요, 이!"

"걱정 말구 어여 혀 봐!"

상여꾼들을 훑어보며 잠시 뜸을 들이던 염 씨는 요령을 한 차례 크게 흔들었다. 청아한 쇳소리가 꽃상여 주위로 울려 퍼졌다. 동시에 그의 입에서 선소리가 흘러나오기 시작했다.

"간다 간다 나는 간다."

"어허 어허 어허이 어어하."

"구십 생을 마감하고."

"어허 어허 어허이 어어하."

"허망하게 나는 간다."

"어허 어허 어허이 어어하."

이장을 비롯해 마을 주민들, 기초반, 조립팀 모두들 걱정하던 표정이 순식간에 사라지고 매우 흡족한 얼굴로 염 씨를 바라보았다. 특히 상여꾼들은 염 씨의 선소리에 흥이 돋아 목소리를 점점 크게 하며 뒷소리를 받았다. 재웅이와 친구들은 처음 듣는 선소리 가락을 신기해하면서 귀를 기울였다. 상여는 곧 집을 나서고 상제들이 모두 그 뒤를 따랐다. 희진이 역시 누런 삼베 상복을 입고 머리에 굵은 새끼줄을 두른 모습으로 상여 뒤를 따랐다. 옆에 은향이가 꼭 붙어 서서 둘이서 간간이 무어라 소곤거리기도 했다.

마을을 한 바퀴 돈 상여는 마을 회관 공터에서 노제를 지낸 후 염 씨의 인도로 다시 움직이기 시작했다. 다리를 건너 우측으로 방향을 잡고 농로를 따라 선산으로 향했다. 상제들은 물론 마을 사람들까지 뒤를 따라 전체 상여 행렬은 수십 미터에 이를 것 같았다. 그리고 행렬 맨 뒤에는 숙소 할아버지가 각종 제사 음식에 지게까지 두 개나 신고 느릿느릿 뒤따라왔다.

"미풍 같은 이 세상에."

"어허 어허 어허이 어어하."

"초로 같은 우리 인생."

"어허 어허 어허이 어어하."

"일장춘몽 아니던가."

"어허 어허 어허이 어어하."

상여는 느리게, 혹은 제자리걸음을 하기도 하며 마치 장난을 하듯 벼들이 익고 있는 들판길을 가로질렀다. 온통 푸른 녹색 벌판에 울긋불긋한 꽃상여는 흡사 관광객을 태운 완행 기차처럼 천천히 움직였다. 염 씨는 구성진 선소리를 뽑아내며 상여를 이끌었다. 재웅이는 그 소리가 이상하게도 마음 깊이 스며들어 가슴을 뭉클하게 했다. 그동안 주로 빠르고 흥겨운 테크노나 발라드만 들었는데, 느리게 반복되는 구슬픈 선소리를 들으니 자신도 모르게 코끝이 시큰거렸다. 가락도 가락이려니와 특히 그 내용이 자꾸 머릿속을 맴돌며 삶과 죽음이란 어떤 것일까 의문이 들게 했다.

상여는 넓은 길, 좁은 길, 곧은 길, 굽은 길을 거쳐 감자밭, 옥수수밭, 더덕밭까지 다 지나 장지가 있는 산 밑에 당도했다. 상여를 내려놓고 상여꾼 모두 휴식을 취했다. 술과 안주를 먹고 담배도 피우며 서로 대화도 나눴다.

"여기서부턴 급경사니께 다들 정신 바짝 차리고 균형을 잘 잡아야 한당께."

"예, 그래야겠네요!"

"길이 엄청 좁구 가파르구만! 나뭇가지가 엄청 걸치적거리것네 그랴!"

"나뭇가지는 앞에서 낫으로 치며 가면 되니께로, 균형을 잘 잡아야 한당께. 한두 사람이 넘어지더라도 다른 사람들이 균형을 잡아 줘야 착착착 올라갈 수 있단 말이시."

그들이 휴식을 취하는 사이 재웅이는 은향이에게 접근할 기회를 노렸다. 하지만 은향이는 여전히 희진이와 둘이 꼭 붙어 다녀 좀처럼 기회를 주지 않았다. 게다가 사람들의 눈이 너무 많았다. 자연스럽게 접근할 핑계거리가 필요했다.

한참이 지나서야 숙소 할아버지가 경운기를 몰고 도착했다. 상여가 왔던 길이 좁아 좀 더 넓은 길로 돌아 온 것이었다. 경운기에서 짐을 내리고 있는데 염 씨가 낫을 성민이에게 건네주었다.

"자, 요거 가지고 앞에 오르면서 상여가 걸릴 만한 나뭇가지는 모조리 쳐내거라, 이!"

곧 염 씨의 선소리가 다시 시작되고 상여도 움직이기 시작했다. 산길은 가파르기도 하거니와 지난번 집중호우로 일부가 유실되어 길 자체가 없어진 곳도 있었다. 그런 길을 상여를 메고 오른다는 건 도저히 불가능해 보였다. 하지만 상여는 조금씩 조금씩 위로 올라갔다. 장 씨가 미끄러지고, 구판장 할아버지가 넘어져 상여가 기우뚱 한쪽으로 쏠리는 등, 몇 차례 위태로운 순간이 있었다. 그러나 서로가 서로를 지탱해 주어 결국은 도저히 불가능할 것 같은 급경사 길을 놀랍게도 사고 없이 올라갈 수 있었다. 직선거리로 치면 불과 삼백 여 미터밖에 안 되는 거리를 근 한 시간 반이나 애쓴 끝에 드디어 장지에 도착했다. 상여꾼들의 옷이 땀에 젖어 하나같이 모두 물에 빠졌다가 나온 사람들 같았다. 상여를 장지 한편에 내려놓자마자 모두 거친 숨을 몰아쉬며 수건으로 연신 땀을 닦아 냈다.

"아이고, 수고들 했어요! 정말 수고들 했습니다."

이장이 상여꾼들의 손을 하나하나 잡으며 감사를 표했다. 희진이 엄마와 고모들도 몇 번씩 머리를 숙여 고마워했다.

장지는 미륵암이 빤히 건너다보이는 산 능선에 있었다. 그곳에는 육법대사를 비롯해서 미륵암 주지 스님과 다른 스님들 둘이 나와 일을 하고 있었다. 쌍분을 하기로 했기에 삽과 곡괭이로 이미 있는 무덤 옆을 꽤 깊이 파 놓았다. 땀을 비오듯 흘리고 있는 걸로 보아 아침 일찍부터 그 일을 한 것 같았다. 재웅이와 기준이는 구덩이에서 나온 육법대사에게 다가가 물었다.

"몇 시부터 하신 거예요?"

"7시부터. 야, 오랜만에 땅을 좀 팠더니 땀이 말도 못하게 흐른다. 이따 계곡에 내려가서 목욕 좀 해야겠다. 너희도 갈래?"

"그러지요, 뭐! 근데 스님들하고 같이 팠어요?"

"그럼, 나 혼자 어떻게 하니? 어제 양 대리한테 연락받고 동네 사정을 얘기했더니 흔쾌히 도와주셨어."

재웅이는 양 대리를 돌아보았다. 양 대리는 이장과 둘이서 이야기를 나누고 있었다. 사장 앞에서 자기들 편을 들고 사장의 적극적인 협조를 이끌어 낸 그가 고마웠다. 비록 마을 장례 일을 도와주지 않으면 철탑 공사 일을 하지 않고 떠나겠다고 협박에 가까운 조건을 내세우긴 했어도, 양 대리의 공을 무시할 수는 없었다. 상황을 잘 파악하고 추동리와 1사1촌 돕기 결연까지 맺은 사장의 용단도 고맙지 않을 수 없었다. 부서진 경운기와 파손된 회관 집기의 변상은 물론, 마을 회관 신축이 끝나는 대로 최신형 컴퓨터를 석 대나 기증하고 영농 조합 법인 설립을 적극적으로 돕겠다는 약속도 하지 않았던가. 어제, 김 과장을 거치지 않고 직접 사장을 찾아가 담판 짓기를 잘했다는 생각이 들었다.

마을 회관과 추동교 신축 문제를 상의하는 듯 양 대리와 이장의 뒷모습은 아주 다정해 보였다. 한때, 서로 으르렁거리며 격렬하게 싸운 사이라고는 도무지 믿지 못할 정도로 다정했다. 그 모습을 보던 재웅이의 마음 한구석에서 슬며시 부끄러움이 싹 터 올랐다. 실습을 끝내고 학교에 돌아가면 상훈이에게 먼저 말이라도 걸어 봐야 될 것 같았다. 오해가 있었으면 풀고, 사과를 할 게 있으면 사과도 하고.

"너희들, 미안한데 내려와서 짐 좀 날라야겠다."

숙소 할아버지가 올라와 부탁했다.

"이런 전통 장례도 잘 봐 둬. 좋은 공부가 된다고. 도시에서 영구차로 실어다가 후딱 화장해 버리는 것하고는 느낌이 완전 다를 거야!"

재웅이와 친구들은 다시 산 아래로 내려갔다. 기준이와 호철이는 맨손으로 양은솥과 쌀 등을 들어 올리고, 재웅이와 성민이는 지게에 회포대를 지고 장지로 운반했다. 이미 이력이 난 일이라 그리 힘들지 않았다. 더욱이 지게를 사용하니 세 번이나 오르내렸는데도 힘이 남았다. 땀 맛이 구수하면서도 달콤했다.

국밥으로 점심을 먹고 은향이가 안 보이는 틈을 타 담배로 대충 입가심을 하고 나자, 하관이 시작되었다. 그러자 상제들의 곡소리가 일제히 울려 퍼졌다. 그때까지 별달리 슬픈 기색을 보이지 않던 이장과 다른 상제들도 눈물을 주룩주룩 흘리고 있었다. 희진이도 흐느끼고 은향이도 두 눈에 눈물이 가득 고여 있었다. 기준이와 호철이, 성민이 녀석까지도 눈시울을 붉혔다. 관은 통곡의 환송을 받으며 광목끈에 매달려 땅속의 광중으로 조심스레 내려졌다.

"자, 맘껏 울어! 이제 저 관마저도 못 봐!"

메리야스 할아버지의 외침 소리에 조금 잦아드는 것 같던 울음소리가 다시 높아졌다. 특히 희진이 고모들은 땅바닥을 치며 대성통곡을 했다. 관이 제자리를 잡자 상주인 이장이 먼저 삽으로 고운 흙을 떠 뿌리자 상제들이 차례차례 따라 했다. 그러고 나서 조립팀과 기초반이 교대로 가래와 삽을 들고 흙을 퍼 넣어 다지기 시작했다. 미리 준비되어 있던 석회를 섞은 흙이었다. 재웅이와 기준이, 호철이, 성민이도 교대로 삽을 잡았다.

"허, 이놈들, 이제 우리보다 삽질을 더 잘하네, 그랴!"

장 씨가 흙을 다지며 칭찬을 해 줘 어깨가 으쓱해졌다.

"젊은 애들이야 뭐든 금방 배우지."

술 한 잔 마신 임 반장도 한 마디 보탰다.

"자, 이제 너희도 교대하고 이리 나와서 막걸리 한 잔씩 해!"

재웅이는 밖으로 나와 막걸리를 한 잔 마시고 가까이 있는 소나무 밑으로 갔다. 이마에 흐르는 땀을 닦으며 마을을 내려다보고 있자니 기준이가 다가왔다.

"기준아, 우리 여기에 안 왔으면 춘천에서 지금 뭐 하고 있었을까?"

"뻔하지, 뭐! 피시방 아니면 당구장에서 죽치고 있거나, 시내 나가서 백화점이나 극장 앞을 어슬렁거리고 있겠지."

"그지? 그렇지? 기분이 묘하다. 야! 이런 전통장례도 다 보고. 생각해 보니 죽음도 여러 종류가 있는 것 같아. 안중근 의사처럼 의롭고 영웅적인 죽음이 있고, 김문규처럼 허무하고 어이없는 죽음이 있고, 또 회진이 할머니처럼 저렇게 축복 받는 죽음이 있고……."

"짜샤, 이거 심각하게 뭔 고민을 하는 것 같더니 죽음을 연구했었네! 헤헤!"

기준이가 웃으며 담배를 한 개비 건네주었다. 재웅이는 머뭇머뭇하다가 받아들었다.

"성민이 저 녀석, 아주 괜찮은 놈이야! 과묵하지만 용기도 있고 의리도 있고. 저놈을 통해서 진정한 의리가 뭔지 생각해 보게 됐어."

"나도 그래. 나도 여기 와서 많이 느끼고 생각하게 됐어."

재웅이가 기준이의 어깨를 툭 치며 넌지시 물었다.

"너네 세탁소는 잘되니?"

"잘되긴 뭘! 경쟁 업체도 많고, 빨래방까지 여기저기 생기고……. 엄마가 시내 지하상가에 옷 수선 가게를 내려고 하는데, 아무래도 돈이 마땅찮은가 봐. 아버지는 술을 자주 드시고……."

전에는 집안 걱정은 아예 하지도 않던 놈이 아주 어른스럽게 대답을 했다.

"짜식, 어른 다 됐네!"

"어른? 어른이 뭔데?"

"글쎄, 어른도 여러 부류가 있어서……. 잘 모르겠다. 야, 기준아, 우리 공부 좀 한번 해 볼까?"

"공부? 너 미쳤냐? 이제 와서 무슨 공부야? 꼴찌클럽 만든다고 해 놓고."

"그건 그거고. 생각해 보니 졸업하기 전에 기능사 자격증이라도 하나 따야 할 것 같다. 그래야 회사에 들어가 꼴찌라도 하지. 그렇지 않으면 아예 취직도 못하고 등수에도 못 들겠지. 너, 횡성경찰서 보호실에 갇혀 있을 때, 그 청년 봤지? 구석에 꾸부정하게 누워 있던 그 곤드레만드레 말야. 야, 우리도 그렇게 되면 어떡하냐?"

"아이구, 이 자식 철들었네, 철들었어! 여기서 몇 달 조빵이 치더니 아주 많이 컸구나!"

비아냥거리며 말은 그렇게 했지만 눈에는 저도 걱정이 된다는 기색이 담겨 있었다.

"세연이는 백댄서가 되겠다는 꿈이 있고, 희진이도 코디의 꿈이 있고, 은향이도 고적대를 거쳐 여군 군악대가 되려는 꿈이 있고……. 우린 뭐니? 내일모레면 졸업인데."

재웅이가 이야기하자 기준이도 얼굴에 장난기를 걷어 내고 심각한 표정을 지었다. 그러더니 한숨을 내뿜었다.

"휴, 하긴 그래. 너희 집은 잘돼?"

"우리 집도 뭐, 아버지 개인택시도 그렇고, 엄마가 하는 칼국수집도 그렇고. 그런데도 누나는 대학원까지 간다고 하고……. 참! 너, 육법대사하고 양 대리하고 누가 더 우리 누나와 어울릴 것 같니?"

"너희 누나랑? 그거야 당연히 육법대사지. 서울서 법대 나왔으니까 아무래도 더 잘 어울리지. 서로 엇비슷하니까."

"겉보기에는 그런데, 그게……. 하여튼 기능사 자격증이 있으면 취직이 더 빨리 될 거 아냐? 돈도 더 받을 수 있고."

기준이가 담배 연기를 허공에 길게 뿜어낸 뒤 입을 열었다. 풀이 죽은 목소리였다.

"휴, 네 말이 맞기는 하지만, 공부라니 사실 엄두가 안 난다. 뭐부터 해야 할지도 모르겠고."

"나도 마찬가지야. 공부라면 벌써 한숨부터 나오고 오금이 저려. 그래서 어떻게 하는 건지 우선 저 육법대사한테 코치 좀 받아 보자고."

"생각 좀 더 해 보고, 짜샤!"

그 말을 끝으로 둘은 말없이 담배 연기만 뿜어 댔다. 재웅이는 담배가 반쯤 타들어 갔을 때, 꽁초를 버리고 발로 비벼 껐다. 담배 냄새를 싫어하는 은향이 때문이었다.

광중에 흙이 3분의 1만큼 차오르자 이제까지와는 달리 본격적인 집단 흙 다지기가 시작되었다. 상여꾼들이 회다지꾼으로 바뀌어 기다란 막대기를 하나씩 들고 광중으로 들어갔다. 모두들 염 씨의 선도에 아무 불평도 않고 잘 따랐다. 불평은커녕 오히려 신나 했다. 밖에서는 동네 노인들이 둘러서서 추임새를 넣었다.

그때 휴대폰 벨소리가 크게 울렸다. 막걸리로 목을 축이려던 이장이 상복을 들춰 바지 주머니에서 휴대폰을 꺼내 들었다.

"여보세요? 여보세요?"

회다지소리 때문에 잘 안 들리는지 이장은 휴대폰을 귀에 댄 채 대여섯 걸음 걸어 소나무 밑으로 갔다. 재웅이가 서 있는 곳에서 두어 발짝 거리였다.

"예? 경찰서요? 예! 내가 추동리 이장인데요!"

경찰서라는 말에 재웅이는 바짝 귀를 기울였다. 혹시 지난번 차 사고 일로 다시 자기를 찾는 것이 아닐까. 아버지가 잘 마무리되었다고 했는데 적잖이 걱정이 되었다.

"그래요? 잡았다고요? 트럭 번호를 추적해서요? 잘됐네요!"

더덕 도둑을 잡은 모양이었다. 더욱이 자기가 기억해서 불러준 차 번호를 추적해서 잡은 것 같았다. 재웅이는 이장에게로 다가갔다.

"누구요? 우리 동네엔 그런 사람 없는데요. 예. 처음 듣는 이름이에요."

이장이 어느새 딱딱하게 굳은 얼굴을 무덤 쪽으로 돌렸다. 그러고는 장지에 모인 사람들을 하나하나 훑어보았다.

"지금 이리로 들어온다고요? 미륵암이요? 예. 예. 그럼."

통화를 마친 이장은 아무 일도 없었다는 듯 다시 회다지하는 곳으로 갔다. 그런 다음 아까의 표정으로 웃으면서 술을 따르고 담배를 권하고 회다지소리의 후렴구를 따라 부르기도 했다. 재웅이는 궁금증이 일어 속이 근질근질했으나 모르는 척하고 있었다. 그러면서 은향이의 동태를 살폈다.

드디어 재웅이에게 기회가 왔다. 은향이가 장지에서 10여 미터 떨어진 위쪽 바위에 혼자 앉아 있는 모습이 눈에 띄었다. 아름드리 소나무 몇 그루가 서 있는 곳이었다. 무릎을 모아 세운 뒤 그 위에 턱을 괸 채 두 손으로 발목을 잡고 있었다. 아까 국밥을 먹을 때, 세연이에게서 내일 떠난다는 말을 들었기에 용기를 내어 올라갔다. 벌써부터 가슴이 두근거리기 시작했다. 몰래 다가가서 뒤에서 한참 머뭇거리다 간신히 입을 뗐다.

"어? 너, 너 여기 있었구나!"

재웅이는 슬그머니 옆에 앉았다. 담배 냄새가 난다고 할까 봐 바짝 앉지도, 똑바로 보지도 못했다. 입속에 침이 바짝 마르고 가슴이 펌프질을 해 댔다. '나 너 좋아해!' 새끼손가락보다도 짧은 그 말이 입 속에서만 맴돌 뿐 좀체 밖으로 나오지 않았다. 입에 본드 칠이라도 한듯 왜 이리도 입이 떨어지지 않는지 답답하기 그지없었다. 세상에 공부하는 것보다 더 어려운 게 있다니? 재웅이는 마른침만 반복해서 삼키며 시선을 산 아래 추동리에 두고 심호흡을 서너 차례 했다. 장지에서는 회다지소리가 여전히 울려 퍼지고 있었다. 이제 더 빠르고 더 경쾌한 박자로 바뀌어 있었다. 재웅이의 마음도 급해졌다. 급할수록 혀는 더 뻣뻣해졌다. 손바닥에 식은땀이 가득 고였다. 호흡도 가빠졌다. 하늘도 노랬다. 가슴이 바짝바짝 타들어 갔다. 내일이면 은향이가 떠나는데, 용기를 내! 용기를 내라고, 이 바보야! 속으로 자신을 질책해 보았지만 아무 소용이 없었다. 그냥 마을을 살펴보며 아까운 시간만 축내고 있었다.

"마, 마을이 참 아름답다!"

또 엉뚱한 말이 불쑥 튀어나왔다. 도로 주워 담을 수도 없고 어쩌나 고민하며 다시 마을 전체를 꼼꼼히 살폈다. 정말 아름다웠다. 추동리는 논과 밭과 농가가 어우러져 멋진 조화를 연출해 내고 있었다. 논은 논대로, 밭은 밭대로 크기와 모양, 색깔이 제각각인데도 불구하고 잘 어울렸다. 비록 드문드문 주인이 버리고 떠난 집들과 농경지, 폐분교, 집중 폭우로 두서너 곳 상처가 난 계곡이 있다고 해도 전체적으로는 멋들어진 조화를 이루고 있었다. 추동리 전체가 마치 조각 그림을 정성스레 짜맞춰 놓은 것 같았다.

크게 들려온 웃음소리에 장지를 내려다보았다. 많은 사람들이 장지에 마구 뒤섞여 법석이고 있었다. 성, 나이, 키, 생김새, 옷차림, 성격 등이 각기 다른 사람들이 서로 부대끼면서도 한데 어울려 살아가는 모습에 그동안 보고 겪었던 어른들이 한 명 한 명 머릿속에 나타났다. 참다운 어른이란 크든 작든, 잘났든 못났든, 자기 자리를 찾아 열심히 땀을 흘리며 제 역할을 하는 사람이야. 그 말이 입속에서 맴돌며 저절로 고개가 끄덕여졌다. 그러자 무조건 싫었고 거부감만 들었던 어른들의 세계를 조금은 알 수 있을 것도 같았다. 그래도 그 세계엔 어둡고 차가운 면보다 밝고 따뜻한 면이 더 많다는 것을.

고개를 들어 하늘을 보았다. 하늘이 점점 흐려지고 있었다. 아직 희뿌연 북동쪽 하늘과는 달리 남쪽 하늘엔 짙은 구름이 꽤 많이 끼어 있었다. 고갯길 아래, 마을 들판 일부에는 이미 구름 그림자가 내려와 있기도 했다. 멀리 고목나무 부근 논의 벼들이 차례차례 파도처럼 출렁거렸다. 극심한 가뭄과 폭염, 폭우를 이겨 내고 엷은 황금빛으로 익어 가고 있는 벼들의 춤이었다. 옥수수밭의 옥수수들도 허리를 한 뼘씩 굽혔다가 다시 일어섰다. 부드러운 출렁임이 마을 들판 전체를 차례로 흔들었다. 곧 한 줄기 후텁지근한 바람이 산 밑에서 불어 올라왔다. 은향이의 머리카락이 어지러이 나부꼈고 은향이의 블라우스 자락이 만장 깃발처럼 펄럭였다. 맞아! A급 태풍이 올라온다고 했지. 아마 한반도 전역이 벌써 그 영향권에 들기 시작한 모양이었다.

은향이가 자세를 바꾸며 손으로 바위를 짚었다. 길고 하얀 손가락에 눈이 다 부셨다. 한번 잡아 보고 싶은 욕망이 미륵암 옹달샘처럼 치솟았다. 하지만 마음을 고백하는 게 먼저였다. 은향이의 손을 잡고서라면 어떠한 태풍도 이겨 낼 것 같았다. 어금니를 악물고 마지막 용기를 내 보기로 했다. 혓바닥으로 입안의 침을 모조리 긁어모아 윗입술, 아랫입술에 듬뿍 발랐다. 그 순간, 산 밑에서 또다시 후텁지근한 바람이 불어 올라왔다. 아까보다 조금 더 센 바람이었다. 바람이 불어오는 쪽을 보니, 멀리 구름 그림자가 내려와 있는 고갯길에 차 한 대가 나타났다. 조그마한 차는 흙먼지를 먹구름처럼 피워 올리며 빠른 속도로 들판길을 달려 추동리로 들어오고 있었다. 경찰차였다.

작가의 말

길을 걷다가 그 길이 잘못된 길이라는 것을 깨달았을 때, 꿈이 무너져 내리는 참담함을 나는 너무도 많이 느껴 보았다. 또한 내 길이 아니라는 걸 번연히 알면서도 어쩔 수 없이 타박 걸음으로 걸어가야만 했을 때, 좌절감에 나는 너무나 많이 가슴이 찢기었다. 수많은 삶의 갈래 길을 걷다가 반복해서 되돌아오곤 했던 곳. 그 원점은 항상 문학이었다. 내가 가야 할 길, 아니 내게 운명적으로 주어진 길, 문학만이 나의 유일한 희망이고 내가 이 세상에 존재해야 하는 이유였다.

그러나 문학은 내게 냉정했다. 다가가려 하면 점점 더 멀리 달아나 버리는 냉혹한 짝사랑이었다. 가슴 시린 그 짝사랑이 너무나 오래되어 이제는 만성화된 소화불량처럼 무감각해지려는 찰나, 괴이한 일이 벌어졌다. 싸늘하게 외면하기만 했던 짝사랑이 나에게 미소를 보낸 것이다. 문학의 꿈을 품은 지는 무려 삼십 여 년, 본격적인 구애 작전을 펼친 지 오 년만의 일이었다.

어쩌면 왜소한 내 삶이 가련해 그냥 한번 씨익 웃어 준 것뿐인지도 모르는데, 왜 그리 가슴이 콩닥거리던지.

국화꽃 한 송이를 피우기 위해 밤마다 절규(絶叫)하는 소쩍새로 살아야 했던 지난 세월, 그 세월이 이제 내 가슴에 달콤한 전설로 남을지도 모른다는 망상에 빠져 한참 동안 뜬구름 속을 거닐었다. 설레는 마음을 다잡고 냉정을 다시 되찾기까지 무려 이 주일. 너무 늦게 출발한 길이기에 자만심을 누르고 겸손한 자세로 더 빨리 더 멀리 걸어야 하는데, 평정심을 잃다니. 돌아보니 심히 부끄러운 시간이었다.

큰상을 받는다는 건 분명 기쁘고 영광스러운 일이다. 그러나 그게 꼭 그렇지만도 않은 까닭은 바로 큰상이 주는 중압감 때문이다. 사실 문학상이란 스스로 더욱 매질을 가하라는 회초리요, 창작의 고통을 늘 감내하며 살라는 가시 면류관이 아니던가? 머리에 항상 가시관을 쓰고 종아리에 수시로 회초리를 댈 용기가 없다면 그 중압감에 저절로 부서져 버리고 마는. 이제 늦깎이 문학인으로서의 나는 세상을 위해 무슨 일을 할 수 있을까? 잠시 깊은 생각에 빠진다.

세상에 용이 없는 연못은 있을 수 있다. 그러나 연못이 없는 용은 과연 존재할 수 있겠는가? 운 좋게도 나는 비룡 연못에서 황금색 용 비늘을 하나 얻었다. 이제부터 이 비늘을 정성스레 가꾸고 보살펴 마침내는 여의주를 물고 하늘 높이 나는 커다란 용으로 키우겠다고, 그리하여 삭막하고 목마른 세상에 문학적 단비를 내리게 하겠다고 생각해 본다.

감사해야 할 분들이 참으로 많다.

먼저 소중한 기회의 장을 마련해 주신 비룡소 박상희 사장님, 졸작을 뽑아 주시고 과분한 평까지 해 주신 성석제 선생님, 김경연 선생님, 하성란 선생님, 이 책이 나오기까지 열과 성을 아끼지 않으신 비룡소 편집부 여러분께 진심으로 감사를 드린다.

또한 묵묵히 응원을 보내 주신 부모님과 형제들, 장모님과 처형들, 처남들, 조카들에게도 감사함을 전한다. 끝으로 듬직한 미소로 늘 나를 지켜봐 준 친구 이해수와 그의 가족에게, 갖은 어려움 속에서도 불평 한 마디 없이 내, 외조를 아끼지 않았던 아내 신윤호와 딸 해림, 아들 민웅에게도 고마움을 표한다.

2008년 12월

양 호 문

제2회 블루픽션상 심사평

『꼴찌들이 떴다!』는 실업계 고등학교 졸업을 앞둔 일견 무기력한 청소년들이 자아를 발견하는 과정을 힘찬 필치로 보여 주고 있다. 도시인의 일상과는 동떨어진 외딴 산골 마을의 고압송전 철탑 건설 현장의 정황이 그려지고 있는데도 그것이 남의 일처럼 느껴지지 않는 것은 실제 경험을 한 듯한 생생함이 살아 있기 때문이다. 사소한 약점은 건너뛰게 할 수 있을 정도로 잘 읽히면서 전형적인 소설적 결말에 대한 강박 관념이 없는 것도 강점이다. 이런 힘과 개성이 청소년 문학의 새로운 돌파구를 여는 다이너마이트가 되기를 기대한다.

성석제(소설가)

일찌감치 학벌 위주의 경쟁 사회에서 제외당한 청소년들에게 눈길을 주고 있는 『꼴찌들이 떴다!』는 소재도 소재거니와 이야기를 밀고 나가는 힘이 좋다. 인간에 대한 이해가 담겨 있고

현실과 사회, 삶과 죽음, 역사와 개인 등 많은 생각할 거리를 던져 준다. 발랄, 상큼, 발칙이 키워드처럼 다루어지는 청소년 소설들 가운데서 모처럼 만난, 선이 굵은 작품이다.

김경연(문학평론가)

『꼴찌들이 떴다!』는 공고 기계과 3학년 남학생들이 보낸 여름 한철 이야기다. "이렇게 살아서 뭐하나? 어른이 되어도 별 볼일 있겠나? 우리 확 죽어 버릴까?"라는 대사에서 가슴이 먹먹해졌다. 시작도 해 보기도 전에 비주류로 내몰린 인생이 꼭 이 네 명의 남학생들뿐일까. 대한민국을 살아가는 청소년들의 반 이상이 해당되는 이야기이고 그 여름 한철 지나온 나의 이야기이기도 하다. 작가는 에둘러 말하지 않고 우리가 숨기고 싶어 하는 우리의 아픈 곳을 딱 찌른다. 이 순발력이 대단하다. 잡힐 게 뻔하더라도 도망치고 또 도망치는 기죽지 않는 비주류의 이야기로 남았으면 좋겠다는 생각이 든다.

하성란(소설가)

블루픽션 30

1판 1쇄 펴냄	**2008년 12월 5일**
1판 29쇄 펴냄	**2020년 4월 29일**
지 은 이	**양호문**
펴 낸 이	**박상희**
편 집 장	**박지은**
편　　집	**박원영**
디 자 인	**오진경+김유경**
펴 낸 곳	**(주)비룡소**
출판등록	**1994.3.17. (제16−849호)**
주소	**(06027) 서울시 강남구 도산대로1길 62 강남출판문화센터 4층**
전화	**영업 02)515−2000 편집 02)3443−4318,9**
팩스	**02)515−2007**
홈페이지	**www.bir.co.kr**

제품명 어린이용 반양장 도서 제조자명 (주)비룡소 제조국명 대한민국 사용연령 3세 이상

ISBN 978−89−491−2084−3 44800 / ISBN 978−89−491−2053−9 (세트)

| 블루픽션 시리즈

1. 스켈리그 데이비드 알몬드 글/ 김연수 옮김

안데르센 상, 엘리너 파전 문학상, 카네기 상, 휘트브레드 상, 마이클 L.프린츠 상, 어린이도서연구회 권장 도서, 책교실 권장 도서, 중앙독서교육 추천 도서

2. 운하의 소녀 티에리 르냉 글/ 조현실 옮김

소르시에르 상, 어린이도서연구회 권장 도서

3. 내 이름은 미나 데이비드 알몬드 글/ 김영진 옮김

안데르센 상, 엘리너 파전 문학상, 카네기 상, 휘트브레드 상, 마이클 L.프린츠 상

4. 0에서 10까지 사랑의 편지 수지 모건스턴 글/ 이정임 옮김

밀드레드 L. 배첼더 상, 어린이도서연구회 권장 도서

5. 희망의 섬 78번지 우리 오를레브 글/ 유혜경 옮김

안데르센 상 수상 작가, 밀드레드 L. 배첼더 상, 머더카이 상, 아침햇살 선정 좋은 어린이 책, 중앙독서교육 추천 도서, 책교실 권장 도서, 책따세 추천 도서

6. 뢰스 극장의 연인 자닌 테송 글/ 조현실 옮김

프랑스 '올해의 청소년 책', 소르시에르 상, 어린이도서연구회 권장 도서, 열린 어린이가 뽑은 좋은 책

7. 시인 X 엘리자베스 아체베도 글/ 황유원 옮김

카네기상, 내셔널 북 어워드, 마이클 L. 프린츠 상, 보스턴 글로브 혼 북 상, 골든 카이트 어워드

9. 이매지너리 프렌드 매튜 딕스 글/ 정회성 옮김

10. 초콜릿 전쟁 로버트 코마이어 글/ 안인희 옮김

미국 도서관 협회 선정 도서, 뉴욕타임스 선정 도서, 어린이도서연구회 권장 도서

11. 전갈의 아이 낸시 파머 글/ 백영미 옮김

뉴베리 상, 국제 도서 협회 선정 도서, 마이클 L. 프린츠 상, 책교실 권장 도서, 어린이도서연구회 권장 도서

12. 내 안의 마녀 마거릿 마이 글/ 햇살과나무꾼 옮김

카네기 상, 보스턴 글로브 혼 북 아너 상 수상작, 미국도서관협회 선정 최고의 청소년 책, 북리스트 선정 편집자 추천 도서, 스쿨라이브러리저널 선정 최고의 책

13. 나의 산에서 진 C. 조지 글/ 김원구 옮김

뉴베리 상, 미국 도서관 협회 선정 도서, 어린이도서연구회 권장 도서, 열린 어린이가 뽑은 좋은 책, 책교실 권장 도서

14. 먼 산에서 진 C. 조지 글/ 김원구 옮김

17. 푸른 황무지 데이비드 알몬드 글/ 김연수 옮김

안데르센 상, 엘리너 파전 문학상, 스마티즈 상, 마이클 L.프린츠 상, 어린이도서연구회 권장 도서

18. 킬리만자로에서, 안녕 이옥수 글김

학교도서관저널 추천 도서

19. 레모네이드 마마 버지니아 외버 울프 글/ 김옥수 옮김

20. 기억 전달자 로이스 로리 글/ 장은수 옮김

뉴베리 상, 보스턴 글로브 혼 북 명예상, 어린이도서연구회 권장 도서,
열린 어린이가 뽑은 좋은 책, 교보문고 추천 도서

22. 내 인생의 스프링캠프 정유정 글

세계청소년문학상, 문화관광부 교양 도서, 어린이도서연구회 권장 도서,
교보문고 추천 도서, 학도넷 추천 도서

23. 줄무늬 파자마를 입은 소년 존 보인 글/ 정회성 옮김

아일랜드 '오늘의 책', 행복한 아침독서 추천 도서, 교보문고 추천 도서

24. 이상한 나라에 빠진 앨리스 지은이 알 수 없음/ 이다희 옮김

고래가 숨쉬는 도서관 추천 도서, 교보문고 추천 도서

25. 파랑 채집가 로이스 로리 글/ 김옥수 옮김

어린이도서연구회 권장 도서

26. 하이킹 걸즈 김혜정 글

블루픽션상, 한국문화예술위원회 우수문학도서, 책따세 추천 도서, 학도넷 추천 도서

27. 지구 아이 최현주 글

제11회 블루픽션상 수상작

28. 나는 브라질로 간다 한정기 글

황금도깨비상 수상 작가, 소년조선일보 추천 도서, 중앙일보 추천 도서

29. 키싱 마이 라이프 이옥수 글

한국문화예술위원회 우수문학도서, 어린이도서연구회 권장 도서, 교보문고 추천 도서,
전국독서새물결모임 추천 도서, 학교도서관저널 추천 도서

30. 꼴찌들이 떴다! 양호문 글

블루픽션상, 행복한 아침독서 추천 도서, 교보문고 추천 도서, 책따세 추천 도서,
경기도학교도서관사서협의회 추천 도서, 중앙일보 북클럽 추천 도서

31. 우연한 빵집 김혜연 글

문학나눔 선정 도서, 학교도서관저널 추천 도서, 책따세 추천 도서, 아침독서 추천 도서,
어린이도서연구회 추천 도서

32. 생쥐와 인간 존 스타인벡 글/ 장영목 옮김

미국 도서관 협회 선정 도서, 국립어린이청소년도서관 추천 도서

33. 두 개의 달 위를 걷다 샤론 크리치 글/ 김영진 옮김

뉴베리 상, 미국 어린이 도서상, 스마티즈 북 상, 영국독서협회 상 수상작,
경기도학교도서관사서협의회 추천 도서, 학도넷 추천 도서

34. 침묵의 카드 게임 E. L. 코닉스버그 글/ 햇살과나무꾼 옮김

스쿨 라이브러리 저널 선정 최고의 책, 에드거 앨런 포 상 노미네이트,
경기도학교도서관사서협의회 추천 도서, 아침독서 추천 도서

35. 빅마우스 앤드 어글리걸 조이스 캐럴 오츠 글/ 조영학 옮김

스쿨 라이브러리 저널 선정 최고의 책, 미국 도서관 협회 선정 최고의 청소년 책,
뉴욕 공립 도서관 추천 도서, 학교도서관저널 추천 도서

36. 서쪽 마녀가 죽었다 나시키 가오 글/ 김미란 옮김

소학관 문학상, 일본 아동문학가협회 신인상, 한국간행물윤리위원회 청소년 권장 도서,
어린이도서연구회 권장 도서, 아침독서 추천 도서, 책따세 추천 도서

37. 닌자걸스 김혜정 글

전국학교도서관담당교사모임 추천 도서, 아침독서 추천 도서

38. 첫사랑의 이름 아모스 오즈 글/ 정회성 옮김

안데르센 상, 제브 상

39. 하니와 코코 최상희 글

블루픽션상, 사계절문학상 수상 작가, 학교도서관저널 추천 도서

40. 파랑 치타가 달려간다 박선희 글

제3회 블루픽션상 수상작, 학교도서관저널 추천 도서, 아침독서 추천 도서,
어린이도서연구회 권장 도서, 책따세 추천 도서, 문화체육관광부 우수교양도서

41. 나는, K다 이옥수 글

42. 어쩌자고 우린 열일곱 이옥수 글

한국도서관협회 우수문학도서, 학교도서관저널 추천 도서

43. 앉아 있는 악마 김민경 글

44. 최후의 Z 로버트 C. 오브라이언 글/ 이진 옮김

뉴베리 상 수상 작가

45. 스카일러가 19번지 코닉스버그 글/ 햇살과나무꾼 옮김

뉴베리 상 2회 수상 작가, 학교도서관저널 추천 도서

46. 줄리엣 클럽 박선희 글

제3회 블루픽션상 수상 작가, 대한출판문화협회 선정 올해의 청소년 도서,
한국도서관협회 선정 우수문학도서

47. 번데기 프로젝트 이제미 글

제4회 블루픽션상 수상작

48. 뚱보가 세상을 지배한다 K.L. 고잉 글/ 정회성 옮김

마이클 L. 프린츠 아너 상

49. 파랑 피 메리 E. 피어슨 글/ 황소연 옮김

미국학교도서관저널, 미국도서관협회 선정 청소년 분야 '최고의 책',
학교도서관저널 추천 도서, 책따세 추천 도서

50. 판타스틱 걸 김혜정 글

제1회 블루픽션상 수상 작가, 대한출판문화협회 선정 올해의 청소년 도서,
고래가 숨쉬는 도서관 선정 도서, 한국도서관협회 선정 우수문학도서,
경기도학교도서관사서협의회 추천 도서

51. 어쨌거나 스무 살은 되고 싶지 않아 조우리 글

제12회 블루픽션상 수상작

52. 우리들의 짭조름한 여름날 오채 글

마해송 문학상 수상 작가, 한국도서관협회 선정 우수문학도서,
국립어린이청소년도서관 추천 도서, 경기도학교도서관사서협의회 추천 도서,
2017 순천시 One City One Book 선정 도서

53. 웰컴, 마이 퓨처 양호문 글

제2회 블루픽션상 수상 작가, 대한출판문화협회 선정 올해의 청소년 도서,
경기도학교도서관사서협의회 추천 도서

54. 초록 눈 프리키는 알고 있다 조이스 캐럴 오츠 글/ 부희령 옮김

미국 내셔널북어워드, 오헨리 상 수상 작가, 경기도학교도서관사서협의회 추천 도서,
국립어린이청소년도서관 추천 도서

56. 메신저 로이스 로리 글/ 조영학 옮김

뉴베리 상, 보스턴 글로브 혼 북 명예상 수상 작가, 경기도학교도서관사서협의회 추천 도서

57. 아메데오의 보물 코닉스버그 글/ 햇살과나무꾼 옮김

뉴베리 상 2회 수상 작가, 학교도서관저널 추천 도서

59. 고백은 없다 로버트 코마이어 글/ 조영학 옮김

전미 도서관 협회 선정 청소년을 위한 최고의 책,
퍼블리셔스 위클리 선정 최고의 책, 북리스트 편집자의 선택

60. 아몬드 초콜릿 왈츠 모리 에토 글/ 고향옥 옮김

나오키 상, 일본 고단샤 아동문학싱 수상 작가

61. 개 같은 날은 없다 이옥수 글

2013 서울 관악의 책 , 목포시립도서관 추천 도서 , 울산남부도서관 올해의 책,
책따세 추천 도서, 한국간행물윤리위원회 청소년 권장 도서, 한국도서관협회 우수문학도서,
국립어린이청소년도서관 추천 도서

63. 명탐정의 아들 최상희 글

제5회 블루픽션상 수상 작가, 문화체육관광부 우수교양도서

64. 갈까마귀의 여름 데이비드 알몬드 글/ 정회성 옮김

안데르센 상, 엘리너 파전 문학상, 카네기 상, 휘트브레드 상 수상 작가

65. 파랑의 기억 메리 E. 피어슨 글/ 황소연 옮김

67. 하필이면 왕눈이 아저씨 앤 파인 글/ 햇살과나무꾼 옮김

카네기 메달, 가디언 어린이 픽션 상

68. 반드시 다시 돌아온다 박하령 글

제10회 블루픽션상 수상작, 학교도서관저널 추천 도서, 세종도서 문학나눔 선정 도서

69. 원더랜드 대모험 이진 글

제6회 블루픽션상 수상작, 국립어린이청소년도서관 추천 도서, 아침독서 추천 도서

70. 나는 일어나, 날개를 펴고, 날아올랐다 조이스 캐럴 오츠 글/ 황소연 옮김

미국 내셔널북어워드, 오헨리 상 수상 작가

71. 칸트의 집 최상희 글

제5회 블루픽션상 수상 작가, 아침독서 추천 도서, 세종도서 문학나눔 선정 도서

72. 태양의 아들 로이스 로리 글/조영학 옮김

뉴베리 상, 보스턴 글로브 혼 북 명예상 수상 작가

73. 마법의 꽃 정연철 글

푸른문학상 수상 작가, 세종도서 문학나눔 선정 도서, 학교도서관저널 추천 도서

74. 파라나 이옥수

학교도서관저널 추천 도서, 사계절문학상 수상 작가, 책따세 추천 도서, 국립어린이청소년도서관
추천 도서, 세종도서 문학나눔 선정 도서, 아침독서 추천 도서

75. 그 여름, 트라이앵글 오채 글

마해송 문학상 수상 작가, 국립어린이청소년도서관 추천 도서, 아침독서 추천 도서

76. 밀레니얼 칠드런 장은선 글

제8회 블루픽션상 수상작, 학교도서관저널 추천 도서, 아침독서 추천 도서

77. 아르주만드 뷰티 살롱 이진 글

블루픽션상 수상작가, 한국출판문화진흥원 우수 콘텐츠 제작 지원 당선작

78. 굿바이 조선 김소연 글

⊙ 계속 출간됩니다.